이토록 ——
—— 매혹적인
역사
여행

이토록 —
— 매혹적인
역사
여행

사찰·정원·절경·문화유적으로 만나는
우리 역사 55

신정일 (우리땅걷기 대표. 전 문화재청 문화재위원) 지음

사진 _ 박성기, 신정일

답사길에서 세상을 만나고 사람을 만나고, 내가 나를 만난다

———

사십여 년간 수많은 곳을 답사했고, 셀 수도 없는 많은 길을 걸었습니다. 북으로는 백두산, 묘향산, 금강산, 구월산을 걸었고, 설악산, 오대산, 속리산, 지리산, 한라산 등 500여 개의 명산들을 올랐습니다.

어디 산뿐이겠습니까, "나는 고독하게 수천 리 흰 구름의 길을 가노라"던 붓다의 말처럼 북한의 압록강, 두만강, 대동강, 청천강과 남한의 한강, 낙동강, 금강, 섬진강, 영산강, 한탄강, 만경강 등을 한 발 한 발 걸었습니다.

그 뒤 조선시대 옛길인 영남대로, 삼남대로, 관동대로를 걷고서 우리나라에 최장기 도보답사 코스를 만들기 위해서 부산 오륙도에서 통일전망대까지를 걷고 난 뒤, 문화체육관광부에 제안하여 조성된 길이 〈해파랑 길〉입니다. 그 여세를 몰아서 목포에서 강화까지, 목포에서 부산까지, 바닷가를 걷고서 김포에서 고성까지 휴전선 길을 걸었습니다.

그 사이에 대한민국 곳곳에 수많은 길들이 만들어졌고, 그 길을 따라 걷는 사람들이 우후죽순처럼 늘어났습니다.

　대한민국의 산천을 종횡무진縱橫無盡으로 한 발 한 발 걸을 때 차마 두고 떠날 수 없는 기막힌 명승들을 바라보면서 조선 중기의 문장가인 김일손金馹孫의 글을 떠올리기도 했습니다.

　"아름다운 사람과 이별하는 것과 같아 열 걸음을 걸어가며 아홉 번을 뒤돌아보았다."

　답사를 마치고 돌아와서도 긴 여운이 남는 아름다운 풍경들이 머물러 있다가 한 편 한 편이 글이 되어 세상 속으로 나갔고, 이번에 펴내는《이토록 매혹적인 역사여행》에는 이 땅의 숨어 있는 절경들이 행간을 가득 메우고 있습니다.

　답사는 어떤 곳을 가느냐도 중요하고 날씨도 중요하지만, 가장 중요한 것은 어떤 사람과 같이 가느냐에 있지요. 답사를 통해서 그 지역의 역사와 문화, 그리고 그 땅을 살다간 사람들의 이야기를 접하고, 견문을 넓히면서 세상의 진풍경을 보는 것도 좋지요. 또 하나, 답사길에서 사람들을 만나고, 온갖 사물을 만나고 내가 나를 만나는 것, 그것이 여행의 묘미입니다.

　어디 한 장소에 고정시키지 않고 부단히 떠나고 떠나는 마음속에서 새로운 창조가 시작될 것입니다. 모든 순간순간이 다 우연이 아니듯 사람과 사람이 만나는 것 또한, 우연이 아니고 필연일 것입니다. 나는 그것을 너무 일찍 깨달았고, 지금은 더욱 그러한 생각에 고정되어 있는지도 모릅니다.

그리고 더욱 실감한 것은 여행은 다 시기가 있다는 것입니다. 그때를 놓치면 그때는 다시 오지 않는다는 진리를 수많은 답사여행을 통해서 새삼 느끼게 됩니다.

"여행이란 이목을 열고 혼을 활짝 펼치기 위해서 하는 것이다."

모든 것들이 다 건강할 때 떠나야 마음에 흡족한 여행이 되고, 정신이 고양되는 여행의 경지에 이를 것이라는 것, 이런 때 생각나는 구절이 바로 보들레르의 글이지요.

"나의 마음은, 다른 사람들의 마음이 음악 위를 여행하듯이 향기 위를 여행한다."

답사에서 돌아와 하루도 지나지 않아서 다시 떠나고 싶은 것은 이 땅의 아름다우면서도 역사적 의미가 있는 풍경들이 내 마음속에 잊히지 않을 추억으로 남았다는 것이 아닐까요?

2025년 2월 2일
'신정일의 서재에서' 신정일 드림

| 차례 | Contents

4월

5월

여름, 아름다움을 건너는 법
SUMMER

가을, 그리움엔 길이 없어
AUTUMN

11월

겨울, 산사에 내리는 첫눈 소식
WINTER

떠나고 싶고
느끼고 싶고
머물고 싶고

봄날,
남도에서 동해까지

땅끝에서 만나는 아름다운 산사의 절창
- 전남 해남 달마산, 미황사, 달마고도

- **주소** 전남 해남군 송지면
- **소요시간** 4시간
- **길 난이도** 걷기 좋은 길
- **걷는 구간** 미황산-달마산 승탑전-달마고도-도솔암

달마산은 예로부터 남쪽의 금강산이라고 불렸다. 그래서 태풍을 만나 표류해 온 송나라의 벼슬아치는 "해동고려국에 달마영산이 있어 그 경치가 금강산보다 낫다 하여 구경하기를 원하였더니 이 산이 바로 달마산이로구나"라고 한탄하였다고 한다. 예로부터 사람들은 이 산을 일컬어 바위가 병풍처럼 둘러쳐 있다고 하고, 대봉이 날개를 파닥이는 형상이라고도 하며, 사자가 웅크리고 포효하는 형상이라든지 용과 호랑이가 어금니를 드러낸 듯하다며 기기묘묘한 자연의 연출에 저만의 감상을 토해내곤 했다.

문득 봄날에 가고 또 가고 싶은 미황사

국토의 끄트머리 달마산 산자락 아래에 아름다운 절 미황사가 있다. "봄날 아침이었네, 누가 와서 가자고 했네, 자꾸만 자꾸만 가

자고 했네"라고 귓전에 울리는 이성복 시인의 시 구절처럼 누가 가자고 하지 않더라도 가고 또 가고 싶은 절 미황사는 전라남도 해남군 송지면 서정리 달마산에 있는 절이다. 미황사는 대한불교 조계종 제22교구의 본사인 두륜산 대흥사의 말사로써 통일신라 경덕왕 때에 의조스님이 창건하였지만 확실한 창건연대나 사적에 대한 기록은 별로 없다. 다만 부도밭 가는 길에 숙종 때 병조판서를 지낸 민암이 지은 미황사 사적기에 창건설화가 쓰여 있다.

이 창건설화는 우리나라 불교의 남방전래설을 뒷받침하는 귀중한 자료가 된다. 불교의 남방전래설은 우리나라 불교가 4세기 말 중국을 통해서 전파되었다는 통설과는 다르게 그 이전 1세기 경 낙동강유역에 건국한 가야와 전라도 남해안 지방으로 직접 전래되었다는 주장이다. 물론 이 주장은 구체적인 고증 자료가 없다는 것이 문제점으로 남지만 가야라는 나라 이름이 인도의 지명을 그대로 따르고 있다는 점과 허 황후와 수로왕의 전설 그리고 지리

해남 미황사

산의 칠불암 설화를 두고 볼 때 그리 허황된 이야기로만 치부할 수는 없을 것이다.

비문을 쓴 면암은 이 설화의 뒤 끝에 "석우와 금인의 이야기는 너무 신비해 속된 귀는 의심이 갈 만하지만 연대를 따져 고증하려는 것은 맞지 않는 일이다. 지금이라도 미황사에 가면 경전과 금인 탱화, 성당 등이 완연히 있다" 하고 자신의 견해를 밝혔다.

미황사 스님들의 궁고소리 들리고

지금 미황사에는 구전口傳하는 창건설화를 뒷받침할 만한 어떠한 유물도 없고 의조화상에 대한 행적도 남아 있지 않지만 미황사 아랫마을 이름이 예전에 불경을 짊어지고 올라가다 쓰러졌던 소를 묻었다 하여 우분동(쇠잿동)이라는 이름으로 남아 있을 따름이다. 달마산의 미황사가 번성하였을 때는 통교사를 비롯 도솔암, 문수암, 보현암, 남암 등의 열두 암자가 즐비하였고 고승대덕들이 대를 이어 기거하였던 절집이었지만, 대웅전과 응진전 및 요사채만 남긴 채 쓸쓸한 절로 쇠락했었다. 그러나 요 근래 대대적인 중창불사가 이루어져 고즈넉한 산사의 옛 모습은 어디에도 찾을 길이 없다.

미황사의 대웅보전은 정면 3칸과 측면 3칸의 겹처마 팔작지붕의 다포식 건물로써, 1982년에 발견된 대들보에 의하면 1751년에 중수된 것으로 밝혀졌다. 막 허튼 돌로 기단을 쌓은 위에 우아

미황사 도솔암

한 차림새로 서 있는 모습과 내부를 장식한 문양과 조각이 뛰어나서 조선 후기 다포양식의 건축으로는 단연 돋보이는 솜씨이다.

대웅전 뒤편의 응진전 역시 비슷한 시기에 지어졌으며 내부 벽면에 그려진 벽화는 유려한 선 맛이 일품이다. 한편 미황사 사람들의 12채 궁고는 송지면 산정리 마을에 전해져 오고 그 아홉 진법 궁고의 깃발에는 바다거북이 위에 올라탄 삿갓을 쓴 스님이 그려져 있어 그 옛날의 전설을 실감케 한다.

우리나라 곳곳의 문화유산의 현장을 찾아다니다 보면 국보나 보물보다 훨씬 더 아름다우면서도 정감이 가는 곳들이 있다. 귀신사 대적광전 뒤편 언덕으로 올라가는 계단에서 바라보는 청도리 일대의 풍경들이 그러하고 다산초당에서 백련사 넘어가는 산길이 그 범주에 속한다. 여기에 더해 미황사에서 부도밭에 이르는 산길과 부도전이 아름다운 주변 풍경의 화룡점정이다. 미황사 부도밭으로 가는 길은 그리운 고향집을 찾아가는 오솔길처럼 좁지도 넓지도 않을 뿐더러 김용호 시인의 시 한 구절처럼 '진도 바다가 보이는 산길'이라서 더욱 좋다. 시절도 없이 울어대는 뭇새들의 울음소리와 늦게 피어났음을 부끄러워하듯 숨어있는 철쭉꽃 무리의 아름다움을 발견하며 해찰하다 보면 어느새 부도전에 이른다.

이미 쉴 대로 쉬어 버린 두릅나무들이 앙상한 가지를 드러낸 채 바람에 흔들거리고 무너진 돌담 사이에 옹기종기 모여 앉아 얘기를 나누는 마을 사람들처럼 부도들이 모여 있다.

나라 안에 제일가는 부도밭

푸르고 누우런 빛깔을 띤 이끼를 얹은 채 온갖 세월의 바람을 견디고 정적 속에 놓여있는 영월당, 설송당, 완해당, 벽하당, 송암당, 연담당, 백호당 등 선사들의 이름이 새겨진 부도비들은 어느 것 하나 특별하게 잘 만들어진 것이 없다. 부도의 양식들이 대부분 조선 후기에 조성된 것들이라서 150여 년 전쯤에 이미 절이 망했다는 설만 뒷받침해주고 있다. 부도들 사이를 거닐며 하나하나 들여다보면 부도의 주인들에 대한 경외감은 사라지고 그저 어린아이처럼 보는 즐거움과 묵은 인연으로 만나게 된 반가움에 빠져 마치 동네 마실 가다 만나는 익숙한 조형처럼 친근해진다.

부도에는 대웅전 기둥의 초석에 조각된 것처럼 용, 두꺼비, 거

북, 물고기, 도룡뇽, 연꽃, 도
깨비얼굴들이 새겨져 있어 창
건설화와 더불어 인접한 바다
와 밀접한 관계를 지니고 있
음을 알 수 있다. 이 부도밭은
창건 당시 소가 멈추어 섰던
통교사 터이고 한국전쟁 전만
해도 남암이 자리 잡고 있었

서부도 터의
토끼가 방아 찧는 모습이 그려진 부도

다는데 그러한 사실들을 아는지 모르는지 비 온 뒤의 햇살만 내리
쬐고 있다. 다시 아래로 난 길을 따라가면 네댓 개의 부도가 서 있
는 서부도 터의 토끼가 방아 찧는 모습이 그려진 부도 터다. 이곳
의 부도 역시 토끼가 방아를 찧는 모습이 그려져 있는가 하면 게,
도룡뇽 등 기묘한 조각들이 새겨져 있다.

　오래된 전설처럼 그윽한 아름다움을 간직한 천년 고찰 미황사
에서 달마산을 따라 걷는 산길은 '달마고도'로 만들어져 사람들의
발길이 끊이지 않는다. 달마고도는 전라남도 해남군 송지면 서정
리 달마산 미황사에서 시작하여 송지면과 북평면으로 이어지는
길이다. 바다를 배경으로 12개의 암자를 끼고 도는 숲길로 소사
나무와 편백나무 등 산림 군락과 달마산 동쪽의 땅끝 해안 경관도
볼 수 있는데, 4개의 길로 구성되어 있는 달마고도의 전체 길이는
17.74km이며, 한 바퀴 도는 데 6시간 정도 걸린다.

　1구간은 2.72km로 미황사 일주문 옆에서 시작된다. 숲길과 임

도를 따라 1km가량 가면 거대한 너덜지대가 나오며, 조금 더 가면 도솔암에 이르고 능선에 서면 완도가 바로 지척에 펼쳐져 있다. 2구간은 4.3km로 농바위, 문바위골을 거쳐 노시랑길로 이어진다. 이어서 소사나무 등 대규모 산림 군락지가 이어진다. 중간쯤 관음암 터에 이르면 작은 못이 나온다. 2구간 끝자락에 서면 동남쪽은 남해, 서북쪽은 서해로 서해와 남해를 한곳에서 한눈에 볼 수 있다. 3구간은 5.63km로 노지랑골에서 편백나무 숲을 지나 몰고리재까지 연결된다. 4구간은 5.03km로 몰고리재에서 미황사로 돌아오는 구간이며, 용굴과 도솔암, 편백 숲, 미황사 부도전을 순례할 수 있다.

자, 떠나자, 달마고도가 있는 달마산 자락의 미황사로.

달마고도 석림石林

섬진강 물줄기따라 굽이치는 강변 길의 매혹
- 전북 임실 회문산, 섬진강 길

- **주소** 전북 임실군 덕치면과 순창군 동계면 사이
- **소요시간** 3시간
- **길 난이도** 걷기 좋은 길
- **걷는 구간** 물우리마을–진메마을–천담–구담마을–화룡리–장구목–구미마을

매화꽃 피는 봄날, 문득 마음이 무겁다고 느껴질 때 홀연히 떠나 마음을 내려놓고 한껏 쉬었다 오고 싶은 아름다운 길이 있다. "지난날의 마음을 잡을 수가 없고, 현재의 마음도 잡을 수 없으며, 미래의 마음도 잡을 수 없다"는 《반야경般若經》의 한 구절처럼 보이지도 않고 손에 쥘 수도 없는 것이 마음이다. 그런 마음을 어떻게 달랠 수 있겠는가만 그곳에 가서 걷다가 지치면 아무 데나 멈추어서서 흐르는 강물소리를 듣고, 어떤 때는 물 위에 발을 담그고 먼 산을 바라다보면 산이 문득 가슴 깊은 곳으로 내려앉는 듯한 그곳이 바로 회문산 자락을 흐르는 섬진강이다.

물우리, 진메마을에선 아름다운 시절이 휘돌아가고

섬진강이 휘돌아가므로 물우리, 물구리, 또는 물우마을로 불리

는 이 마을은 해마다 장마가 지면 매스컴에 오르내리는 마을이다. 물이 불어 섬처럼 고립되어 며칠간 학교도 못 가게 되는 물우리마을의 소나무 숲이 아름답다.

　마을 입구에서 일중천이 섬진강에 합류되고 강가에 월파정月波亭이 있고, 아래에 깊게 파인 가마소가 있으며, 그 아래를 큰 여울이 흐른다. 하늘 못 본 바위 서쪽에는 맘마바우가 있고 강 건너 성미산과 회문산이 안정리로 휘돌아가는 골짜기가 보인다.

　이곳 물우리마을에서 뒷재를 넘어가면 백양동이 나타나고 그곳에는 명산이 많이 있기 때문에 예로부터 전국 각처에서 명산을 찾는 사람들과 성묘를 오는 사람들이 흰말을 타고 수없이 올라왔다고 하지만 농촌마을이 해체되어 가고 있는 지금은 그 역시 옛말이 되고 말았다.

일구지와 중계의 이름을 따서 이름 지은 일중리에서 장산리로 건너는 다리를 건너 진메마을로 향한다. 이 길을 나는 얼마나 많이 오고 갔던가? 가을이면 용택이 형님(김용택 시인)이 감을 따러 오라고 해서 식구들을 다 데리고 가 감을 몇 포대씩 따기도 했고 좀 늦으면 이른 저녁까지 먹고 갔던 그 기억들이 내 발길을 멈추게 한다.

"저 강가가 얼마나 고기가 많던지 고기 반 물 반 했어요. 우리 어머니가 "용택아 다슬기 잡아가지고 올텡개, 불 때고 있어라" 하고 나간 뒤 불 때고 있으면 금방 가서 한 바가지 잡아가지고 오는디, 바가지만 가지고 가서 손으로 이렇게 더듬으면 한 주먹 되고 이렇게 하면 또 한 주먹 되고 그래서 금방 한 바가지를 잡아가지고 왔어요……."

문득 용택이 형님의 목소리가 들릴 듯 싶은 길, 그 길을 따라 흐르는 강물에 시 한 편이 시간의 흐름도 잊은 채 흐르는 듯하다.

장산리에서 천담리로 가는 길은 조용하고 조금은 쓸쓸하다 못해 처연하다. 산과 산 사이를 흐르는 강 가운데 저마다 모습을 달리한 바위들이 들어앉아서 지나는 길손들에게 말을 건네는 곳. 그 길을 휘돌아가면 천담리에 이른다. 천담리는 활처럼 휘어 흐르고 있으며, 못(潭)처럼 깊은 소沼가 많다 하여 천담川潭이라고 부른다.

천담초등학교 자리에 들어선 섬진강 수련원을 지나 내안마을에 이르고 이 일대가 바로 영화 〈아름다운 시절〉을 찍었던 길이다.

그러나 이 길은 이제 더 이상 아름다운 길이 아니다. 강은 휘돌아
가고 우리들은 안다물(구담마을)로 가기 위해 용골산 자락을 지나
가고 있다.

회룡마을, 마을 숲 지나 징검다리 건너 강물이 휘돌아가고

마을 앞을 흐르는 섬진강에 자라(龜)가 많이 서식한다고 하여
구담龜潭이라는 설도 있고 일설에는 이 강줄기에 아홉 군데의 소
沼가 있다고 하여 구담九潭이라고 부르기도 한다. 구담마을 동편에
있는 마을 숲을 지나 징검다리를 건너면 하회마을처럼 강이 휘돌
아가는 마을이 바로 순창군 동계면 내령리 회룡마을이다.

이곳 내령리는 본래 임실군 영계면의 지역으로 영계면에서 가

요강바위

장 안쪽이 되므로 안영계 또는 내령으로 불리기도 하지만 장군목, 장구목, 장군항, 물항이라고 부르기도 한다. 기산(345m)과 용골산 사이 산자락 밑에 위치한 이 마을은 장군대좌형의 명당이었다고 하는데 그보다 더 중요한 것은 이곳 내룡마을 부근이 섬진강 중에 서도 아름답기 이를 데 없는 곳이라는 것이다. 저마다 아름다움을 자랑하는 기기묘묘한 바위들이 강을 수놓은 가운데 바라보면 볼 수록 신기한 바위가 요강바위이다. 큰 마을 사람들이 저녁 내내 싸도 채워질 것 같지 않은 깊이를 알 수 없는 요강처럼 뻥 뚫린 이 바위를 한때 잃어버렸던 적이 있었다.

학명으로 돌개구멍이라고 불리는 기기묘묘한 바위들이 저마다의 자태를 뽐내는 장구목에서 구미리로 이어지는 섬진강은 섬진강 530리 물길 중에서도 가장 사람의 손때가 묻지 않은 길이라 할 수 있다. 강 가운데를 수놓은 듯 들어선 바위들도 그렇지만 길가에 개암나무를 비롯한 나무들이 드리운 열매들은 얼마나 신선한 기쁨을 선사하는지.

천천히 걷다가 고개 마루를 넘어서면 순창군 동계면 구미리에 이른다. 순창군 이동면의 지역으로 거북의 꼬리처럼 붙어 있다 해서 구미리龜尾里라고 이름 지은 이 마을은 6백년 전 고려 우왕 때 직제학을 역임한 양수생의 처 이씨 부인이 이곳에 온 뒤에 나무매 세 마리를 날려 보냈다. 그러자 그 매들이 순창군 동계면에 정착해 살면서 농소리에는 묘소를 썼다고 한다. 북소(쏘). 사발소. 두무소 등의 소가 있는 섬진강의 구미리에서 구미교를 건너면 순창군 적성면 석산리이고 구미교 옆에는 강경마을이라는 표지석이 서 있다.

금강 하류의 강경포구와 같은 이름인 강경마을도 역시 이곳에서는 갱경으로 부르는데 적성댐 수몰 예정지인 이곳 강경마을 하천에 천연기념물 제330호인 수달이 살고 있다. 주민들과 낚시꾼 등에 의해 자주 목격되는데 하천 주변과 산기슭의 바위 밑에서 수달의 발자국이 자주 발견되고 있다. 석산리에서 제일 큰 마을인 선돌마을에는 3m쯤 되는 선돌이 서 있고 갱경마을 뒤쪽에 벌동산(440m)과 두류산(545m)이 있다.

강 건너에 서 있는 정자가 구미정이고, 구미정 아래에 피어난 매화꽃이 핀 이곳에서 강 아래 보이는 지점인 평남리 일대에 적성강 댐이 예정되어 있다. 몇 번의 시도를 했으나 백지화가 되었지만 언제 다시 댐 문제가 재점화될지는 아무도 모른다.

감나뭇골 북쪽에 있는 절벽인 창바우 아래로 강물은 잔잔하게 흐르고 섬진강은 이곳에서 오수천을 받아들인다. 임실군 성수면 성수산에서 발원하여 수많은 지류들을 거부하지 않고 받아들이며 흘러와 순창군 적성면 평남리에서 적성강이라 부르는 섬진강으로 몸을 합치는 오수천을 바라보는 사이 만 가지 감회가 머리를 스치고 지나갔다.

멈추지 않고 흐르고 흘러가면서 침묵으로 말하는 소리, 저 강물에 대고 가만히 마음의 소리에 귀 기울이면 그대 안에선 어떤 소리가 들리는가?

지리산 굽이굽이 펼쳐진 물과 돌의 장려한 풍경
- 경남 하동 雙磎寺, 불일폭포

- **주소** 경남 하동군 화개면 운수리
- **소요시간** 4시간
- **길 난이도** 난이도가 있는 길
- **걷는 구간** 쌍계사-석문-진각국사탑비-국사암-불일평전-불일암-불일폭포

———

"사는 것이 외롭고 쓸쓸할 때는 지리산의 품에 안겨라."

오래전부터 사람들의 입에서 입으로 전해져오는 말이다. 산이 흙으로 이루어진 산이고, 골짜기가 많아서 사람이 살만한 곳이기 때문이다.

화개는 옛 시절 전라도와 경상도의 물산物産이 만나 흥정이 이루어지던 중요한 장터였다. 그러나 지금 그 옛날 화려했던 화개장

터의 모습은 어디에도 없이, 다리 건너에 새로 만들어진 초가집도 아니고 콘크리트 집도 아닌 화개장터가 지나는 길손들에게 머물러 가라고 손짓하고 있을 뿐이다.

꽃피는 봄날, 쌍계사 가는 길에는

화개장터에서 십리 벚꽃길 따라 흰 꽃잎이 무더기로 쏟아져 내리고 맑디맑은 화개천 물길이 발걸음도 가볍게 하는 4km 꽃길을 거슬러 올라가면 천년 고찰 쌍계사에 이른다. 조선 인조 5년(1632)에 나온 《진양지晉陽誌》〈불우佛宇〉조의 기록에 따르면, 화개면 일대에 암자와 절이 53개 있었고, 이륙이 지은 《유산기遊山記》에는 그 당시 지리산의 모습이 활동사진처럼 펼쳐져 있다.

"지리산은 또 두류산이라 칭한다. 영남, 호남 사이에 웅거하여서 높이나 넓이나 몇 백 리인지 모른다. …… 시내를 따라 의신, 신흥, 쌍계의 세 절이 있고 의신사에서 서쪽으로 꺾여 20리 지점에 칠불사가 있다. 쌍계사에서 동쪽으로 재 하나를 넘으면 불일암이 있고, 나머지 이름난 사찰은 이루 다 기록할 수 없다……. 물은 영신사의 작은 샘물에서 시작되어 신흥사 앞에 와서는 벌써 큰 냇물이 되어 섬진강으로 흘러드는데, 여기를 화개동천이라 한다."

그렇게 많았던 절들이 지금은 쌍계사와 칠불암을 비롯해 몇몇만 남았을 뿐이고, 화개장터에서 쌍계사에 이르는 10리 벚꽃길만

쌍계사 마애불

겨우 그 명맥을 잇고 있다.

　김동리가 《역마》에서 "화개장터에서 쌍계사까지는 시오리가 좋은 길이라 해도 굽이굽이 벌어진 물과 돌과 장려한 풍경은 언제 보아도 길 멀미를 내지 않게 하였다"라고 표현한 것처럼, 꽃피는 봄날 쌍계사 가는 길은 그윽하고 화사하기 이를 데 없다.

　하동군 화개면 운수리에 위치한 쌍계사는 신라 성덕왕 23년 (724)에 의상의 제자 삼법이 창건하였다. 삼법은 당나라에 있을 때 '육조六祖 혜능慧能의 정상(머리)을 모셔 삼신산(금강산, 한라산, 지리산) 눈 쌓인 계곡 위 꽃 피는 곳에 봉안하라'는 꿈을 꾸고 귀국하여 현재 쌍계사 자리에 이르러 혜능의 머리를 묻고 절 이름을 옥천사 玉泉寺라 하였다. 이후 문성왕 2년(840) 진감선사가 중창하여 대가 람을 이루었으며, 정강왕 때 쌍계사라는 이름을 얻었다. 쌍계사의 좌우 골짜기에서 흘러내려온 물이 합쳐지므로 절 이름을 쌍계사 라 지었다고 한다. 임진왜란 때 크게 소실되어 인조 10년(1632) 벽 암스님이 중건한 이래 오늘에 이르고 있다.

절 초입에 마치 문처럼 마주 서 있는 두 바위에는 고운 최치원 이 지팡이 끝으로 썼다는 '쌍계雙磎', '석문石門'이라는 한자가 새겨 져 있다. 쌍계사도 다른 절들과 마찬가지로 임진왜란 때 불탔으며, 오늘날 볼 수 있는 건물들은 그 뒤에 하나씩 다시 세운 것이다. 대 웅전, 화엄전, 명부전, 칠성각, 설선당, 팔영루, 일주문 등이 그것이 다. 그중 쌍계사의 대웅전은 광해군 12년(1620)에 세워진 정면 5 칸, 측면 4칸의 기둥이 높은 아름다운 건물로, 보물 제458호로 지 정되었다.

쌍계사의 여러 문화유산 가운데 가장 돋보이는 것은 국보 제47 호로 지정된 진감선사탑비다. 경주 초월산의 대승국사비, 문경 봉 암사의 지증대사탑비, 보령 성주사의 낭혜화상백월보광탑비와 더 불어 최치원의 사산비문四山碑文에 속하는 이 비는 쌍계사를 세운 진감선사의 공덕을 기리기 위해 신라 정강왕 2년(887)에 세운 것 으로 높이가 3.63m, 폭이 1m인 검은 대리석비다. 신라 말의 고승 인 진감선사는 전주 금마(지금의 익산) 사람으로 속성이 최씨였다. 그는 태어나면서 울지도 않았다는데, 사람들은 그를 일컬어 "일찍부터 소리 없고 말 없는 깊은 도의 싹을 타고 태어났다"고 하였다. 최치원이 지은 진감선사의 탑비에 이 절의 역사와 진감선사에 대한 글이 새겨져 있다.

"드디어 기이한 지경을 두루 선택하여 남령南嶺의 산기슭을 얻으니 높고 시원함이 제일이었다. 사찰을 창건하는데, 뒤로는 노을 진 언덕을 의지하고 앞으로는 구름이 이는 시내를 굽어보니 안계를 맑게 하는 것은 강 건너 산이요, 귀를 서늘하게 하는 것은 돌구멍에서 솟는 여울이다."

최치원이 글을 짓고 쓴 것으로 알려진 쌍계사 진감선사탑비는 한국전쟁 당시 총알에 맞은 자국이 여기저기 뚫려 있어 옆구리에 쇠판을 대고 있다.

불일폭포, 세파에 찌든 마음을 씻어낼 장쾌한 비경秘境

쌍계사에서 조금 올라가서 좌측으로 가면 만나는 절이 국사암이고, 그곳에서 불일암과 불일폭포는 2km쯤 떨어진 곳에 있다. 불일폭포로 가는 길은 한적하면서도 아름다운데 그곳에서 1.2km 가다가 보면 만나는 곳이 환학대喚鶴臺이다. 환학대는 불일암 부근에 살던 최치원이 청학동에 살고 있는 청학을 불러들인 곳이라고도 하고, 최치원이 청학을 타고 날아갔다는 이야기가 남아 있는 곳이다.

불일폭포

이 유서 깊은 길을 걸었던 조선 선비로는 조선 전기 충절의 선비로 이름 높은 생육신 남효온과 지리산 자락에서 수많은 제자들을 길러낸 남명 조식이 있다. 조식은 쌍계사 불일폭포의 신비로운 비경秘經을 아름다운 글로 남겼다.

"쌍계사에 그대로 머물렀다…… 아래에는 학연이 있는데, 까마득하여 밑이 보이질 않았다. 좌우 상하에는 절벽이 빙 둘러 있고, 층층으로 이루어진 폭포는 문득 소용돌이치며 쏜살같이 쏟아져 내리다가 문득 합치기도 하였다. 그 위에는 수초가 우거지고 초목이 무성하여 물고기나 새도 오르내릴 수 없었다.

천 리나 멀리 떨어져 있어 도저히 건널 수 없는 약수弱水도 이에 비할 바가 못 되었다. (……) 어느 호사가가 나무를 베어 다리를 만들어 놓아서 겨우 그 입구까지 들어갈 수 있었다. 이끼를 걷어내고 벽면을 살펴보니, 삼선동三仙洞이라는 세 글자가 있는데, 어느 시대에 새긴 것인지는 알 수 없었다."

깊은 지리산 속에 숨어 있어서 명승인데도 명승 대접도 받지 못한 불일폭포와 쌍계사에서 국사암에 이르는 길의 절경을 문화재청에서 2022년 국가 명승으로 지정하였다.

세상의 풍파에 찌든 도시 사람들이 찾아가 마음을 씻고 돌아온
다면 좋을 명소가 쌍계사에서 불일폭포 가는 길이다.

　　"두류산이 우리나라 첫 번째 산이라는 것은 의심할 나위가 없
다. 인간 세상의 영리를 마다하고 영영 떠나려 하지 않으려 한다
면, 오직 이 산만이 편히 은거할 만한 곳이리라."

　　불일폭포를 두고 떠나올 때 문득 유몽인의 〈두류산 유람〉의 끝
머리에 쓴 글이 떠올랐다.

휘적휘적 걷기 좋은 봄날의 산사

- 전남 곡성 태안사

- **주소** 전남 곡성군 죽곡면 원달리
- **소요시간** 3시간
- **길 난이도** 걷기 좋은 길
- **걷는 구간** 신숭겸 비각-호젓한 산길-능파각-태안사 일주문-대웅전-적인선사 혜철의 승탑

나라 안에 이름난 절들이 많이 있지만 고적하면서 옛 정취가 물씬 나는 절이 히어리꽃 피어나는 봄날에 가면 좋을 전남 곡성군 죽곡면 원달리에 자리 잡은 태안사일 것이다.

태안사의 들목에서 눈여겨보아야 할 것이 신숭겸의 영정비각이다. '장절공태사신선생영적비壯節公太師申先生靈蹟碑' 중의 '신선생'은 고려 개국공신 신숭겸申崇謙을 말하며, '장절壯節'은 태조 왕건이 내린 시호이다. 그는 죽곡과 인접한 목사동면 출신으로, 동리산에서 수련을 쌓은 뒤 왕건을 도와 고려를 세웠다. 그러나 공산전투에서 왕건이 죽게 되는 절체절명의 순간을 맞게 되자 외모가 비슷한 그가 왕건의 옷으로 바꾸어 입고 왕건이 타고 있던 수레에 올라타 왕건으로 행세하며 김낙과 함께 싸우다 죽고 말았다.

이곳에는 신숭겸의 죽음 이후가 전설로 내려오는데, 김낙과 함께 신숭겸이 전사하자 그의 애마는 머리를 물고 신숭겸이 그 옛날

무예를 닦았던 태안사의 뒷산 동리산棟裏山으로 와서 사흘 동안 슬피 울었다고 한다. 그 소리를 듣고, 태안사의 스님이 장군의 머리를 묻어주고 제사를 지냈으며, 훗날 이곳을 '장군단'이라고 부르게 되었다고 한다. 신숭겸은 평산 신씨의 시조가 되었으며, 곡성의 서낭당신으로 섬김을 받고 있다.

능파각에서 흐르는 물소리를 들으면

태안사로 오르는 산길은 호젓하다. 나무숲들이 우거진 계곡의 물길은 깊고 세차게 흐르며, 산길을 돌아갈 때마다 피안으로 가는 다리들이 나타난다. 자유교 · 정심교 · 반야교를 지나 해탈교를 돌아서면 제법 구성진 폭포가 있고, 그 폭포를 아우르며 백일홍꽃이 한 그루 만발해 있고, 능파각凌波閣 아래에 나무다리가 있다.

태안사

김존희의 글씨로 '동리산 태안사棟裏山 泰安寺'라고 쓰여진 동판이 걸려 있는 일주문인 봉황문을 들어서면 부도밭이다. 태안사를 중창해 크게 빛낸 광자대사廣慈大師 윤다允多의 부도(보물 274호)와 부도비(보물 275호)를 비롯하여 다른 형태의 부도가 몇 개 서 있고, 부도밭 아래 근래에 들어 만든 큰 연못이 들어서 있다. 가운데에 섬을 만들고 탑을 세웠으며, 그 탑에는 석가세존의 진신사리를 안치하고 나무다리를 만들었다.

광자대사 윤다는 8세에 출가, 15세에 이 절에 들어 33세에 주지를 맡았다. 신라 효공왕의 청을 거절한 윤다도 고려 왕건의 청을 받아들여, 이후 고려 왕조의 지원을 받아 크게 부흥시켰다는 이야기가 전한다. 적인선사 혜철의 비를 그대로 빼닮은 윤다의 부도비는 비신이 파괴된 채로 이수와 귀부 사이에 끼어 있다.

구산선문의 하나였고, 동리산파의 중심사찰이었던 태안사는 한때 송광사와 화엄사를 말사로 거느렸을 만큼 세력이 컸으나, 고려 중기 순천의 송광사가 수선결사修禪結社로 크게 사세를 떨치는 바람에 위축되었다.

안마당에 들어서기 전에 만나게 되는 큰 건물이 보제루普濟樓이고, 문이 시원스럽게 열려진 대웅전은 전쟁 중에 불타버린 것을 봉서암鳳西庵에서 20년 전에 옮겨왔다. 그 뒤 태안사가 여러 채의 건물을 새로 짓고 청정한 도량으로 이름이 높아진 것은 우리 시대의 고승 청화선사가 수십 년을 이 절에 주석駐錫하면서 이룩한 성과일 것이다.

청화스님은 이후 옥과玉果에 있는 성륜사를 일으켜 세웠고 미국에 한국불교를 전파하는데 힘을 쏟았으며, 다양한 종교와 화홍(和弘: 진리를 통한다는 뜻)을 위해 힘쓰다가 십여 년 전에 입적하였다.

송광·화엄사의 본산이던 태안사

태안사는 신라 때부터 조선 숙종 28년까지 대안사로 불려오다 조선 이후 태안사로 불렸다. 이는 절의 위치가 '수많은 봉우리, 맑은 물줄기가 그윽하고 깊으며, 길은 멀리 아득하여 세속의 무리들이 머물기에 고요하다. 용이 깃들이고 독충과 뱀이 없으며 여름이 시원하고 겨울에 따뜻하여 심성을 닦고 기르는데 마땅한 곳이다'라는 적인선사 혜철의 부도 비문처럼 '대'와 '태'의 뜻은 서로가 통하는 글자이고, 평탄하다는 의미가 덧붙여진 이름이라고 한다.

이곳에 처음 절이 지어진 것은 신라 경덕왕 원년 세 명의 신승들에 의해서였다. 그러나, 태안사가 거찰이 된 것은 신라 말기에서 고려 초기에 걸쳐 적인선사 혜철과 광자대사 윤다가 이 절에 주석하면서부터였다.

배알문拜謁門에는 조선 후기 호남의 명필로 알려졌던 창암 이삼만蒼巖 李三晩의 글씨로 된 현판이 걸려 있는데 통나무를 아치형으로 배치한 운치 있는 문으로 유물을 향해 자연스럽게 머리를 숙이고 들어가도록 만들어져 있다. 부도(보물 273호)는 전체 높이가

3.1m에 달하는 팔각원당형으로 '적인선사 조륜청정탑寂忍禪師 照輪淸淨塔'이라는 이름을 갖고 있다. 철감선사澈鑑禪師 부도와 비슷한 시기에 만들어졌지만, 화순 쌍봉사의 철감선사 부도처럼 철저한 비례 속에 구현된 화려함은 덜하다. 그러나 땅 위에서 상륜부까지 팔각을 기본으로 삼아 조용한 장엄함을 표현했다는 평가를 받고 있다. 부도 옆에는 혜철의 행적을 비롯하여 사찰에 관계된 여러 가지 내용을 적은 부도비가 서 있는데, 1928년에 파손된 비신을 새로 세울 때 광자대사 부도비의 이수와 바뀌었다고 한다.

이 절에는 이 외에도 몇 개의 소중한 유물이 있다. 단종 2년에 만든 대 바라 한 쌍(보물 956호)이 그것이고, 대웅전의 종은 세조 4년에 만들었다가 종이 깨어져 선조 때 다시 고쳐 만들었다고 한다.

언제나 가도 마치 고향에 온 듯 나를 반기는 절, 동리산 자락의 태안사도 지금 나를 그리워하고 있을까?

빛고을 광주를 굽어보는 호남의 진산珍山

- 전남 광주 무등산

- **주소** 전남 광주시 동구 운림동
- **소요시간** 4시간
- **길 난이도** 난이도가 있는 길
- **걷는 구간** 증심사-장불재-무등산 서석대-규봉암

───────

전주全州를 두고 온전할 '전全' 자 때문에 '온 고을'이라고 부르듯 광주光州는 ' 빛 광光'을 따서 '빛 고을'이라고 부른다. 빛 고을 광주를 굽어보는 산이 광주의 진산인 무등산이다.

이중환이 지은 《택리지》에 무등산이 다음과 같이 실려 있다.

"광주의 무등산無等山은 산 위에 긴 바위가 가지처럼 뻗은 것이 수십 개나 공중에 배열되어 있어 훌륭한 홀 같고(입석대를 말함), 산세가 지극히 준엄하여 온도를 위압한다."

무등산은 광주광역시 북구와 화순군 이서면 및 담양군 남면과의 경계에 위치해 있는 산으로 해발 1187m에 달한다. 무등산은 높이를 헤아릴 수 없고 견줄 만한 상대가 없어 등급을 매기고 싶어도 매길 수 없다는 뜻을 지니고 있다. 다시 말한다면 무등산의 무등은 불교와 인연이 있는 말로써 《반야심경》에서 부처가 절대평

등의 깨달음 곧 '무등등無等等'을 말한 대목에서 유래된 듯하다고 하며 절대평등의 무등은 평등이란 말을 쓸모없게 하는 완전한 평등을 뜻한다.

무등산은 어느 방향에서 바라보든 그저 하나의 봉우리로 이루어진 듯 하지만 올라가서 내려다보면 사방으로 가지를 뻗고 큰 골짜기들이 여러 갈래로 있다. 무등산의 계곡으로 증심사계곡, 동조골, 큰골, 용추계곡, 곰적골, 원효계곡, 석곡계곡 등이 있으며 계곡마다 폭포와 암반들이 절경을 이루고 있다.

광주의 진산 무등산

《신증동국여지승람》 35권 '광산현' '산천'조에는 "일명 무진악또는 서석산이라고 한다. 이 산 서쪽 양지 바른 언덕에 돌기둥 수십 개가 즐비하게 서 있는데 높이가 백 척이나 된다. 산 이름 서석은 이로 말미암은 것이다"라고 그 유래를 밝히고 있으며 임진왜란때의 의병장이었던 제봉 고경명도 무등산을 서석산이라 했다.

조선 초기의 문신인 권극화權克和는 기문記文에서 "광산光山의 진산鎭山을 무등산이라 하고 혹은 서석산이라고도 하는데 그 형세가웅장하여 모든 산에 비길 바가 아니다. 산 동쪽에 암자가 있어 이를 규암圭庵이라 하고 그 곁에 서석瑞石이 겹겹이 서 있어 우러러보는 자, 굽어보는 자, 누운 자, 일어난 자가 있고 또 무더기로 있는자와 혼자 서 있는 자가 있어 높이가 수백 척이나 되고 사면이 옥

서석대

을 깎은 듯하다"라고 기록되어 있다.

　무등산이 사람들에게 아름답다고 알려진 이유는 무등산이 평퍼짐한 육산이면서도 산등성이 곳곳에 기기묘묘한 바위들이 서 있기 때문이다. 천왕봉 남동쪽의 규봉과 남쪽의 입석과 서석, 세 암봉은 다른 산에서는 찾아보기 힘든 비경이며 장불재 북쪽 약 800m 지점에 솟아 있는 서석은 저녁노을이 물들 때면 수정처럼

입석대

반짝인다 하여 수정병풍水晶屛風이라 일컬어지고 있다. 장불재 북동쪽 약 400m 지점에 위치한 입석대는 선돌을 수백 개 모아놓은 듯 오묘한 모습으로 솟아 있다. 특히 입석대는 옛날부터 제천단祭天壇으로서 가뭄이나 전염병이 극심할 때 제를 지내던 신령스런 곳이다. 천왕봉 남동쪽에 위치한 규봉은 큰 바위가 세 개가 솟아 있다고 하여 삼존석이라 불리기도 한다.

무등산 정상에는 '정상 3대'라 불리는 천왕봉, 지왕봉, 인왕봉 세 개의 바위봉으로 이루어져 있다. 천왕봉은 무등산의 최고봉답게 전라북도 순창뿐만 아니라 광주, 담양, 영암, 나주 등 호남 일원이 한눈에 들어오며 날이 맑은 날은 지리산까지 조망된다. 비로봉이라고도 불리는 지왕봉 꼭대기의 뜀바위는 임진란 때 의병장인 김덕령 장군이 무술을 연마하고 담력을 키우기 위해 뜀바위를 건너뛰곤 했다는 이야기가 전한다. 반야봉이라고도 불리는 인왕봉은 세 개의 봉우리 중 가장 낮은 봉이다.

산 우는 소리 수십 리를 퍼져 흐르고

《신증동국여지승람》 '광산현'편, '산천'조에 "하늘이 가물다가 비가 오려고 할 때나 오랫동안 비가 오다가 개려고 할 때에는 산이 우는데 수십 리까지 들린다"고 쓰여 있으며 같은 책 '사묘'조의 '무등산신사'에는 "신라 때는 소사小祀를 지냈으며 고려 때는 국가의 제祭를 올렸다. 동정원수 김주정이 각 관청의 성황신에게 제사를 지낼 때 차례로 신의 이름을 불러 신의 기이함을 경험했다. 그런데 이 광주의 성황신이 원수의 큰 기의 방울을 올린 것이 세 번이었다. 그래서 김주정이 조정에 보고하여 지위를 봉했다. 본조(조선)에 와서도 춘추로 본읍에 명하여 제사를 올리도록 했다"고 기록되어 있다.

육당 최남선은 《심춘순례》에서 입석대를 '천연의 신전'이라 했고 전라도 지방의 전통종교의 중심지로 산 전체가 당산 터며, '무당산'이라 불렀다고 기록했다. 한편 무등산 신사 터를 천제 등으로 추정하고 있다.

《신증동국여지승람》에는 "속설에 무등산곡이 있는데 백제 때 이 산에 성을 쌓아서 백성들이 믿고 평안히 살면서 즐거워 부른 것이라 한다"고 쓰여 있다. 660년 나당연합군에 의해 백제가 무너진 뒤에 백제 유민의 한이 가세하여 무등산은 백제 유민들의 가슴

속에 신의 산으로 스며들었을 것이다.

이렇듯 빼어난 경관을 자랑하는 무등산에는 불교와 유교의 문화유산들이 산재해 있다. 증심사와 원효사 등의 사찰과 수많은 암자들이 있는데, 무등산 최대의 사찰인 증심사에는 철조비로자나불좌상(보물 131호) 등을 비롯한 여러 문화재들이 있으나 원효사는 이름 그대로 원효가 신라 때 창건한 절로 알려져 있지만 한국전쟁 당시 공비토벌작전으로 소실되었다가 얼마 전에야 복구되었다.

무등산 북쪽을 '가사문화권' 또는 '정자문화권'으로 부르는데 소쇄원과 식영정을 비롯한 여러 누정들이 즐비하고 김덕령을 모신 충장사 등 역사유적이 여러 곳 있다.

광주의 동쪽에서 산 아래 펼쳐진 광주를 비롯한 전라도 일대를 굽어보는 산, 이 오랜 역사 속에 빼어난 문화유산이 많은 무등산에 따사로운 봄볕을 받으며 오르고 싶지 않은가?

백련산 자락에서 들려오는 다산의 흔적
- 전남 강진 다산초당, 백련사

- **주소** 전남 강진군 도암면 만덕리
- **소요시간** 2시간
- **길 난이도** 걷기 좋은 길
- **걷는 구간** 다산초당-귤동마을-천일각-바다가 보이는 산길-백련사

———

역사는 돌고 돈다고 하던가? 역사 속에서 국사범들의 유배지였던 곳, 한 시대를 풍미했던 빼어난 사람들이 절망과 질곡의 시절을 보낸 장소들이 현대에 접어들면서 역사 유적지와 문화관광지로 또는 말년을 지낼 거주지로 각광을 받고 있다.

그 대표적인 곳이 다산 정약용이 머물렀던 강진의 다산초당이다. 정약용이 남긴 《다신계안茶信契案》을 보자.

"나는 신유년(1801년) 겨울 강진에 도착하여 동문 밖의 주막집에 우접寓接하였다. 을축년(1805년) 겨울에는 고성사에 있는 보은산방寶恩山房에서 기식하였고, 병인년(1806년) 가을에는 학래의 집에 이사가 살았다. 무진년(1808년) 봄에야 다산茶山에서 살았으니 통계를 내보면 유배지에 있었던 것이 18년인데 읍내에서 살았던 것이 8년이고 다산에서 살았던 것이 10년이었다."

다산수련원 두충나무 숲

　유배지의 오두막집을 사의재四宜齋라고 이름 지은 그는 그 집에
서 1805년 겨울까지 만 4년을 살았다. 학문연구와 저술활동을 조
금씩 시작한 그는 이곳에서 《상례사전》이라는 저술을 남겼는데,
"방에 들어가면서부터 창문을 닫고 밤낮으로 외롭게 혼자 살아가
자 누구 하나 말 걸어 주는 사람도 없었다. 그러나 오히려 기뻐서
혼자 좋아하기를 '나는 겨를을 얻었구나' 하면서 《사상례士喪禮》3
편과 《상복喪服》1편 및 그 주석註釋을 꺼내다가 정밀하게 연구하

고 구극까지 탐색하며 침식을 잊었다"는 서문을 남겼다.

정약용이 다산초당 시절 각별하게 지냈던 사람이 백련사에 있던 혜장惠藏선사(1772~1811)였다. 그는 해남 대둔사의 스님이었다. 나이가 서른 살쯤 되었던 혜장선사는 두륜회(두륜산 대둔사의 불교학술대회)를 주도할 만큼 대단한 학승으로 백련사에 거처하고 있었다. 정약용이 읍내 사의재에 머물던 1805년 봄에 알게 되어 그 후 깊이 교류하였다. 정약용이 한때 보은산방에 머물며 주역을 공부하고 자신의 아들 학유를 데려다 공부시켰던 것도 혜장선사가 주선했기 때문에 가능했다고 한다. 혜장은 다산보다 나이가 어리고 승려였지만 유학에도 조예가 깊었으며 문재도 뛰어났다고 한다. 1811년에 혜장선사가 죽자 다산은 그의 비명을 쓰면서 《논어》 또는 율려律呂, 성리性理의 깊은 뜻을 잘 알고 있어 유학의 대가나 다름없었다"고 하였다.

다산초당에서 저술에 몰두하다

정약용이 사의재에서 지내던 때에는 혼자 책을 읽고 쓰면서 읍내 아전의 아이들이나 가끔 가르쳤을 뿐 터놓고 대화할 만한 상대가 없었다. 정약용은 혜장스님과 만나 그와 토론하는 가운데 학문적 자극을 받고 외로움을 달랠 수 있었다.

그 무렵 고향에 있는 아들들에게 보낸 편지의 내용은 다음과 같다.

다산초당

"너희들이 폐족의 자제로서 학문마저 게을리 한다면 장차 무엇이 되겠느냐. 과거를 볼 수 없는 처지가 되었지만 이는 오히려 참으로 독서할 기회를 얻었다 할 것이다."

"너희들이 만일 독서하지 않는다면 내 저서가 쓸데없이 될 테고, 내 글이 전해지지 못한다면 후세 사람들이 다만 사헌부의 탄핵문과 재판 기록만으로 나를 평가할 것이다."

아들들에게 써 보낸 정약용의 애타는 당부는 바로 자신의 삶의 자세이자 다짐이었을 것이다.

다산초당으로 온 후 정약용은 비로소 마음놓고 사색하고 제자들을 가르치며 본격적으로 연구와 저술에 몰두할 여건을 갖게 되었다. 다산초당에서 백련사로

백련사

넘어가는 산책길과 귤동마을 앞 구강포 바다, 스스로 가꾼 초당의 조촐한 정원 속에서 유배객의 울분과 초조함을 달랠 수 있었다. 또한 유배 초기에 의도적으로 멀리했던 해남 연동리의 외가에서도 여러 가지 도움을 주었는데 그 가운데 큰 도움은 윤선도에서 윤두서에 이르는 동안에 모아졌던 외가의 책을 가져다 볼 수 있었던 것이다.

정약용은 다산초당에서 '나무 한 그루, 풀 한 포기 병들지 않은 것이 없는' 이 땅과 그 병의 근원을 깊이 들여다보았다. 정약용은 "살아서 고향으로 돌아가느냐의 여부는 오직 나 한 사람의 기쁨과 슬픔일 뿐이지만, 지금 만백성이 다 죽게 되었으니 이를 장차 어찌하면 좋으냐"라고 탄식하고 있다. 그는 실학과 애민愛民의 길을 묵묵히 걸어가면서 그 당시 백성들이 직면했던 실상을 〈애절양哀絶陽〉 같은 시로 남겼으며 그곳에서 유배가 풀려 고향인 능내리로

돌아가기까지 5백여 권에 이르는 방대한 저서를 남겼다.

다산초당 뿐만이 아니라 추사 김정희가 머물렀던 제주의 대정읍과 화순 능주면, 조광조의 적소, 흑산도의 정약전과 최익현의 유배지가 사람들이 즐겨 찾는 곳이다.

대숲에 바람이 불어 댓잎 스치는 바람이 이마를 스치는 봄날, 다산초당에서 백련사로 넘어가는 그 길을 다산을 회상하며 걷고 싶지 않은가?

이토록 매혹적인 역사여행

철쭉꽃으로 물든 영남의 명산을 찾아서
- 경남 합천 황매산, 영암사지

- **주소** 경남 합천군 가회면 황마산로 637-97
- **소요시간** 3시간
- **길 난이도** 난이도가 있는 길
- **걷는 구간** 영암사지-모산재 산행-영암사지

———

"관하의 길은 아득히 멀고, 세월은 나날이 지나가네. 산이 돌아 푸른 묏부리 합치고 골이 좁아 흰 구름이 짙구나. 마음 맑게 하는 곳 여기에 있으니 찬 시냇물은 돌에 부딪쳐 읊조리네."

조선 전기의 문장가인 서거정이 합천을 두고 쓴 글이다. 박형원은 "좋은 산은 문을 밀치고 들어오는 듯 천 겹이나 아득하고 절벽은 강에 임하여 몇 자나 높은가"라고 산이 높으며 골이 좁은 합천 땅의 지세를 노래하였다.

봄의 철쭉꽃이 아름답기로 소문난 합천의 명산 황매산黃梅山은 경상남도 합천군 대병면, 가회면과 산청군 차황면에 걸쳐 있는 산이다. 산 정상에는 성지가 있고, 우뚝 솟은 세 개의 봉우리는 삼현三賢이 탄생할 것이라는 전설이 전해져 왔다. 이 지역 사람들은 합천군 대병면 성리에서 태어나 조선조 창업을 도운 무학대사와 삼가현 외토리에서 태어난 조선 중기의 거유 남명 조식을 합천이 낳은 인물로 여기며 아직 세 번째 인물은 출현하지 않았다고 전한다.

높이 1,108m 북쪽 월여산과 황매산 사이에 떡갈재가 있고, 남쪽으로 천황재를 지나 전암산에 이른다. 산 정상은 크고 작은 바위들이 연결되어 기암절벽을 이루고 그 사이에 크고 작은 나무들과 고산식물들이 번성하고 있으며 산 정상에서 바라보는 전망 또한 빼어나다. 정상 아래의 황매평전에는 목장지대와 철쭉나무 군락이 펼쳐져 있어 매년 5월 중순에서 5월 말까지 진홍빛 철쭉이 온 산을 붉게 물들인다.

적멸의 아름다움을 오롯이 품은 영암사지

이곳 황매산 자락 모산재 아래에 나라 안에서도 아름답기로 소문난 폐사지인 영암사 터가 있다. 경상남도 합천군 가회면 둔내리에 있는 영암사지를 이 지역 사람들은 영암사 구질로 부르고 있다. 신라시대의 절터로써 사적 제131호로 지정되어 있는 이 절은 해발 1,108m의 황매산 남쪽 기슭에 있는데 정확한 창건연대는 알려져 있지 않다. 다만 강원도 양양에 있는 사림사 홍각선사비 조각에 새겨진 글자에 "……영암사靈巖寺 수정누월……."이라고 기록된 것이 유일한 관련 기록이다. 그러나 고려 때인 1014년에 적연선사가 83세로 입적하였다는 기록이 남아 있어 그 이전에 세워졌던 것으로 추정하고 있다.

1894년에 동아대학교 박물관에서 절터의 일부를 발굴 조사하

영암사지

여 사찰의 규모를 부분적으로 밝히게 되었는데, 그때 밝혀진 바로
는 불상을 모셨던 금당과 서금당, 회랑 등 기타 건물들의 터가 확
인되어 당시의 가람 배치를 파악하게 되었다. 특히 금당은 개축 등
세 차례의 변화가 있었음이 밝혀졌고, 절터에는 통일신라 때에 제
작된 것으로 보이는 영암사지 쌍사자 석등과 삼층석탑 그리고 통
일신라 말의 작품인 귀부 2개가 남아 있다.

　일주문도 없고 변변한 건물도 없이 그저 요사채만 지어진 영
암사의 돌계단을 오르면 눈앞에 나타나는 것이 영암사 삼층석탑
이다.

　영암사지 삼층석탑은 높이가 3.8m이며 보물 제480호로 지정
되었다. 2중기단 위에 세워진 전형적인 신라양식의 방형 삼층석탑
으로, 하층기단은 지대석과 면석을, 단일석에는 가공한 4매의 석

재로 구성하였다. 각 면에는 우주와 탱주 1주씩을 모각하였고 그 위에 갑석을 얹었다. 옥신석에는 우주를 모각하였고, 옥개석은 비교적 얇어서 지붕의 경사도 완만한 곡선으로 흘러내렸으며 네 귀에서 살짝 반전하였다. 처마는 얇고 수평을 이루었으며, 4단의 받침을 새겼다. 상륜부는 전부 없어졌고, 3층 옥개석의 뒷면에 찰주공이 패어 있다. 이 탑은 상층기단과 1층 탑신이 약간 높은 느낌은 있으나 각 부재가 짜임새 있는 아름다운 탑으로 탑신부가 도괴되었던 것을 1969년에 복원하였다.

영암사지 뒤편으로 기암괴석이 신록과 어우러진 황매산이 보이고 그 바로 앞에 아름다운 석등이 있다. 질서도 정연하게 천년의

영암사지 석등과 석탑

세월을 견디어낸 석축에 통돌을 깎아내서 계단을 만든 그 위에 영암사지 석등이 외롭게 서 있다.

영암사지 쌍사자 석등은 높이가 2.31m이며 보물 355호로 지정되어 있는 8각의 전형적인 신라석등 양식에서 간주만을 사자로 대치한 형식이다. 높은 8각 하대석의 각 측면에는 사자로 보이는 웅크린 짐승이 한 마리씩 양각되었고, 하대석에는 단판 8엽의 목련이 조각되었다.

통일신라 말기의 미술품을 대표할만한 우수한 작품인 이 석등은 1933년쯤 일본인들이 야간에 해체한 후 삼가에까지 가져갔던 것을 마을 사람들(허맹도를 비롯한 청년들)이 탈환하여 가회면 사무소에 보관하였다가 1959년 원위치에 절 건물을 지으면서 다시 이전한 것이다. 그때 사자상의 아랫부분이 손상을 입었다.

사라진 절터에는 노오란 민들레꽃과 봄꽃들이 여기저기 피어 있다. 그 꽃들의 아름다움과 향기에 취한 채 발길은 영암사지 귀부가 있는 서금당 쪽으로 향한다.

이곳 서금당 자리에는 2개의 귀부가 남아 있다. 이수와 비신이 없어진 채로 남아 있는 동쪽 귀부는 1.22m이고 서쪽 귀부는 1.06m로써 보물 489호로 지정되어 있다. 법당지를 비롯한 건물의 기단들과 석등의 잔해까지 그대로 남아 있어 그 당시 사찰의 웅장함을 알 수 있는데, 이들 귀부는 법당지의 각각 동서쪽에 위치하고 있다.

봄햇살에 빛나는 아름다운 모산재 바윗길

이곳 모산재 일대의 바위산은 말 그대로 절경 중의 절경이다. 마치 속초에 접어들 때 속초 뒤편을 병풍처럼 둘러친 울산바위 같다고 해야 할까. 곳곳이 명소라는 사람들의 감탄사가 틀리지 않다. 드문드문 소나무와 잡목이 섞여 있고 바위산은 봄 햇살에 빛나고 여기서부터 능선 길은 바윗길이다.

바윗길이 끝나자 '무지개 터'라는 작은 연못이 나타났다. 물은 흐리지만 그 물에는 올챙이들이 새까맣게 떠 있다. 이곳 무지개 터는 한국 최고의 명당자리라는 말들이 전해져 온다. 풍수지리설에 의하면 이곳에는 용마바위가 있어 비룡상천하는 지형이므로 예로부터 이곳에 묘를 쓰면 천자가 되며 자손만대 부귀영화를 누린다고 한다. 그러나 이곳에 묘를 쓰면 온 나라가 가뭄이 들기 때문에

모산재

명당자리이긴 하지만 누구도 써서는 안 될 자리라고 한다.

옛사람들은 하나같이 한가함 속에서 자연과의 합일을 추구하려고 했고, 자연은 내게 어떤 것도 요구하지 않았다. 그런데, 나는 왜 이렇듯 무한정으로 펼쳐진 아름다운 정경을 보면서도 만족하지를 못하고 왜 이렇듯 항상 늦은 것처럼 서두르고만 있는가? 어차피 나 역시 자연의 한 구성원이니, 횔덜린의 시에서 "자연이 그대를 앗아 가기 전에 그대를 자연에게 맡겨라"라고 하였던 것처럼 맡겨두는 것이 좋지 않을까?

바위와 주변 풍치가 선경仙境에 이른 곳
- 강원 평창 팔석정

- **주소** 강원도 평창군 봉평면 평촌리
- **소요시간** 2시간
- **길 난이도** 걷기 좋은 길
- **걷는 구간** 봉사서재-홍정천-팔석정

———

한 달 살기, 두 달 살기, 일 년 살기가 유행이다. 내가 좋아하는 곳
에서 잠시나마 세상을 잊은 채 살고 싶은 것이 요즘 사람들의 로
망이 된 것 같다. 그런 꿈을 맨 처음 꾸었던 사람이 조선 전기의 문
장가이자 정치가인 양사언楊士彦이었고, 그가 그 꿈을 펼쳤던 곳이
평창의 팔석정八夕亭이었다.

팔석정, 신선처럼 노닐며 자연속에 젖다

팔석정은 평창군 봉평읍 백옥포리 홍정천의 물가에 위치하고
있는 명승지를 말한다.

태산泰山이 높다 하되, 하늘 아래 뫼山이로다.
오르고 또 오르면, 못 오를 리 없건마는,

사람이 제 아니 오르고, 뫼만 높다 하더라.

누구나 외우고 있는 〈태산가〉를 지은 양사언의 자취가 남아 있는 곳 팔석정! 양사언은 강릉부사로 부임하러 가던 중 강릉부 관할이던 이곳에 이르렀다. 아담하면서도 빼어난 자연 경관에 감탄하여 하루만 머물다 가고자 하였는데, 너무 마음에 들어 정사도 잊은 채 여드레 동안을 신선처럼 자유로이 노닐며 경치를 즐기다가 갔다는 곳이다. 그 뒤 양사언은 이곳에 팔일정八日亭이란 정자를 세우고 매년 봄과 여름, 그리고 가을에 세 차례씩 찾아와서 시상詩想을 다듬었다고 한다.

그가 지은 정자의 자취는 현재 남아 있지 않다. 양사언이 강릉부사를 그만두고 고성부사로 옮겨가게 되자 이별을 아쉬워하며 정자 주변에 있는 여덟 개의 큰 바위에 저마다 이름을 지어주었다. 봉래蓬萊(전설 속 삼신산 중의 하나, 금강산). 방장方丈(전설 속 삼신산 중의 하나, 지리산). 영주瀛州(전설 속 삼신산 중의 하나, 한라산). 석대투간石臺投竿(낚시하기 좋은 바위). 석지청련石池靑蓮(푸른 연꽃이 피어있는 돌로 만든 연못). 석실한수石室閑睡(방처럼 둘러쌓여 낮잠을 즐기기 좋은 곳). 석평위기石坪圍棋(뛰어오르기 좋은 흔들바위). 석구도기石臼搗器(바위가 평평하여 장기 두던 곳)라고 지었는데, 그 바위들은 주변의 풍치와 어울려 절경을 이루고 있다. 아기자기한 기암괴석과 그 바위를 의지 삼아 휘어지고 늘어진 소나무, 햇빛을 받아 반짝이는 물결은 자연의 절묘한 아름다움을 보여주고 있다.

팔석정 밑에 있는 구룡소九龍沼는 용 아홉 마리가 등천하였다는 곳이고, 팔석정으로 들어가는 소는 도래소到來沼라고 부른다. 그곳에 가서 바위 둘레에 적힌 글들을 바라보며 시공을 초월하여 옛사람을 생각하는 것도 좋지만 뭐니 뭐니 해도 시원하게 흐르는 냇물과 널찍널찍한 바위가 인상적이다. 팔석정에서 한참을 무연히 흐르는 강물을 내려다보면 불현듯 신선이 된 듯한 착각에 사로잡히게 된다.

이렇게 아름다운 풍경에 같이 풍경이 되어 앉아 있다 보면 "산을 보고 사는 사람은 심성心性이 깊어지고, 물을 보고 사는 사람은 심성心性이 넓어진다"는 옛사람들의 풍수설에 합당한 곳이 바로 '이곳'이 아닐까 하는 생각을 지울 수 없게 한다.

이곳엔 재미난 지명들이 많이 있다. 평촌리 서쪽 산 밑 강가에 있는 바위는 모양이 배와 비슷하다고 하여 선바위라고 부르고, 선바위가 있는 골짜기를 선바웃골이라고 부른다. 평촌 동북쪽에 있는 골짜기는 예전에 호랑이가 들어 있었다고 해서 범든골이고 꽃밭골이라고 부르는 꽃벼루라는 골짜기는 벼루가 지고 꽃이 많이 피기 때문에 붙여진 이름이다. 평촌 동북쪽 골짜기에 있는 썩은새라고도 부르는 후근내마을은 조선 중엽에 석은石隱이라는 이씨가 살았다는 마을이고, 남안동 남쪽 골짜기에 있는 쇠파니(금산동)마을은 예전에 쇠를 캤다는 마을이다.

봉산, 율곡 잉태의 정기가 서린 곳

팔석정에서 가까운 평창군 봉평면 백옥포리白玉浦里의 판관대判官垈는 신사임당이 율곡 선생을 잉태한 곳으로 알려져 있다.

봉산 서쪽에는 수려한 풍광의 삼신산三神山이 있고, 평촌리 동남쪽에는 그 모양이 머리에 쓰는 관모와 비슷한 관모봉이 있다. 평촌 마을 뒤에 있는 봉산蓬山은 예전에는 덕봉德峯이라고 하였는데, 양사언이 이 산에서 놀고 간 뒤로 봉산이라고 지었고, 평촌에 있는 율곡 이이를 모신 사당이 봉평서재峯坪書齋라고 부르는 봉산서재

이다.

봉산서재는 이곳에서 율곡이 잉태된 사실을 후세에 전하기 위해 이 고을 유생들이 1906년에 창건創建한 사당祠堂인데, 이곳에 봉산서재를 지은 연유는 다음과 같다.

이곳에 살고 있던 홍재홍 등의 유생들이 율곡과 같은 성인이 이 마을에서 태어났다고 상소를 올려 1905년에 판관대를 중심으로 한 10리 땅을 하사받았고 유생들이 성금을 모아 이이의 영정을 모신 봉산서재를 지은 뒤 봄 가을로 제사를 지냈다.

현재는 서재書齋 경내境內의 재실齋室엔 율곡 이이 선생과 화서華

西 이항로李恒老 선생의 존영尊影를 모시고 이 고장의 유림儒林과 주민들이 가을에 제사를 봉행奉行하고 있다.

봄의 경치가 유달리 아름답기 그지없는 팔석정과 율곡 이이와 그의 부모의 이야기가 숨어있는 평촌리에 터를 잡고 메밀꽃 필 무렵인 초가을에는 메밀꽃이 하얀 봉평장으로 장을 보러 간다면 얼마나 신바람 나는 일이겠는가?

굽이굽이 절경만 모아담은 봄날의 호숫길

- 충북 제천 충주호, 구담봉, 옥순봉

- **주소** 충북 제천시 청풍면 일대
- **소요시간** 2시간
- **길 난이도** 걷기 좋은 길
- **걷는 구간** 옥순봉-옥순봉/구담봉 주차장-삼거리-구담봉-삼거리-옥순봉

나무들이 봄빛으로 치장한 장회나루에 도착해서 충주호 관광선을 타고 충주나루까지는 2시간 거리. 눈부신 햇살 아래 삼층에 자리를 잡는다. 한쪽 끝이 풀어진 태극기는 오늘도 역시 바람에 펄럭거리고 몇 척의 유람선이 필자가 탄 관광선을 앞질러 출발한다.

떠나고 돌아오는 것, 그것이 인생이고 그것이 세상이리라. 어라연에서 장회나루까지 85km, 결코 짧은 거리는 아니었다.

한 발 한 발 걸어온 길이 저 강줄기 속으로 묻혀버리고 배는 뱃고동을 울리며 떠나고 있다. "청풍나루까지 40분쯤 걸리고 충주댐까지는 2시간쯤 걸릴 것입니다." 그래 출발이다, 하고 바라보는 장회나루에는 옛사람의 자취가 묻어나온다.

조선 전기의 문장가인 김일손이 "열 걸음을 걷는 동안에 아홉 번을 뒤돌아볼 만큼 절경지"라고 침이 마르게 칭찬을 하고 그 마땅한 이름이 없어 애석하게 생각한 나머지 즉석에서 단구협이라

장회나루

칭하였던 곳이다. 이 일대에는 남발치여울을 비롯한 10여 개의 험한 여울이 있어서 이곳을 지나던 뱃사람들에게 어려운 항로로 소문이 자자했고, 이름난 장회나루가 있었는데, 아쉽게도 장회나루는 과거와 함께 이제 사라지고 없다.

그러나 하늘을 찌를 듯 솟아 있는 수많은 바위에 흰 눈이 쌓이면 울창한 적송 위에 덮인 눈과 조화를 이루어 멀리서 보면 마치흰 말이 달음질치는 것같이 보인다는 설마동과 배를 타고 가면 산이 움직이는 것 같아 배의 흐름에 따라 산과 언덕 모양이 바뀌는 부용성은 그대로 남아 있다. 특히 설마동은 300m나 되는 양편의 층암절벽과 울창한 수목, 맑은 물이 삼중주를 이루고 있고, 정상에서 구담봉과 충주호의 비경을 내려다볼 수 있는 조망으로 각광받

는 신단양팔경 중의 하나로 손꼽
히고 있다.

　이곳의 장회여울은 남한강 줄
기에서도 급류가 심한 곳이라 노
를 저어도 배가 잘 나아가지 않
고 노에서 손만 떼면 금세 도로 흘러 내려가므로 오가던 배와 뗏
목이 무진 애를 써야 했던 곳이다. 적성면 성곡리 석지로 건너가는
나루가 장회나루였고 장회여울 남쪽에 있는 삿갓여울은 기암절벽
이 흐르는 물을 막고 있어서 삿갓여울이라고 불렀다.

굽이 굽이 절경만 모아놓은 옥순봉, 구담봉

　장회탄 아래에 있는 구담봉龜潭峰은 소 가운데에 있는 바위가 모
두 거북 무늬로 되어 있고 절벽의 돌이 모두 거북처럼 생겼다 하
여 붙여진 이름이다. 거울같이 맑은 물이 소를 이루어서 봄꽃, 가
을 단풍 때 아름다운 경치가 물속에 비치니 배를 띄우고 놀면 아
래위로 꽃 속이 되어 그야말로 신선놀음이 따로 없었다고 한다. 퇴
계 이황, 급제 황준량, 율곡 이이 등이 이곳의 경치를 시를 지어 극
구 찬양하였다. 옥순봉玉筍峰은 희고 푸른 암봉들이 비 온 후 죽순
이 솟듯이 미끈하고 우뚝하게 줄지어 있으며 소금강이라고 불리
기도 한다.

　구담봉과 옥순봉 사이의 소석대에는 이인상의 글씨 '流水高山'

옥순봉

구담봉

과 함께 구담봉의 장관을 노래한 퇴계의 시가 나란히 새겨져 있다.
옥순봉에도 퇴계의 글씨로 '丹邱同門' 넉 자가 새겨져 단양과 제천
시의 경계임을 알려주었는데 지금은 충주호 물에 잠겨서 가뭄 때
나 물 밖으로 살짝 드러날 뿐이다.

이인상은 구담봉의 절경을 "나그네 꿈이 땅 울림에 놀라 깨니 / 가랑잎만 어지러이 창문을 두드리네 / 모를레라 이 밤에 강물로 흐른 비 / 구봉을 얼마나 깎아내는지"라고 노래했고, 율곡 이이 또한 "겨드랑이 밑에 절벽을 끼고 / 강물 위를 미끄러져 간다 / 누구나 나를 보면 / 하늘에서 온 줄 알리 / 구담에 비친 그림자 / 들여다보다 나도 속았네 / 구담봉 옛 주인은 / 어디 가 계시는고 / 나무학 타고 올라 / 바람 몰고 다니더니 / 그날에 학채 구름채 / 구름 속으로 갔나 보다"라며 절창을 아끼지 않았다.

굽이굽이 절경만 모아담은 이 구담봉을 즐겨 찾았던 사람이 선조 때 처사인 성암省庵 이지번李之蕃이다. 그는 토실土室에서 수도하면서 흙으로 길게 바를 만들어 구담봉과 맞은편에 있는 오로봉五老峯에 걸쳐 매고, 그 줄에다 가마를 달아매어 탄 후 그 밧줄을 잡아당겨서 구담 위를 수시로 왕래하면서 놀았다고 한다. 사람들은 이 광경을 바라보고 신선이 학을 타고 노는 것이라고 하였다는데, 이것이 삭도(索道, 공중에 차량을 매달아 사람이나 짐을 나르는 설비)의 효시가 되었다.

오랜 세월이 지난 지금은 김일손이나 이황 등이 걸었던 그 길에 충주댐이 들어섰어도 옥순봉이나 구담봉은 국가 명승으로 남아 찾는 사람들이 줄을 잇고 있으니, 명승은 세월이 지나도 명승으로 남는 법이라는 것을 알 수가 있다.

적막하도록 은은한 소양강변 산사의 풍경

- 강원 춘천 청평산, 문수원

- **주소** 강원도 춘천시 오봉산길 810
- **소요시간** 3시간
- **길 난이도** 난이도가 있는 길
- **걷는 구간** 소양강 선착장-청평사-구성폭포-청평사-회전문-산행으로 하산

———

신록이 무성한 봄날에 찾아간 오봉산(청평산淸平山)은 조선 후기 실
학자이자 지리학자였던 여암 신경준이 쓴 《산경표》에서 보면 백두
대간이 금강산에서 설악산으로 내려오다 향로봉 쪽으로 뻗어내려
양구의 사명산을 세우고 소양강과 화천강이 한 몸이 되어 북한강
으로 합류하는 그 들목에 있는 산이다. 이름이 아름다운 청평산을
70년대에 이 고장의 산악인들이 다섯 봉우리가 열 지어 섰다는 이
유로 오봉산으로 부르게 되었는데 우리나라의 어떤 지도나 문헌
들을 다 찾아보아도 한결같이 청평산으로 나와 있다. 동국여지지
도, 대동여지전도, 세종실록지리지, 동국여지승람, 산경표 등 여러
지도들에도 청평산으로 기록되어 있지만 단 하나 동국여지승람에
는 청평산이란 이름 이외에 경원산으로도 부른다고 하였다.

적막하고도 은은한 절 청평사

이름이 아름다운 절 청평사는 소양강댐의 북쪽에 솟은 청평산 자락의 남쪽에 자리 잡고 있다. 신라 진덕여왕 때 창건되었다고 알려져 있지만 문헌상으로는 고려 광종 24년(973) 승현선사가 개창하면서 백암선원이라는 이름을 얻게 된 것으로 기록되어 있다. 구산선문이 한창이던 시절의 참선도량이었던 이 절은 그 뒤 폐사가 되었다가 고려 문종 22년(1068)에 춘주감창사春州監倉使로 있던 이의李顗가 경운산慶雲山의 빼어난 경치에 감탄하고 폐사지에 절을 지어 보현원이라 하였다. 그 뒤 이의의 장남 이자현李資玄이 1089년(선종 9)에 벼슬을 버리고 이 절에 은거하자 이 산에 들끓던 호랑이와 이리떼들이 자취를 감추었다고 한다. 이때부터 산 이름을 "맑게 평정되었다"는 뜻의 청평산淸平山이라 하고 절 이름 역시 이자

청평사 공주폭포

현이 두 번이나 친견하였다는 문수보살文殊菩薩의 이름을 따 문수원文殊院이라 하였다. 이자현은 전각과 견성見性, 양신養神 등 여러 암자를 만들며 청평산 골짜기 전체를 포괄하는 고려식의 정원을 만들었다.

원나라 태정왕후는 성징性澄, 윤견允堅 등이 바친 경전을 이 절에 보냈고 공민왕 16년에는 당대의 고승 나옹화상이 머물렀다. 이후 조선 세조 때에는 매월당 김시습이 청평사에 서향원瑞香院을 짓고 오랫동안 머물렀다.

적막하면서도 은은한 절 청평사는 그 뒤 세월이 훌쩍 지난 뒤에 조선시대 명종 5년(1550)에 보우스님이 개창하고 절 이름을 만수청평선사萬壽淸平禪寺라고 지었다. 그러나 나라 안에 대다수의 절집들처럼 한국전쟁 때 국보로 지정되었던 극락전을 비롯해 여러 건물들이 소실되었고 남은 기단 위에 대웅전을 세웠는데 무지개처럼 공 굴린 계단의 소맷돌 끝부분이 그나마 남아 그 옛날의 정교하고 우아한 조각 솜씨를 자랑하고 있다.

남아 있는 건물로는 보물 165호로 지정된 청평사 회전문과 극락보전 및 불각이 있으며 조금 떨어진 곳에 요사채가 있을 뿐이었는데 최근 새롭게 여러 건물들이 들어섰다. 절터에 남아 있는 회랑과 여러 문의 초석을 통하여 그 옛날 청평사의 전성기를 회상해 볼 수 있다.

나라 안의 여러 절집들 중 청평사에서만 볼 수 있는 회전문은 일주문이 없는 청평사의 절 앞쪽에 덩그렇게 세워져 있다. 본래는

청평사 회전문

천왕문의 기능을 담당했을 회전문은 조선 명종 때 보우스님에 의
해 중건되었다. 청평사의 회전문은 불교의 윤회의 의미를 깨닫게
하고자 한 〈마음의 문〉을 상징한다. 이는 곧 산스크리트어 '삼사
라'에서 비롯된 의미로, '삶과 죽음을 되풀이하는 것', '함께 흘러가
는 것', '세계 가운데', '세계', '생존의 양식', '괴로움' 등의 다양한
뜻으로 쓰이는 윤회를 의미한다. 우리네 인생도 회전문처럼 만물
은 가고 또 다시 오며 이승과 저승의 생과 사는 그렇게 거듭될 뿐
이라는 듯이.

새로 지은 대웅전을 지탱하고 있는 석축들을 바라보며 변함없
이 옛날의 번성했던 시절의 청평사를 떠올려 본다. 얼마나 많은 사
람들의 피와 땀이, 얼마나 많은 스님들의 처절한 구도행각이 이 절

청평사에서 이루어졌을까?

청평사의 회전문을 지나면 진락공 이자현李資玄의 부도에 이른
다. 부도의 주인인 이자현은 왕족이었던 싯다르타처럼 유복한 가
정환경을 버리고 불문에 들어선 특이한 사람이다. 그는 고려가 가
장 강성했을 때 왕실과의 겹친 혼인관계를 맺어 강대한 가문을 형
성한 집안에서 부귀와 권세를 한 몸에 지고 태어났다. 선종 9년
(1089)에 과거에 급제하였으나 권력다툼의 어지러움을 피하려고
관직을 버린 채 이곳 청평사에 와서 베옷을 입고 나물밥을 먹으며
선禪을 즐기며 은둔한 채 37년의 세월을 보냈다.

《문수원기》에 의하면 이자현은 《능엄경》을 독파하여 깨달음을
얻었다는데, 평소에 "능엄경은 마음의 본바탕을 밝히는 지름길"이
라며 주위 사람들에게 능엄경의 가르침을 설파하기를 즐겼다고
한다.

《동국여지승람》에는 "고려 이자현이 이 산에 들어 문수원을 일
구고 살면서 선열을 즐겼다. 골짜기 안이 그윽하기 짝이 없어 식암
을 엮고, 그는 거기 둥글기가 따오기알 같아 두 무릎을 갖다 넣기
알맞은 곳에 말없이 앉아 수개월을 드나들지 않았다"고 적혀 있다.

고려 정원 문수원엔 은둔자의 선禪의 향기 가득하고

부도를 지나자마자 조그만 연못을 만나게 되는데, 이곳이 고려

정원인 청평사 문수원이다. 이 정원은 이자현이 청평사 주변을 방대한 규모의 정원으로 꾸미면서 이 영지를 중심으로 구천 평에 이르는 넓은 땅에 꾸민 것이다. "돌을 쌓아서 산을 만들고 앞마당 끝에 물을 끌어들여서 연못을 만든다"는 고려시대 정원의 특징을 고스란히 지니고 있다. 청평사 들목의 구성폭포에서 오봉산 정상 아래 석암 언저리까지 3km에 이르는 골짜기 구석구석까지 펼쳐지는 고려 선찰의 계획된 정원은 은둔자이며 고려의 실력자였던 이자현이 아니고서는 감히 흉내도 내지 못했을 그만의 여유로운 아취가 물씬 배어난다.

문수원 정원을 지나면 오른쪽에 세월의 이끼가 서린 오래된 누각이 눈에 들어오고 조금 내려가면 시원하게 떨어지는 구성폭포

청평사 공주탑

가 나타난다. 지친 몸을 쉬면서 떨어지는 폭포소리를 벗 삼아 물에 발을 담근 후에 공주탑 위에 오른다. 원나라 공주의 전설이 서릴 무렵 지은 절이 청평사 자리에 세워진 백암선원이었다고 한다. 백암선원의 건물은 현재 하나도 남아 있지 않지만 그 자리에 고려 초기에 세운 것으로 짐작되는 삼층석탑이 이층만 남은 채로 서 있다. 그 탑을 이 지방 사람들은 공주탑이라고 부르며 강원도 기념물 제55호로 지정되어 있다.

강물은 푸르고 물은 호수에 가득하다. 뱃전에 올라서서 그림처럼 드러누운 소양호를 바라보며 암벽이 아기자기한 청평산을 건너다 보지만 산은 말이 없다. 나그네를 실은 여객선이 소양호를 가로지른 채 가고 있을 때 강원도의 온갖 산들이 뭉게구름처럼 달

청평사 소양강댐

려들고……. 옛 한시漢詩 한 구절이 들려오는 듯했다.
 "푸른 산은 말이 없으나 만고에 전해진 책이요, 흐르는 물은 줄이 없으나 천년을 이어온 거문고라."

쪽빛으로 빛나는 봄날의 절을 찾아서
- 경기 여주 신륵사

- **주소** 경기도 여주시 북내면 천송리
- **소요시간** 2시간
- **길 난이도** 걷기 좋은 길
- **걷는 구간** 신륵사 주차장-강월헌-신륵사 전탑-대웅전-조사전-승탑전

태백에서부터 발원한 남한강이 흘러내리며 만든 여러 물굽이 중에서 가장 아름다운 풍광이 돋보이는 곳은 신륵사 부근이다. 한강의 상류인 이곳을 이 지역 사람들은 여강이라 부르는데 주변의 풍경과 그 수려함이 하도 뛰어나 예로부터 시인 묵객들의 발길이 끊이질 않았다.

명승 중의 명승인 이 여강 일대를 두고 조선 초기의 학자였던 김수온은 그가 지은 《신륵사기》에서 "여주는 국도의 상류지역에 있다"라고 썼었다.

김수온이 말했던 국도는 바로 충청도 충주에서부터 서울에 이르는 한강의 뱃길을 말한다. 신작로나 철길이 뚫리기 전까지는 경상도의 새재를 넘어온 물산이나 강원도, 충청도에서 생산된 물산들이 한강의 뱃길을 타고 서울에 닿았으므로 한강의 뱃길을 '나라의 길'로 부른 것은 다 이유 있는 명칭이었으리라. 정선 아우라지

에서 띄운 뗏목이 물이 많은 장마철이면 서울까지 사흘이면 도착했다는데 1974년에 팔당댐이 생기고 충주댐이 만들어지면서 '나라의 길'이라고 일컬어지던 뱃길은 아예 사라지고 말았다.

목은 이색은 그의 시에서 '들이 펀펀하고 산이 멀다'고 이곳 여주를 읊었었고 조선 초기의 학자 서거정은 "강의 좌우로 펼쳐진 숲과 기름진 논밭이 멀리 몇 백 리에 가득하여 벼가 잘되고 기장과 수수가 잘되고 나무하고 풀 베는 데에 적당하고 사냥하고 물고기 잡는데 적당하며 모든 것이 다 넉넉하다"라고 할 정도로 여주의 산은 야트막하고 들은 넓어서 쌀의 대명사 하면 여주, 이천 쌀이 되었을 것이다. 목계, 가흥을 지난 남한강이 점동면 삼합리에서 섬강과 청미천 즉 세 물줄기를 합하여 이곳 신륵사 부근으로 흐른다.

신륵사 3층석탑

이중환은《택리지》에서 "웅장하거나 급하지 않고 마치 호수처럼 잔잔하다"라고 쓰고서 그 까닭을 "강의 상류에 마암과 신륵사의 바위가 있어서 그 흐름을 약하게 하는 데에 있다"고 하였다.

쪽빛으로 빛나는 봄날 신륵사를 찾아서

수많은 사연을 간직한 채 흐르는 남한강은 지금도 유유히 흐르고 마암 건너편에 신륵사가 있다. 강물 빛이 쪽빛으로 빛나는 봄날에 찾아가면 좋을 신륵사는 여주시 북내면 천송리 봉미산 기슭에 위치한 절이다.

이 절은 신라 진평왕 때에 원화스님이 창건했다고 하지만 정확한 기록은 남아 있지 않다. 신륵사가 유명해진 것은 고려 말의 고승 나옹선사가 이 절에서 열반에 들었기 때문이었다. 양주 회암사에서 설법하던 나옹선사는 왕명에 의하여 병이 깊었는데도 불구하고 밀양의 형원사로 내려가던 중 이곳에서 입적하게 되었다. 나옹선사가 입적한 3개월 후 절의 북쪽 언덕에 진골사리를 봉안한 부도를 세우는 한편 대대적인 중창이 이루어졌다. 그러나 조선시대에 숭유억불정책에 따라 이 절 또한 사세가 크게 위축되었다가 크게 중창된 시기가 광주의 대모산에 있던 세종대왕을 모신 영릉이 인근에 있는 능서면 왕대리로 이전해 오면서부터였다. 세종의 깊었던 불심을 헤아려 왕실에서는 신륵사를 원찰로 삼았고 절 이름도 잠시 보은사로 고쳐 부르게 되었다. 그 뒤 이 절은 주변의 수려한 경관으로 인해 그만 사대부들이 풍류를 즐기는 장소로 전락되었다. 임진, 정유재란 때 전소되면서 그때에 지어진 건축물로는 드물게 대들보가 없는 조사당만 남아 있다. 그 뒤 현종 12년에 계헌이 중건하면서 오늘날 신륵사의 면모를 갖추게 되었다.

강월헌에서 바라보면 날렵하게 솟아있는 신륵사 다층전탑(보물 236호)은 완성된 형태로 남아 있는 국내 유일의 전탑이다. 탑이 대개 경내 중심부에 있는 것과는 달리 이 전탑은 금당의 본존불과는 무관하게 남한강과 그 건너 드넓은 평야를 바라보고 있다

전탑 위쪽에 대장각기비가 있다. 신륵사에 있던 대장각의 조성에 따른 사창을 기록한 것으로서 목은 이색 집안의 애달픈 사연이 어려있다. 목은의 부친 이곡이 그 부친이 세상을 떠났을 때 명복을 빌기 위해 대장경을 만들기로 했으나 미처 이루지 못하고 세상을 달리하자 목은 이색이 그 소원을 이루었다고 한다. 대장각기비문은 이숭인이 짓고 권주가 해서체로 썼다. 절 마당에 들어서면 나옹선사가 아홉 마리의 용에게 항복을 받고 그들을 제도하기 위해 지었다는 전설의 누각인 구룡루가 있다. 구룡루를 돌아가면 아미타불을 모신 극락보전이 있다.

높이가 3m의 다층석탑(보물 제285호)은 특이하게 흰 대리석으로 만들어졌다. 상층기단의 면석에는 신라나 고려의 석탑에서는 찾아볼 수 없는 비룡문과 연화문, 그리고 물결무늬와 구름무늬의 조각들이 빼어난 조각 솜씨를 자랑하듯 새겨져 있다. 이 석탑은 여러 가지 정황으로 보아 성종 3년 이후에 조성되었을 것이라고 여

신륵사 구룡루

신륵사 다층석탑

겨진다.

　조사당 뒤편으로 난 계단을 따라 올라가면 나옹선사 석종부도와 부도비, 그리고 석등을 만나게 된다. 언덕 일대가 나라 안에 유명한 명당이라는 설도 있지만 그보다 나옹선사를 추모했던 수많은 제자들이 지극한 공력으로 만든 부도라는 것을 한눈에 알아볼 수 있다. 부도의 전형적인 양식인 팔각원당형에서 벗어나 새롭게 변모된 고려시대 양식으로 조성된 나옹선사 부도는 고려 우왕 3년에 만들었다. 부도는 통도사의 금강 계단처럼 높은 기단을 만들고서 그 위에 세웠으며 금산사의 석종보다 더 간소화한 형태로 만들어졌고 그 옆에는 석종비가 서 있다. 우왕 5년(1397)에 건립된 이 비는 이색이 짓고 한수가 글씨를 썼다. 석종 부도 앞에는 아름다운 석등 한 기가 있다. 부도의 주인에게 등불공양을 올리는 공양구이며 부도를 장엄하게 하기 위해 조성된 이 비는 보물 제231호이며 키는 194cm이다. 화강석으로 만들어진 이 석등에 유달리 화사석만 납석을 써서 은은한 아름다움을 표현하였다.

　여강 일대가 한눈에 내려다보이는 영월루에서 남한강 물줄기를 바라보는데, 문득 《금강경金剛經》 '사순계四句戒'의 한 구절이 귀에 스치듯 다가온다.

　"모든 것이 꿈과 같고 환상과도 같고 물거품과 같고 그림자와도 같으며 이슬과도 같고 번개와도 같다."

삼남 지방에 제일가는 경승지
- 충북 괴산 화양동구곡

- **주소** 충북 괴산군 청천면 관평리
- **소요시간** 2시간
- **길 난이도** 걷기 쉬운 길
- **걷는 구간** 황야도 파천-학소대-암서재-화양동서원-만동묘-구곡

"봄철에 저곳에 가면, 붉은 꽃과 푸른 잎이 서로 비치는 것이 또한 싫지 않았다." 주자의 이 말을 두고 《택리지》의 저자 이중환은 다음과 같이 덧붙였다.

"후세 사람으로서 산수를 좋아하는 사람이라면 이것으로 본을 삼을 일이다."

사람이 살만한 곳을 찾아 조선 팔도를 돌아다녔던 실학자 이중환이 오래도록 마음을 두었던 곳이 속리산국립공원 안에 위치한 화양동구곡이다.

신선이 노니는 곳이라는 선유동에서 한참을 내려오면 화양동 주차장에 이른다. 화양동으로 내려가는 길은 차도 지나다니지 않아 정적만이 감도는 조용하면서도 운치 있는 길이다. 한참을 내려가면 길 아래쪽으로 난 길이 보이고, 그 길을 따라 화양천에 이르면 바로 그곳이 이중환의 《택리지》에 실린 파곶이다.

선유동에서 조금 내려가면 현재 그곳에서 파관巴串으로 불리는
곳이 파곶이다. 깊숙한 골짝에서 흘러내린 큰 시냇물이 밤낮으로
돌로 된 골짜기와 돌벼랑 밑으로 쏟아져 내리면서, 천 번 만 번 돌
고 도는 모양은 다 기록할 수가 없다. 사람들은 금강산 만폭동과
비교하여 보면 웅장한 점에 있어서는 조금 모자라지만 기이하고
묘한 것은 오히려 낫다고 한다. 금강산을 제외하고 이만한 수식이
없을 것이니, 당연히 삼남 지방에서는 제일이라 할 것이다.

이중환보다 앞선 시대를 살았던 우암 송시열은 1686년 3월에
이곳 화양동에 와서 〈파곡巴谷〉이라는 시를 지었다.
"물은 청룡처럼 흐르고, 사람은 푸른 벼랑으로 다닌다. 무이산
천 년 전 일, 오늘도 이처럼 분명하여라."

신선이 노닐다 간 화양구곡의 비경

1975년 도립공원으로 지정된 화양동계곡은 원래 청주군 청천면 지역으로서, 황양목黃楊木(희양목)이 많으므로 황양동黃楊洞이라 불렸다. 그러나 효종 때 우암 송시열이 이곳으로 내려와 살면서 화양동華陽洞으로 고쳐 불렀다.

우암 송시열은 벼슬에서 물러난 후 이 골짜기에 들어앉아 글을 읽고 제자들을 불러 모은 뒤 화양동계곡의 볼만한 곳 아홉 군데에 이름을 붙이고 화양구곡이라 하였다. 〈제1곡〉은 경천벽이다. 기암

암서재

이 가파르게 솟아 있어서 마치 산이 길게 뻗쳐 하늘을 떠받치듯 하고 있어 경천벽이라 이름 지었다. 〈제2곡〉은 구름의 그림자가 맑게 비친다는 운영담이다. 〈제3곡〉인 읍궁암은 운영담 남쪽에 희고 둥글넓적한 바위를 일컫는다. 송시열이 효종임금이 돌아가시자 매일 새벽마다 이 바위에서 통곡하였다 해서 후세의 사람들이 읍궁암이라 불렀다.

〈제4곡〉 금사담은 맑고 깨끗한 물에 모래 또한 금싸라기 같으므로 금사담이라 하였다. 〈제5곡〉은 첨성대로, 도명산 기슭에 층암이 얽혀 쌓인 대를 말한다. 경치도 좋을 뿐더러 우뚝 치솟은 높이가 수십 미터이고 대아래 '비례부동'이라 쓴 의종의 어필이 새

학소대

겨져 있다. 대 위에서 별을 관측할 수 있다고 하여 첨성대라 한다. 〈제6곡〉은 능운대로, 큰 바위가 시냇가에 우뚝 솟아 그 높이가 구름을 찌를 듯하여 지어진 이름이다. 〈제7곡〉이 와룡암이다. 큰 바위가 냇가에 옆으로 뻗어 있어 전체 생김이 마치 용이 꿈틀거리는 듯하다. 〈제8곡〉이 학소대로 옛날에는 백학이 이곳에 집을 짓고 새끼를 쳤다고 하여 지어진 이름이다. 〈제9곡〉이 그 이름 높은 파곶이라고 부르는 파천이다.

이곳 화양동에 일명 큰절이라고 부른 환장사煥章寺가 있었다. 환장사가 언제 창건되었는지는 알 수 없지만 절 앞에 여덟 가지 소리가 난다는 팔음석八音石이 있고, 숭정황제의 친필인 '비례부동非

禮不動' 넉 자와 의종황제의 친필인 '사무사邪無邪' 석 자가 보관되어
있다.

역사의 흔적이 남아 있는 화양동서원과 만동묘

흥선대원군 이하응이 이곳을 지나는 길에 말에서 내리지 않았
기 때문에 패대기질을 당했다는 하마비 우측에 그 이름 높았던 화
양동서원과 만동묘가 있다.

화양동서원華陽洞書院은 1695년(숙종 21)에 이곳에 머물며 후진
을 양성했던 송시열을 제향하기 위하여 세웠는데, 이 서원의 위세
가 만만치 않았다. 이 서원은 민폐를 끼치는 온상으로 변해갔고,
결국 1871년에는 노론사림들의 반대에도 불구하고 서원이 철폐
되었다.

화양동서원에 딸린 만동묘는 임진왜란 때 우리나라에 원군을
보내준 명나라 신종과 명나라 마지막 황제인 의종의 신위를 모시
고 제사를 지내던 사당이다.

만동묘에서 제사를 지낼 때는 전국의 유생 수천 명이 모여들었
으며 1년 내내 선비들의 발길이 끊이지 않았던 이 서원도 화양동
서원과 마찬가지로 폐단이 극심해졌다. 우여곡절을 겪으며 사라
졌던 이 만동묘와 화양동서원이 얼마 전에야 다시 세워졌다.

산천이 아름다운 길을 걸으며 역사를 배우고 사람을 배우게 만
드는 길이 아랫관평에서 시작하여 선유동을 거쳐 화양동에 이르

는 한나절 길이다.

산과 물이 아름다운 이곳은 그런 의미에서 그 두 가지를 다 겸비한 곳이라고 볼 수 있다. 이보다 더 아름답고 의미 있는 길이 또 어디에 있겠는가?

화양동서원

만동묘

봄날의 쓸쓸한 아름다움이 머무는 곳
- 충남 서산 보원사 터, 개심사

- **주소** 충남 서산시 운산면 용현리
- **소요시간** 3시간
- **길 난이도** 걷기 좋은 길
- **걷는 구간** 서산 마애삼존불-보원사지-호젓한 산길-개심사

우리나라는 오랜 세월 불교가 국교였기 때문에 불교문화유산들이 많다. 불교 유적지를 찾는 초급자들이 좋아하는 절은 송광사나 해인사, 통도사, 법주사 같은 큰 절이고, 중급자들이 찾는 절은 강진의 무위사나 김제의 귀신사, 또는 화순의 운주사 같은 절들이다. 그렇다면 가장 고급의 답사객들이 찾는 절은 어느 절일까? 폐사지다. 어느 때 세웠고, 어느 때 폐사가 되었는지도 알 수 없는 절터에 탑 하나 덜렁 남아 있거나, 불상 하나, 어떤 곳은 깨어진 기왓장만 남아 있는 그곳에 가서 많은 상상을 할 수 있는 절터가 바로 그런 곳이다. 그 중에 한 곳이 바로 서산 마애삼존불이 있는 용현계곡에 자리 잡은 보원사普願寺 터다.

서산 보원사지

쓸쓸한 봄날의 고요한 정적, 보원사 터

서산 마애삼존불을 찾아온 답사객들이 대체로 놓치고 가는 답사코스가 보원사 터이다. 어느 때 세웠으며 누가 만들었고 언제 폐사가 되었는지 내력조차 전해오지 않는 보원사는 통일신라 때 의상대사가 세운 화엄십찰 중 한 곳으로 이름을 날렸다고 전해진다. 무르익은 봄, 연둣빛 감나무 잎들이 부는 바람결에 하늘거리는 시절에 가면 좋은 절터가 보원사지다. 사적 361호로 지정된 보원사 터에는 보물 103호로 지정된 당간지주가 절 앞에 인접하여 서 있으며, 감

서산 마애삼존불

나무 아래에는 보물 102호로 지정된 석조가 쓸쓸히 자리하고 있다. 누군가의 이목을 끌기엔 처연한 모습의 석조라 그런지 스님들의 목욕탕 구실을 했을 것이라느니 또는 물을 받아 두는 역할을 했을 것이라는 등의 되지 않는 소리들만 귓전에 흘리며 몇 군데가 깨어진 채로 서 있다. 장성한 사람 예닐곱에서 열 명 정도가 들어앉을 것 같은 석조에 몸을 담근 채 봄 햇살에 몸과 마음을 씻은 후 개울을 건넜다.

눈길 지나는 곳곳마다 깨어진 기왓장이 오랜 역사 속의 옛이야기들을 들려주는 풍경 속에 통일신라시대 양식을 가장 잘 이어받았으면서도 백제탑의 전형을 가장 잘 간직하고 있는 보원사지 오

층석탑이 서 있다. 그 탑 너머로 고려 경종 3년인 978년에 건립된 법인국사의 부도와 부도비가 서 있다. 김정인이 글을 지었고 한윤이 글을 쓴 법인국사 부도비에는 '가야산 보원사, 고국사 계증시, 법인삼존대사비'라는 제액이 새겨져 있다. 비문엔 덧붙여 화엄종이 강력한 전제왕권을 수립했던 고려 왕실에서 정신적 지주 역할을 했던 법인국사의 생애가 상세히 기록되어 있다.

그러나 조선 중기 때의 《신증동국여지승람》에서도 보원사는 찾아볼 길이 없는 것을 보면 그 이전에 폐사가 되었음이 분명하다. 들리는 말로는 보원사 주위에 아흔아홉 개의 절이 있다가 백암사라는 절이 들어서자 모조리 불이 나서 없어지고 말았다는 뜬구름 같은 이야기만 남아 있을 뿐이다. 바람도 없는 가을이나 봄날에는 잘 다듬어진 부도비 옆에 몸을 누이고 한숨 자면서 그 옛날 번창했던 절 이야기를 들어봄직도 하건만 갈 길이 먼 나그네라서 아쉬움을 머금고 돌아 나왔다.

그곳에서 개심사 가는 길은 산길이다. 아름다운 산길을 따라 가다가 내려가면 만나는 절이 개심사이다. 차를 가지고 온 사람이라면 다시 계곡을 내려가 해미읍성으로 가다가 삼화목장에서 절로 가는 길로 접어들면 된다.

마음을 깨끗하게 씻는 절, 개심사

개심사開心寺를 찾아가는 길에 만나는 풍경은 이국적이다. 김종

개심사

필씨가 조성했던 거대한 삼화목장을 지나 저수지를 돌아서 산길을 따라가면 개심사입구 주차장에 이른다. 나라 안에서 소나무 숲이 가장 아름다운 절집 몇 개를 꼽으라면 청도 운문사와 합천 해인사 그 다음이 개심사일 것이다. '마음을 깨끗하게 씻는 곳'이란 뜻의 세심동洗心洞이라 쓰인 표지석을 지나 산길로 접어든다. 지금의 것이 별로 없고 옛것이 고스란히 남은 듯한 개심사로 다가가는 길은 아침이어서 더욱 청량하다. 휘어지고 늘어진 소나무 숲길을 따라 한참을 올라가 만나게 되는 연못의 나무다리를 건너가 돌계단을 오르면 안양루가 보이고 근대의 명필로 이름을 남겼던 해강 김규진金圭鎭이 예서체로 쓴 상왕산象王山 개심사開心寺라는 현판이 한눈에 들어온다. 요

개심사 연못

근래 들어 건축가들로부터 건물에 비해 글씨가 너무 크다는 평가를 받고 있는 안양루를 돌아서면 개심사 대웅보전에 눈이 멎는다.

개심사는 가야산의 한 줄기가 북쪽으로 뻗어내려 만들어진 상왕산(307m)의 남쪽 기슭에 세워진 전형적인 산지 가람으로, 백제 의자왕 14년에 혜감스님이 창건했다고 한다. 본래 이름은 개원사였으며 고려 충정왕 2년(1350년)에 처능대사가 중창하면서 개심사로 불리기 시작했다. 그러나 현재의 절집은 1941년에 해체 수리 시 발견된 북서명에 의하면 조선조 성종 6년(1475년) 불에 탄 것을 중창하였으며 그 뒤 17세기와 18세기에 한차례씩 손을 보았음을 알 수 있다.

개심사는 우리나라 절집 중에 보기 드물게 임진왜란 때 전화를 입지 않았다. 그러한 연유로 조선시대 고古 건축사 연구에 귀중한 자료가 되는 건물들이 여러 채 남아 있다. 보물 142호로 지정된 대웅보전은 수덕사의 대웅전을 축소해 놓은 듯한 모습으로 정면 3칸 측면 3칸의 주심포식 지붕의 맞배지붕으로, 우리나라의 건축이 천축식에서 다포집으로 이행하는 과도기적 건물로써 중요한 위치를 차지하고 있다. 그보다 더욱 이 절의 아름다움을 널리 알리고 있는 건물은 심검당尋劍堂이라 붙여진 요사채일 것이다. 대웅보전과 같은 시기에 지어지고 부엌채만 다시 지은 것으로 추정되는 이 집은 나무의 자연스러움을 마음껏 살린 건물 중 나라 안에서 손꼽힐 만큼 아름다운 건물이다.

1962년에 해체 수리할 때 발견된 상량문에 의하면 1477년에 3

서산 개심사 범종각

중창되었고 영조 때까지 여섯 번이나 중창을 거쳤으며 시주자들의 이름과 목수였던 박시동朴時同이라는 이름까지 들어있어 사료로서의 가치가 매우 높다. 뿐만 아니라 조선 후기의 건물로 몇 채 안 되는 건물로써 송광사의 하사당, 경북 하양 환성사의 심검당과 함께 초기 요사채의 모습을 보여주는 귀중한 건축물로 고건축사적 가치가 높다. 그것뿐이 아니다. 안양루의 너른 창문 사이로 내다보이는 범종루의 기둥들 또한 휘어질대로 휘어져서 보는 사람의 눈길을 놀라움으로 가득 채운다. 크지 않으면서도 정신적으로 큰절인 개심사를 두고 "자연의 흐름을 한 치도 거스르지 않으면서 마음껏 멋을 부린 옛 선인들의 지혜로운 마음을 제대로 표현한 절"이라고 누군가는 말했는데 보면 볼수록 아름다운 심검당에 마음을 두고서 소나무 우거진 비탈길을 내려섰다.

한려수도 외딴섬의 한 폭의 수채화
- 경남 통영 미륵섬 장군봉

- **주소** 경남 통영시 산양읍 삼덕리
- **소요시간** 2시간 30분
- **길 난이도** 난이도가 좀 있는 길
- **걷는 구간** 삼덕리 마을제당–장군봉–한려수도 · 사량도 일대 조망–장군당

나라 곳곳을 걷다가 어느 곳에 이르면 '세상은 있는 그대로가 내 마음에 드는구나'라고 넋을 잃고 하염없이 바라보게 되는 곳이 있다. 그렇게 아름다운 곳 중의 하나가 한국의 나폴리라고 알려진 통영에 있다.

남해의 푸른 바다와 올망졸망한 산들이 펼쳐놓은 풍경이 한 폭의 산수화 같은 통영의 한려수도! 한려수도가 한눈에 내려다뵈는 남망산공원에서 넘실대는 바다를 바라보면 저 멀리 미륵이 누워 있는 것처럼 보이는 섬이 미륵섬이다. 그 앞바다가 한려해상국립공원閑麗海上國立公園이다. 이 공원은 전남 여수시에서 경남 통영시와 한산도閑山島 사이의 한려수도 수역과 남해도南海島, 거제도巨濟島 등 남부 해안 일부를 합쳐 지정한 해상국립공원이다.

"사람들 사이에 섬이 있다. 나도 그 섬에 가고 싶다"라고 노래한 정현종의 시 구절이 떠오르며, 그 아름다운 미륵도의 일주도로를

따라가다 멎는 곳이 통영시 삼양면 삼덕리 원항院木마을이다.

나리꽃과 이팝꽃이 만발한 장군봉에서

원항마을엔 오랜 역사와 전통을 자랑하는 마을 제당이 남아 있
으니, 바로 중요민속자료 제9호로 지정된 삼덕리 마을 제당이다.

마을 입구에 서 있는 당산나무 밑에는 돌장승이 있다. 언제나
그곳에 가면 어느 때 누가 기도를 드리고 갔는지 모르지만 기도를
드린 흔적으로 막걸리 병이 놓여있다. 당산나무는 대개 생명의 유
지와 수태시키는 생식기능, 악귀와 부정을 막고 소원을 빌면 성취
시켜 주는 당신堂神의 표상이며 신체라고 할 수 있다.

통영 장군당

이곳 삼덕리의 마을 제당은 마을을 지켜주는 장군당, 산신도를 모신 천제당. 그리고 마을 입구에 서 있는 돌장승 한 쌍과 당산나무 등이 모두 중요 민속자료 제9호로 지정되어 있다. 이 마을 제당은 삼덕리 사람들의 다신多神적 신앙 예배처이고 풍요와 번영을 상징하는 성소聖所이다.

마음이 쓸쓸하고 울적할 때, 글이 잘 나가지 않을 때 문득 찾아가서 쉬었다 오는 곳이 삼덕마을의 서쪽에 있는 장군봉이다. 장군봉으로 오르는 고갯마루에는 양쪽 길을 사이에 두고 서 있는 돌장승이 있다. 큰 것이 남자 장승으로 높이가 90cm이고 여자 장승은 크기가 63cm쯤 된다. 예전에는 나무로 만들어 세웠으나 70여 년 전에 돌로 만들어 세웠다고 전한다.

장군봉으로 가는 길은 세상 끝 무릉도원으로 향하는 길처럼 신비롭고 아름답다. 좌측으로 펼쳐진 삼덕리 포구에 배들은 눈이 부시게 떠 있고, 쉴 새 없이 작은 배들이 들고나는 항구는 그림 속처럼 평안하기만 하다. 울창한 나무 숲길을 헤치고 오르다 보면 암벽이 나타나고 조심스레 오르다 보면 밧줄이 걸려 있다. 겁이 많은 사람들에게 쉬운 코스는 아니지만 조심스레 오르면 갈만하다.

그 코스를 지나면 마당 같은 바위에 오르고 그곳에서 바라보는 미륵섬 일대와 한려수도, 말 그대로 장관이다. 자연은 어떻게 이런

통영 장군봉

아름다운 풍경을 만들어 낼 수 있었을까?

모든 시간이 멈춘 듯한, 그 풍경을 바라보는 눈망울마저 정지된 듯한 시간이 지나고, 나리꽃과 이팝꽃이 만발한 넓은 마당 바위에서 서쪽을 바라본다.

한려수도의 진주 같은 풍경에 젖어들고

서남쪽으로 쑥섬, 곤리도, 소장군도가 보이고, 북서쪽으로는 오비도, 월명도 등 크고 작은 섬이 점점이 박혀 있으며, 서쪽으로는 그 아름다운 섬 사량도가 보인다. 이곳에서 날이 저물어 갈 때 사량도를 넘어 남해 쪽으로 해가 지는 풍경을 바라볼 수 있었다면 그 시간이 얼마나 복된 시간이었던지를 가슴 시리게 깨닫게 된다.

한려수도의 진주 같은 풍경에 황홀히 빠져있다가 문득 정신을 차리고 다시 숲 사이 길을 조금만 더 오르면 장군당에 이른다. 장군당 가기 전에 있는 천제당에는 산신도 한 점이 걸려 있으며 장군당에는 갑옷 차림에 칼을 들고 서 있는 장군봉의 산신 그림이 걸려 있다. 그림 속의 주인공은 고려 말 비운의 장군인 최영 장군이라고도 하고 노량해전에서 장렬하게 전사한 이순신 장군이라고도 한다. 어느 말이 맞는지는 몰라도 가로가 85cm 세로가 120cm쯤 되는 그림 앞에는 나무로 만든 말 두 마리가 서 있는데 이 지역에서는 이 말을 용마龍馬라고 부른다. 마을 사람들의 말에 의하면 예전에는 철마鐵馬였다고 했는데, 그 철마가 없어진 뒤 이 목마로 대신하게 되었다고 한다.

대부분의 굿당에서 말을 신으로 모시는 경우들이 있는데, 그 이유가 여러 가지이다. 백마 혹은 용마라고 하여 말을 신격화하는 숭배 전통도 있고, 어떤 경우에는 예전에 만연했던 마마병을 없게 해달라는 뜻이기도 하다. 어떤 경우에는 서낭신이 타고 다니시라고 놓는 경우도 있다고 한다. 어떤 경우에는 그 무서운 호랑이를 막기 위해 만들기도 했다. 서낭당에 모셔진 말의 대부분은 뒷다리가 부러지거나 목이 부러져 있는데 그것은 말이 호랑이와 싸웠기 때문이라고 한다.

장군당 용마의 의미를 되새기다 저 멀리 산등성이를 바라보면 삼덕리 원항마을의 남쪽에 있는 당포마을 위로 당포성이 보인다. 이 성은 1592년 6월 2일 이순신이 20여 척의 배로 왜선을 물리친

곳이기도 하다. 당포성은 경상남도 통영시 산양읍 삼덕리의 야산 정상부와 구릉의 경사면을 이용하여 돌로 쌓은 산성으로 고려 공민왕 23년(1374) 왜구의 침략을 막기 위해, 최영 장군이 병사와 많은 백성을 이끌고 성을 쌓고 왜구를 물리친 곳이라 전한다.

"파도야, 어쩌란 말이냐, 님은 물같이 까딱 않는데, 파도야, 어쩌란 말이냐"며 유치환 시인이 노래한 저 바다를 최영과 이순신 장군이 작은 배들을 타고 오고 갔으리라.

장군봉에서 바라보이는 미륵산 자락에 《토지》의 작가 박경리 선생이 잠들어 있다.

나라 안에서 가장 아름다운 바다 한려수도, 자생적으로 피어난 이팝꽃과 나리꽃이 만개한 봄날, 아름다운 한려수도를 넋을 놓고 바라보는 장군봉이 당신을 기다리고 있다. 어서 가서 보고 싶지 않은가?

봄볕 스미는 옛정취로 물드는 길
- 서울 부암동 백사실계곡

- **주소** 서울 종로구 부암동
- **소요시간** 3시간
- **길 난이도** 걷기 좋은 길
- **걷는 구간** 통의동 백송–김상헌 옛집–청풍계–청운공원–창의문–부암동–백사실계곡–세검정 석파정

청운동 서촌의 고샅길 답사는 말 그대로 고샅길을 어슬렁거리는 수준이다. 서울에도 이렇게 아기자기한 골목들이 있다는 것이 마냥 신기하다. 좁다란 골목을 벗어나자 통의동 백송 터가 드러난다. 우리나라에서 제일 커서 천연기념물 제4호였다는 백송은 태풍으로 부러져 뿌리만 남아 있다. 골목으로 들어서자 자그마한 미술관들 사이 담장에 앙증맞게 그려진 꽃나무가 소담스럽다. 맑은 향기가 있을 듯싶어 자연스레 꽃나무로 코를 들이대지만 향기는 없다. 예로부터 청운동 일대를 통틀어 '자핫골'이라 불렀다. 골이 깊고 수석이 맑아 선경에 비하기도 하였으며 개성의 자하동과 비슷하다는 연유로 이런 이름이 붙었다. 한자명으로는 자하동이라 부른다.

골목을 벗어나자 종로구 궁정동 1번지, '김상헌의 옛 집 터'라고 쓰인 표지석이 보인다. 김상헌은 병자호란 당시 인조와 함께 남한

능금마을 가는 길

산성에서 농성하며 결사항쟁을 끝끝내 주장하다가 청나라로 끌려
가 청의 수도 심양의 북관에 갇혔던 인물이다.

골목길을 조금 오르자 청운초등학교가 보이고 길가에 겸재의
그림이 여러 점 새겨져 있다. 이 부근에서 조선시대의 빼어난 화가
중의 한 사람인 겸재 정선이 태어났다.

이발과 성수침이 남긴 희미한 흔적

청운초등학교 옆으로 해서 유진투자증권 연수원 쪽으로 걸어
올라간다. 제법 가파르다. 지금은 길과 건물들이 들어선 이곳이 겸
재의 그림 속에 남아 있는 청풍계이다. 아쉽게도 옛 모습은 거의
사라졌고, 두 뺨을 스치고 지나가는 바람소리만 옛 정취를 회상하

게 한다. 이곳 청풍계 부근에 '청송당'이라는 집을 짓고 살았던 사람이 기축옥사 당시 정여립과 함께 최대의 피해를 입은 동인의 영수 이발, 그리고 성수침이었다.

성수침은 조광조에게 고부를 하였으나 조광조가 기묘사화로 화를 입자 벼슬을 단념하고 이곳에 몇 칸짜리 초가집을 짓고서 두문불출하며 공부에만 힘썼던 사람이다.《인물고》에 의하면 성수침은 몸집이 크고 번듯한 데다가 몸가짐이 남달라서 매우 빼어났으며, 천성이 효성스럽고 마음까지 후덕하여 남을 대하는 것이 무척 부드러웠다고 한다. 그러면서도 기쁜 일이거나 노여운 일을 당해도 겉으로 드러내지 않았다. 그 시대에 사대부들 사이에 은거하고 있지만 덕망이 높은 학자를 손꼽을 때에는 으레 그의 이름이 올랐다.

이항복 별장터

이발은 송강 정철과의 악연 때문에 기축옥사 당시 멸문지화를 입었던 인물로, 지금도 그가 남긴 시 한 편은 비운悲運에 간 선비의 애끓는 심사를 그대로 전해주는 듯하다.

남녘 길 아득한데 새 날아가고
서울은 저기 저 서쪽 구름 가에 있네
아침에 간밤 꿈을 기억해보니
모두가 어머니와 임금의 생각이라.

창의문, 인조반정을 승리로 이끈 유서 깊은 곳

조금 올라가니 포장도로와 만나는 그 등성이에 청운공원이 있다. 이 근처에서 학창시절 윤동주 시인이 잠시 살았다고 한다. 공원에는 〈서시〉가 새겨진 시비가 있고, 그 너머로 보이는 청와대 일대가 한 폭의 그림이다.

잠시 불어오는 바람을 맞고 내려서자 고갯마루에 떡 버티고 서 있는 문이 나타난다. 창의문이다. 1396년(태조 5)에 서울 성곽을 쌓을 때 세운 사소문의 하나로 창건한 뒤 창의문이라는 문명을 지었다. 이 문은 북한산, 양주 방면으로 통하는 교통로였다. 북문 또는 자하문이라는 애칭으로도 불리는데, 그것은 도성의 북쪽 교외 세검정과 북한산으로 통하는 관문이기 때문이다.

창의문은 훗날 1413년(태종 13)에 풍수학자 최양선이 창의문과

창의문

숙정문이 경복궁의 양팔과 같아 길을 내면 지맥이 손상된다고 주
장하여 1416년(태종 16)에 닫았다가 1506년(중종 1)에 다시 열었
다. 1623년 인조반정 당시에는 능양군(인조)을 비롯한 의군들이
이 문을 도끼로 부수고 궁 안에 들어가 반정에 성공한 유서 깊은
곳이기도 하다. 문루는 임진왜란 때 불에 타 없어진 것을 1740년
(영조 16)에 다시 세우고 다락 안에 김유, 이귀, 최명길을 비롯한 반
정공신들의 이름을 판에 새겨 걸었다.

옛 정취가 사라진 부암동을 거닐다

창의문 문루에 올라가 성 안을 바라다보고 창의문을 내려서자 부암동이다. 1960년대까지만 해도 자두와 복숭아, 능금이라고 부르던 과일들을 재배하는 과수원들이 연달아 있던 한적한 곳이었다. 부암동은 원래 한성부 북부 상평방의 일부로 부암이라는 이름은 부침바우가 있어서 붙여진 이름이다. 부암동 134번지에 있는 이 바위에다 다른 돌을 붙이면 아들을 낳는다고 하며, 바위에 돌을 문질러 붙이므로 부침바위 또는 한자명으로 부암이라고 부른 것에서 유래되었다.

고샅길을 내려가 다시 아기자기한 골목길을 올라가자 김환기 미술관이 보이고, 골목길로 접어들어 다시 내려가자 거짓말처럼 산길이 나타난다. 나무숲 우거진 그 길목에 '백석동천'이라는 글씨 넉 자가 오롯이 새겨져 있다. 그 아래가 바로 문화재청에서 국가 명승으로 지정한 백사실계곡이라는 백석동이다.

이른 봄, 진달래꽃이 아름답게 피어나는 부암동 87번지인 백사실은 바위에 백석동천이라는 글씨가 새겨져 있으므로 백석실 또

부암동 홍지문

백석동천

는 배석동, 또는 백사실이라고 불렀다. 예로부터 흰 돌이 많고 경치가 좋은 이곳을 사람들은 백사 이항복이 공부하던 곳이라고도 하고, 또는 흰모래가 많아서 붙여진 이름이라고도 한다.

자하문 터널 지나 세검정과 석파정에 닿다

자하문 터널을 지난 차들이 동서로 오고 가는 근처에는 세검정과 석파정이 있다. 관서팔경 중의 하나인 세검정은 인조반정을 성사시킨 사람들이 이곳을 흐르는 맑은 시냇가에서 칼을 씻고 잔치를 베풀었다는 전설이 전해 내려온다. 하지만 문일평이 쓴 《조선사화》에는 그와는 다른 이야기가 실려있다.

"사실에 있어서는 인조반정과 하등의 관계가 없고, 숙종 때 삼청동에 설치했던 총융청을 북한산성의 수비를 위하여 영조 때 이곳으로 옮기면서 경치 좋은 데를 택하여 수간정사를 새로 세우고 세검정이라 이름 지으니 때는 정조 24년이었다."

세검정은 칼을 씻은 곳은 아니지만 실제로 사초를 씻었던 곳이다. 사관이 임금의 말이나 나라 일을 적어 실록의 기본자료로 삼은 원고의 먹물을 이곳에서 씻어냈기 때문이다. 당시에는 종이가 귀해 한 번 썼던 한지를 재생용지로 만들 때 다시 물로 씻어서 순지로 만들었다고 한다.

부암동 20번지에 있는 서가정은 원래 이 부근의 세 갈래의 내가 합해서 흐르므로 바위에 삼계동이라는 글자를 새겨 '삼계동정

부암동 석파정

자'라 불렀다. 그러나 흥선대원군이 이곳에 살게 되면서 그 아호를 따서 '석파정'이라 하였다.

골목길을 한참 올라서자 세종의 셋째아들인 안평대군 용이 살았던 비해당 터가 보인다. 비해당은 그의 당호였다. 안평대군은 도원에서 기쁘게 놀았던 꿈을 꾸고서 정자를 지었는데, 바로 무계정사다. 하지만 꿈속인 듯 아름다웠을 비해당 터에는 집 한 채만 덩그러니 남아 있고 폐허처럼 변해가고 있어 안타까움을 더한다.

안평대군이 그린 〈몽유도원도〉는 일본에서 이방인들의 가슴을 울리는데, 정작 경복궁에서 멀지 않은 부암동에 있는 그의 집터는 아무도 돌보는 이가 없으니 이를 어찌할까. 가슴 한쪽이 몹시 아리다.

독야청청 짙푸른 산림의 향기
- 경북 봉화 청량산

- **주소** 경북 봉화군 명호면 청량산길 199-152
- **소요시간** 3시간
- **길 난이도** 난이도 있는 길
- **걷는 구간** 청량산 주차장-산길-외청량사-김생굴-청량사

유장하게 흐르는 강가에 아름다운 산이 있으면 금상첨화다. 가끔씩 강변에 드리우는 산의 모습이 마치 천상에 선경의 모습이 저러하지 않을까 하는 생각을 불러일으키는 산이 봉화의 청량산이다.

유난히 물푸레나무꽃이 아름답게 피는 봄날에 찾아가면 좋은 경북 봉화군 명호면 북곡리에 자리 잡은 청량산(870m)은 지난 82년에 경북도립공원으로 지정되었다가 문화재청에 의해 국가 명승으로 지정된 산이다. 마이산과 같은 수성암으로 이루어진 청량산은 경일봉, 문수봉, 연화봉, 축융봉, 반야봉, 탁필봉 등 크고 작은 암봉들이 어우러져 마치 한 송이 연꽃을 연상시킨다. 산세는 그리 크고 높지 않지만 아름답게 솟아 있는 신비롭기까지 한 경관으로 인해 전국적인 명성을 얻고 있다.

청량산의 산행은 낙동강의 청량교를 지나면서 시작된다. 강변의 모든 나루가 그러하듯이 옛사람들이 배를 타고 건넜던 광석나

루에는 청량교가 만들어져 그 옛날의 정취를 알아 볼 수가 없지만, 청량교에서 바라보는 낙동강은 청량산의 산세와 더불어 빼어난 아름다움을 한껏 자랑하고 있다.

청량정사, 퇴계 이황이 후학들을 가르쳤던 현장

봄물이 든 나무들 사이로 깎아지른 절벽들이 연이어 나타나고, 그 틈새마다 푸른 소나무들이 암벽들에 뿌리를 내린 채 서 있다. 이 아름다운 산을 조선조에 주세붕은 《청량산록》이라는 기행문에서 이렇게 예찬했다.

"해동 여러 산 중에 웅장하기는 두류산(지금의 지리산)이고, 청절하기는 금강산金剛山이며, 기이한 명승지는 박연폭포와 가야산 골짜기다. 그러나 단정하면서도 엄숙하고 밝으면서도 깨끗하며 비록 작기는 하지만 가까이 할 수 없는 것은 바로 청량산이다."

이곳 예안땅이 고향인 퇴계 이황은 청량산의 아름다움에 반하여 스스로의 호를 '청량산인'이라 짓고 이렇게 노래했다.

"청량산 옥류봉을 아는 이 나와 백구 / 백구야 헌사하랴 못 믿을 손 도화로다 / 도화야 떠나지 마라 어주자 알까 하노라."

퇴계 이황이 청량산의 내청량사 가는 길 옆에 〈오산당吾山堂〉이라는 집을 짓고 후학들을 가르쳤던 연대는 확실한 기록이 남아 있지 않다. 남명 조식과 함께 한 시대를 풍미했던 이황은 남명 조식과는 달리 벼슬길에 여러 차례를 나아갔었다. 정치가라기보다는 학자였기에 임금이 부르면 벼슬길에 나갔다가도 다시 고향으로 내려오기를 몇 차례, 그동안에 풍기군수와 대사성 부제학과 좌찬성이라는 벼슬에 올랐었고, 그가 마지막으로 귀향한 것이 68세였다. 이황이 도산서원을 마련하기 전까지 이곳에 집을 지어 〈청량정사〉라는 이름을 짓고 학문을 닦으며 후학들을 가르친 현장이다.

아름다운 산천을 찾아 떠나고 싶은 욕망은 옛사람이나 현대인이나 별반 다르지 않을 것이다. 떠남과 돌아옴 속에서 잃어버린 나를 발견하고 내가 나로 되돌아오는 경이로운 순간을 맛보기 위하여 쉴 새 없이 떠남을 꿈꾸지만 글쎄……. 휘적휘적 산길을 걷는 사이 집 한 채 보이니 오산당이다. 퇴계 선생을 떠올리기도 전에 맛깔스런 차 내음이 코끝을 감싸고 발길은 자연스레 산꾼의 집이라 쓰인 찻집으로 들어섰다.

청량산은 도립공원으로 지정되기도 했지만 예나 지금이나 예안이씨 종중산이다. 그래서 퇴계 선생이 나의 산이라고 오산당吾山堂이라는 집을 짓고서 제자들을 가르쳤다. 나는 오산당의 담벼락에 기대어 청량산에서 나는 9가지의 약초를 넣어 끓인 구정차를 마시며 청량산의 이야기를 들었다. "설악산, 월악산, 월출산 같은 명산으로도 불리고 계룡산, 지리산, 모악산 같은 영산으로도 대접받는 산이 청량산이지요." 그 말은 대체적으로 맞다고 생각하며 오산당을 나와 내청량사로 향했다.

한때는 열아홉 절집을 품기도 한 산

연화봉 기슭에 자리 잡은 내청량사와 금탑봉 기슭에 위치한 외
청량사는 663년에 원효대사에 의해 창건되었다고도 하고, 문무
왕 때에 의상대사가 창건했다는 설도 있다. 하지만 창건연대로 볼
때 당시 의상은 중국에 있었으므로 원효가 창건하였다는 것이 타
당할 듯도 싶다. 이후 오랫동안 폐사로 남아 있던 청량사를 송광사
16국사의 큰 스님인 법장 고봉선사(1351-1428)가 중창했다고 하
는데 창건 당시 승당 등 27개의 부속건물을 갖춘 큰 사찰이었다는
것만 전해져올 따름이다. 그러나 이 두 절은 비록 거리는 다소 떨
어져 있지만 상호 밀접한 연관관계를 지니고 있다고 볼 수 있다.

내청량사의 연화봉 아래 유리보전琉璃寶殿이라고 쓰인 법당이
본전이고, 금탑봉 아래 외청량사의 법당을 응진전應眞殿이라고 이

청량사 유리보전

름붙인 까닭이다. 경상북도 유형문화재 제47호로 지정되어 있는 청량사의 유리보전은 정면 3칸에 측면 2칸의 자그마한 건물이며 유리보전이란 동방 유리광 세계를 다스리는 약사여래를 모신 전각이라는 뜻이다. 유리보전 안에는 약사여래상이 모셔져 있고 획의 힘이 좋은 유리보전의 현판은 고려 공민왕의 글씨라고 전해지지만 확실하지는 않다. 유리보전 앞에는 가지가 세 갈래인 소나무가 한그루 서 있는데《봉화군지》에 의하면 명로면 북곡리에 사는 남민이라는 사람의 집에 뿔이 세 개 달린 송아지가 태어났는데 힘이 세고 성질이 사나워서 연대사 주지가 데려가서 짐을 나르는데 써서 이 절을 완성시키자 힘을 다했는지 죽어 절 앞에 묻었다. 그 후 무덤에서 가지가 세 개인 소나무가 생겼기 때문에 "세뿔 송아지 무덤"이라고 부르게 되었다고 한다. 이 절들은 별로 내세울 불교 문화재가 남아 있지는 않지만 바위 봉우리가 연꽃잎처럼 벌어져 있고, 그 가운데 들어앉은 청량사의 절터는 대단한 길지임이 분명하다. 한편 주세붕의 글에 적힌 청량산의 암자 이름들은 청량산의 이름이 중국 화엄의 영산에서 따온 것임을 짐작할 만하게 많다.

직소봉 아래 백운암, 만월암, 원효암, 몽상암, 보현암, 문수암, 진불암, 연대암, 벌실암, 중대암, 보문암 등이 있고 경일봉 아래 김생암, 상대승암, 하대승암이 있으며, 금탑봉 아래 치원암, 국일암, 안중사와 상청량사, 하청량사 등 무려 19개의 절집들이 있었다 한다. 그러나 주세붕은 그 당시를 지배하던 유교적 입장에서 청량산 12봉우리 이름들을 3개를 바꾸었고 6개를 새로 지었다. 중국 태산의 장악을 본떠 의상봉을 장인봉이라 지었고, 하청량사의 너른 바위는 그 자신의 호를 붙여 경유대라 붙였다. 그렇지만 현존하는 지도마다 주세붕이 작명한 이름이 오르지 않고 옛 이름이 올라 있어서 그나마 다행인 이 청량산에는, 고려 말에 공민왕과 신라의 명필 김생을 비롯해 고운 최치원의 발자취가 남아 전한다.

욕심 많은 자도 청렴해지는 산

김생굴 200m 길은 가파르다. 촉촉이 비에 젖은 산길을 올랐다. 금탑봉으로 오르는 길과 갈라서 산허리를 접어들자 김생굴이다. 신라 때 명필 김생金生이 이 굴에서 10여 년 동안 수도하며 글씨 공부를 했던 김생굴 위에선 내린 비의 조화로 폭포수가 떨어지고, 그 아래 웬걸 고드름으로 만든 조각 작품이 놓여있다.

청량사 가는 사색의 길

김생폭포 소리가 어우러져 청량산에 메아리쳤지만, 김생굴金生屈에 김생의 글 한 구절도, 치원대에 최치원의 시 한 구절도 남아 있지 않음이 아쉽기만 했다. 오직 주세붕의 글 속에만 그들이 남아 있을 뿐.

금탑봉 아래 외청량사 응진전에는 공민왕과 노국공주의 영정이 남아 있고, 자그마한 산신각에 호랑이 그림이 특이했다. 소주 한 잔 준비 못하고 찾아온 무례함을 대신하여 산신각에 넙죽 엎드려 절을 올리고 산길을 내려오며 주세붕의 청량산 예찬을 생각했다.

"이 산은 둘레가 백리에 불과하지만 산봉우리가 첩첩이 쌓였고, 절벽이 층을 이루고 있어 수목과 안개가 서로 어울려 마치 그림 같은 풍경이었다. 또 산봉우리들을 보고 있으면 나약한 자가 힘이 생기고, 폭포수의 요란한 소리를 듣고 있으면 욕심 많은 자도 청렴해질 것 같다. 총명수를 마시고 만월암에 누워 있으면 비록 하찮은 선비라도 신선이 아니고 또 무엇이겠는가."

작지만 아름다운 산, 청량산은 어느 때 가든 그 아름다움과 기묘함으로 삶에 지친 우리네 마음을 다독여주는 청정한 맑은 산으로 자리매김하고 있다.

동해 경포대에서 만나는 것들
- 강원 강릉 경포대

- **주소** 강원도 강릉시 경포로 365
- **소요시간** 2시간
- **길 난이도** 걷기 좋은 길
- **걷는 구간** 경포대-경포호수 산책-경포해수욕장

사람이 살만한 곳은 어디일까? 인류가 시작된 때부터 사람들의 가장 큰 관심사였다. 조선 중기에 이 나라의 사대부들이 살만한 곳이 어디인가를 찾기 위해 이십여 년의 세월을 떠돌았던 《택리지》의 저자 이중환은 강원도의 세 호수를 다음과 같이 평했다.

"고성의 삼일포는 지극히 맑고 묘하면서도 화려하고 그윽하며 고요한 중에 명랑하다. 마치 숙녀가 아름답게 화장한 것 같아서 사랑스러우면서 공경할 만하다. 강릉의 경포대는 한나라 고조의 기상 같아 활발한 중에 웅장하고 아늑한 중에 조용하여 그 형상을 무어라 말할 수 없다. 흡곡의 시중대는 맑은 가운데도 엄숙하고 까다롭지 않으면서 깊숙하다. 마치 유명한 정승이 관청에 좌정한 것 같아 가까이할 수는 있어도 가볍게 여길 수는 없다. 이 세 곳의 호수가 산으로서는 으뜸가는 경치다."

　전설에 따르면, 경포호수는 옛날에 어느 부자가 살던 곳이었다. 하루는 중이 그 부자에게 쌀 시주를 청하였는데 그가 똥을 퍼주었다. 그러자 갑자기 그 부자가 살던 곳이 내려앉아서 호수가 되었고, 쌓였던 곡식은 모두 작은 조개로 변하였다. 해마다 흉년이 들면 조개가 많이 나고 풍년이 들면 적게 나는데, 그 조개의 맛이 달고 향긋하여 요기할 만하며, 세상 사람은 이를 적곡조개라 한다. 봄여름이면 먼 곳에서 사람들이 모여들어 주운 조개를 이고 지고 갔다. 호수 밑바닥에는 아직 기와 부스러기와 그릇들이 남아 있어 헤엄을 치는 사람들이 가끔 줍는다고 한다.

　경포호 남쪽 언덕은 조선 전기의 문신 심언광이 살던 곳이다. 심언광이 조정에 벼슬을 할 때 좌우에 이 호수 경치의 그림을 두

경포호

고 말하기를 "내게 이와 같은 호수와 산이 있으니 내 자손은 능히 떨치지 못하고 반드시 쇠망할 것이다"라고 하였다.

호수 남쪽으로 몇 리 떨어진 곳에 자리한 한송정寒松亭에는 돌솥과 돌절구 등이 있는데, 이곳이 바로 네 명의 신선이 놀던 곳이다.

관동팔경의 첫손에 꼽히는 경포대

경포대는 강릉시 저동, 운정동, 초당동의 경포호수 북쪽에 위치한 누각으로, 경포대해수욕장과 가까운 곳에 있다. 아름드리 소나무 숲과 어우러진 경포호수를 내려다보는 위치인데, 경포대해수욕장을 찾는 사람은 많아도 경포대를 찾는 사람은 그리 많지 않다.

경포대

경포대는 1326년(충숙왕 13) 강원도 안렴사였던 박숙이 신라의 사
선四仙이 놀았다던 방해정 뒷산 인월사 터에 세웠다가 그 뒤 1508
년(중종 3)에 강릉부사 한급이 지금의 자리로 옮겼다고 전해진다.

　정면 5칸, 측면 5칸의 웅장한 규모를 자랑하는 경포대는 우물
천장을 하게 마련인 팔작지붕인데도 연등천장이며, 주춧돌도 자
연석을 그대로 놓은 뒤 기둥에 딸린 부위만 둥글게 다듬어 놓았다.
1626년(인조 4) 강릉부사 이명준이 크게 중수하였다. 인조 때 우의
정을 지냈던 장유가 지은《중수기》에는 "태조와 세조도 친히 경포
대에 올라 사면의 경치에 찬사를 아끼지 않았으며, 임진왜란 때 허
물어진 것을 다시 지었다"라고 적혀 있다. 현재의 건물은 1745년
(영조 21) 부사 조하망이 세운 것이며, 낡은 건물은 헐어낸 다음 홍

수로 사천면 근처 앞바다까지 떠내려 온 아름드리나무로 다시 지었다고 한다.

관동팔경 중 첫손에 꼽히는 경치를 자랑하는 경포대의 현판은 전서체와 해서체로 쓴 것 두 개가 있다. 해서체는 순조 때 한성부 판윤을 지낸 이익회가 썼고, 전서체는 조선 후기의 서예가 유한지가 썼다. 제일강산第一江山은 전주 객사의 풍패지관豊沛之館을 썼다고 알려진 명나라 사신 주지번의 글씨라고도 하고 조선 전기 4대 서예가 중의 한 사람인 양사언의 글씨라고도 하지만 확실하지는 않다. 다만 뒷부분의 파손된 두 글자는 후세 사람이 써서 덧붙인 것이라고 한다.

그 밖에 숙종의 어제시와 명문으로 널리 알려진 조하망의 상량문 등 여러 사람의 글이 걸려 있는 가운데 율곡 이이가 열 살 무

제일강산

렵 지었다는 〈경포대부鏡浦臺賦〉도 편액되어 있다. "하늘은 유유하여 더욱 멀고 달은 교교하여 빛을 더하더라"라는 글이나, "해 뜨는 이른 아침이나 달 밝은 가을밤에 경포대에 올라 경포호를 굽어보거나 호수 너머 동해의 푸른 바다를 대하면 속세는 간데없이 온통 선경이요"라고 표현했던 옛 사람의 시가 주위의 소나무와 상수리나무 등과 어우러져 해송숲의 운치 있는 경관과 조화돼 고아한 풍취를 더한다.

일찍부터 강릉 사람들은 경포대에서 볼 수 있는 여덟 개의 경치를 경포팔경이라 불렀는데, 경포대에서 바라보는 해돋이와 낙조 그리고 달맞이, 고기잡이배의 야경, 노송에 들어앉은 강문동, 초당 마을에서 피어오르는 저녁연기 등이 경포팔경들이다.

또한 거울처럼 맑다고 해서 이름 붙인 경포호에는 달이 네 개가 뜬다는 말이 있다. 하늘에 뜨는 달이 하나요, 바다에 하나, 호수에 하나 그리고 술잔에도 똑같은 달이 뜬다는 말이다. 요즘은 여기에 하나가 덧붙여진다고 말한다. 하늘, 바다, 호수, 술잔 그리고 상대방의 눈동자에 또 하나의 달이 뜬다는 경포호는 사람에게 유익함을 준다는 뜻으로 군자호君子湖라고도 불린다.

고려 때의 문신 김극기는 경포대를 두고 "서늘한 경포대에 물과 돌이 다투어 둘렸네. 버들 언덕에는 푸른 연기 합쳐졌고, 새는 교반을 떨어뜨리네. 모래언덕에 흰 눈이 무더기졌구나. 선인은 아득하게 어디로 갔나. 땅에는 푸른 이끼만 가득하다"라고 노래하였고,

조선 초기의 청백리 황희는 "맑고 맑은 경포 물엔 새달新月이 잠겼고, 늘어진 차가운 소나무는 푸른 연기에 잠겼구나. 구름 비단의 연꽃은 못에 가득하고 대臺엔 대나무가 가득한데, 티끌세상에도 또한 해중海中 신선이 있다"라고 읊었다.

요즘 경포 사람들 말로는 경포대에 놀러 와서 경포 잉어회와 초당 두부를 못 먹고 돌아가는 사람은 멋은 알지 몰라도 맛은 모르는 사람이라고 하며, 경포호 주변에선 찌갯거리로 애용되는 때복이라는 민물조개가 일품이라고 전한다. 이 민물조개에는 앞서 말한 부잣집 이야기가 전해져온다.

한가로운 봄날, 살랑살랑 부는 봄바람을 맞으며 천천히 걷기에 좋은 경포대에서 노닐고 경포호수를 한 바퀴 돌면 나타나는 경포대해수욕장에서 유장하게 동해를 가르는 고래를 보는 것, 그 또한 즐겁지 아니한가?

산수를 사랑한 선비가 조성한 아름다운 정원
- 경북 영양 서석지

- **주소** 경북 영양군 입암면 연당리
- **소요시간** 2시간
- **길 난이도** 걷기 좋은 길
- **걷는 구간** 남이포-연당마을-정원 서석지

———

나라 안에 이름 높은 정자나 정원들은 많이 있지만 한 번 가서 그 아름다움을 잊지 못해 다시 찾는 정자나 정원들은 그리 흔치 않다. 언젠가 한 번 다녀온 뒤로 거리가 만만치 않음에도 불구하고 그 일대 답사 때에 꼭 빼놓지 않고 다녀오는, 그래서 언젠가 한 번은 살아봤으면 하는 곳이 영양의 서석지다.

산수를 사랑했던 사람들

산이 높은 고원지대이기 때문에 '서리는 흔하고 햇빛은 귀하다'고 알려진 영양의 조선시대의 풍경을 《영양읍지》에선 이렇게 적고 있다.

"이곳이 교통이 불편하고 흉년이 잦아 풀뿌리와 나무껍질로 목숨을 이을 때가 많았으나 조선 숙종 때에 현이 부활된 후에 이웃

인 안동과 예안의 유학의 영향을 받아 점차로 글을 숭상하게 되었고 주민의 성질이 소박하면서도 인정이 있다."

1982년 2월 20일 서울에 있는 산림청 임업시험장 강당에서 『한국정원문화연구회』 주체로 『서석지 학술연구발표회』가 열렸다. 이 발표회에서 문화재 전문위원인 민경현씨가 서석지라는 민가 정원庭苑이 갖는 독특한 양식과 조경술造景術 등을 분석 평가하여 국내외에 최초로 소개하였다. 그때부터 사람들에게 널리 알려진 영양서석지英陽瑞石池는 경상북도 영양군 입암면 연당리에 있는 조선 중기의 연못과 정자이다. 조선시대 민가民家 정원庭園의 백미로 손꼽히는 이 조원造園은 석문 정영방이 광해군 5년인 1613년에 축조하였다고 전한다.

경북 예천에서 태어난 정영방(鄭榮邦, 1577~1650)의 본관은 동래東萊. 자는 경보慶輔, 호는 석문石門으로 정환鄭渙의 현손으로 예천군 용궁면에서 태어났으나, 뒤에 입암면 연당리로 이주하였다.

정영방은 우복 정경세愚伏 鄭經世가 우산愚山에서 제자들을 가르칠 때 수업하여 경학經學의 지결旨訣을 배웠다. 성리학과 시에 능하였던 정영방은 1605년(선조 38)에 성균 진사가 되었으며, 정경세가 그의 학문을 아깝게 여겨 천거하였으나 벼슬길에 올랐다가 광해군 때 벼슬을 버리고 낙향했다.

군자가 숨어 살며 뜻을 세우는 곳

정영방은 병자호란이 일어나 세상이 어지러워지자, 숨어 살기에 합당한 이곳 첩첩산중으로 들어왔다. 그는 산세가 아름답고 인적이 드문 이곳 연당리를 "석인군자碩人君子가 숨어 살며 뜻을 세울 만한 곳"으로 보고 자리를 잡은 뒤 연못을 조성하고 서석지瑞石池라는 이름의 정자를 짓고서 자연을 벗 삼아 유유자적하였다. 이 연못은 현재 영양서석지英陽瑞石池라 하며 정자와 함께 중요민속자료 제108호로 지정되어 있다. 정영방은 영양이 폐현되었을 때 1633년에 복현을 위한 상소를 올려 영양현이 복현될 수 있는 기틀을 마련하기도 했다.

이 마을에는 정영방의 자손들이 대를 이어 살고 있다. 본래 이

곳은 진보군 북면 지역으로 연못이 있으므로 연당蓮堂이라 하였는데 1914년에 영양군 입암면에 편입되었다.

연못이 있는 연당마을

연당리에 있는 헌정獻亭은 진사進士 정영방鄭榮邦이 세웠고, 임천은 연당 북쪽에 있는 마을로 큰 샘이 있고 논과 밭이 제법 기름지다.

서석지 건너편에 있는 연당동 석불좌상은 경상북도 유형문화재 제111호인데, 그리 크지 않은 석불좌상은 몸체와 광배 대좌를 모두 갖추고 있다. 왼손에 둥근 약함을 갖추고 있기 때문에 약사여래불로 알려져 있는 이 불상은 뒷면에 새겨져 있는 글에 의하면 신라 진성여왕 3년인 889년에 조성되었음을 알 수 있다. 전체 높이가 2.23m인 이 불상 왼쪽 아래에는 마을 사람들의 풍요와 안녕을 기원하기 위해 세운 남근 입석이 세워져 있다.

국화골은 연당 북쪽에 있는 골짜기로 들국화가 많이 피어서 지은 이름이고, 사부고개라고 부르는 사부령은 연당 서쪽에 있는 고개로 옛날 한 여인이 이 고개를 넘어가 돌아오지 않는 남편을 생각하여 늘 이 고개를 바라보았다고 해서 지은 이름이다.

사부고개 옆에는 그 모양이 상여처럼 생긴 상여봉이 있고, 연당 남동쪽에 있는 마을이 선바우, 즉 입암이다.

서석지 근처에 이름난 관광지로는 남이포南怡浦를 들 수 있다. 남이포는 입암면 연당리 입암교 아래에서 신구리까지의 반변천의 천변을 말하며, 일명 남이개라고도 부른다. 남이 장군은 역적의 누명을 쓰고 역사 속으로 사라졌어도 남이포의 절벽과 입암이 마주보는 사이로 맑은 강물은 흐르고 있다. 지금도 강변에는 깨끗한 조약돌과 하얀 모래가 넓게 펼쳐져 있어, 한 폭의 풍경화를 연상시킨다.

선바우마을 입구에 자리 잡고 있는 선바우는 선방우, 딴섬바우, 입암, 석문 입암이라고 부르는데, 깎아지른 절벽 옆에 높이가 10m쯤 되는 바우가 따로 서 있고, 그 밑에 짙푸른 소가 있다. 맞은편 절벽에는 남이 장군 석상이 있어서 주변 경관과 어우러져 풍경이 가히 절경이며, 이 바위로 인하여 면의 이름이 입암立岩으로 되었다.

　선바우 맞은편에 있는 바우를 남이 장군 석상이라고 부르는데, 20m쯤 되는 바위 벼랑 중간에 사람의 얼굴이 새겨져 있는 것을 일컬어 부르는 이름이다. 마을에 전해오는 전설에 따르면 남이포에서 큰 싸움이 벌어졌는데, 이룡(몸빛이 검은 용)이 별안간 몸을 날려서 공중으로 솟구쳐 치솟으므로, 남이 장군도 몸을 솟구쳐 날아가서 공중에서 한창 격전을 벌인 끝에 벼락같은 소리를 내며 이룡의 사지가 공중에서 떨어졌고, 남이 장군은 공중에서 칼춤을 추며

내려오다가 칼끝으로 절벽 위에 자기의 얼굴을 새겼다고 한다.

선바우 아래에 있는 여울은 물소리가 학의 소리와 같다고 하여 황학탄黃鶴灘이라고 부르며, 선바우 동북쪽에 있는 주역마을은 조선시대에 이곳에 역마가 머물던 곳이다.

'자연을 인공적으로 재배치하여 원을 꾸미는 방식이 아니라 주어진 자연을 최대한 이용하고 인공적인 장치는 최소한으로 하여 하나의 우주를 만들어냈다'는 평가를 받고 있는 영양의 서석지 부근은 한가롭고 여유로워서 바쁘게 흘러가는 시간마저도 머물며 명상에 잠긴 듯 고즈넉하기만 하다.

기다리지 않아도 오고, 기다림마저 잃었을 때에도 오는 봄에 이토록 지나간 역사가 오롯이 남아 지난 이야기를 들려주는 서석지. 이 부근에 삶터를 마련하고 남이 장군의 전설이 서려 있는 입암과 영양의 이곳저곳을 소요하면서 산다면 그 또한 아름다운 일일 것이다.

여름,
아름다움을 건너는 법

다도해의 보석, 고흥 금강죽봉

- 전남 고흥 금강죽봉

- **주소** 전남 고흥군 도화면 지죽리
- **소요시간** 3시간
- **길 난이도** 난이도가 있는 길
- **걷는 구간** 지죽마을-태산-다도해 금강죽봉

———

한려수도, 태안반도와 함께 해상국립공원으로 지정된 다도해 해상국립공원은 전라남도 신안군 홍도에서 신안군·진도군·완도군·고흥군 등을 거쳐 여수시 돌산읍에 이르는 구간이다. 해안 일대와 도서를 중심으로 지정된 전라도 다도해국립공원 면적은 1981년 12월 23일 지정되었다.

1,700여 개의 섬으로 형성된 다도해에는 오랜 해식으로 기암괴석의 해식애海蝕崖·해식동海蝕洞 등 특이한 해안지형이 발달하였고, 따뜻한 해양성 기후로 인해 무성한 난대성 식물이 어울려 뛰어난 경관을 자랑하고 있다.

신라 때에는 장보고張保皐가 당나라와 왜倭의 해적 떼를 토벌하여 이 해역에 해상왕국을 건설하였다. 고려시대에는 해상무역로의 중심지 역할을 하였고, 조선시대에는 충무공忠武公 이순신 장군이 왜적을 격파했던 발포 해전의 전적지가 도처에 남아 있다.

다도해에 숨겨져 있던 보석, 금강죽봉

　다도해 해상국립공원 구역인 고흥군 도화면 지죽리에 숨겨져
있던 보석이 만천하에 알려진 것은 2021년 6월이었다. 몇 년 전,
산악회에서 올린 몇 컷의 사진을 보고 신기해서 찾아갔더니, 세상
에 둘도 없는 보물이 다도해를 바라보며 숨어 있었다. 필자는 "구
슬이 서 말이라도 꿰어야 보배다"라는 말을 실감하고 문화재청에
알렸다.

　2020년 10월 문화재청에서 현장답사를 한 뒤 2021년 5월 26
일 제5차 천연기념물분과위원회 회의를 거쳐 9일 '고흥 지죽도 금

강죽봉'을 국가지정문화재 명승으로 지정, 확정 고시한 것이다.

　그렇다면 고흥 사람들은 어째서 이렇게 진귀한 보석과 같은 금강죽봉의 진가를 몰랐을까? 참으로 아름다운 명승은 아무에게나 자신의 모습을 보여주기 싫어서 누구나 접근할 수 없는 곳에 숨겨져 있다. 그 가치를 알고 찾아오는 사람들에게 자신의 아름다움을 하나도 감추지 않고 보여주기 때문이었을 것이다. 그런 의미에서 금강죽봉은 어떤 말이나 수식어로도 대체할 수 없는 천하의 절경이다.

여성적이고 웅장한 미를 자아내는 주상절리

　지죽도는 고흥반도 끝에 딸린 작은 섬으로 대염도와 목도·죽도·대도 등 주변의 여러 섬들과 함께 육지와 연결되어 있어서 이 일대 섬 사이에서 중심지 역할을 해왔다. 배를 타고 가던 지죽도에 지죽대교가 건설된 것은 2003년이었다. 이 다리가 놓이면서 배를 타지 않고 자동차로 갈 수 있게 된 섬이지만 지죽도라는 이름은 아직도 여행자들에게 생소한 편이다.

　이 지역 사람들조차 별로 내세울 것이 없다고 자랑하지 않았던 작은 섬의 유일한 자랑거리가 금강죽봉이다. 그런데 금강죽봉이란 이름이 어떻게 만들어졌을까? 지죽도支竹島란 지명에 걸맞게 섬을 떠받치고 있는 주상절리를 사람들이 금강죽봉金剛竹峯이라고 명명했던 것은 아닐까?

　한여름에 금강죽봉에 올랐다. 이 산으로 오르는 길은 지호마을 주차장에서 시작된다. 마을 안 골목길로 들어가 탐방로를 따라 산길을 1시간가량 올라가면 금강죽봉에 이른다.

　땀으로 범벅이 된 육신은 아랑곳하지 않고 "신기하다!, 신기해!"를 연발하면서 경탄에 경탄을 금할 수 없는 금강죽봉은 돌병풍처럼 동서로 길게 펼쳐져 있었다. 그 죽봉 가운데서도 오른쪽 맨 끝부분에 홀로 떨어진 돌기둥은 '송곳바위'라는 이름으로 불리고 있다. 우뚝우뚝 치솟은 금강죽봉 위로 건너갈 수도 있고 올라갈 수도 있다. 하지만 발아래는 천 길 낭떠러지라서 조심하지 않으면 안

된다.

이 지역 사람들은 이곳 금강죽봉의 주상절리를 보고 작은 금강산이라고 불렀는데, 태산 자락의 모든 바위 군락들이 다 주상절리로 이루어져 있으며 보는 위치에 따라 경관이 달라진다. 이곳저곳에 층층이 쌓여 있는 주상절리는 자연이라는 석공이 오랜 세월에 걸쳐 한 땀 한 땀 빚어낸 듯 싶어, 가슴이 먹먹해지기도 한다.

지죽도 금강죽봉은 도화면 남단 지죽리에 있는 섬인 지죽도支竹島 태산(또는 남금산)에 있는 주상절리를 일컫는다. 예부터 거금도의 청석 해변 쪽에서 보면 마치 바위가 왕 대나무처럼 솟아 있어 그 일대를 '금강죽봉'이라 불러왔다.

북한에 있는 관동팔경 중의 한 곳인 통천의 총석정이 남성적인 주상절리라면 고흥의 금강죽봉은 여성적이면서도 웅장한 주상절리로 경주 양남면의 주상절리나 무등산 서석대의 주상절리와는 또 다른 아름다움을 자랑하고 있다.

금강죽봉은 약 100m의 깎아지른 수직 절벽이 절경을 이루고 있으며, 중생대 백악기에 분출한 응회암에 발달한 주상절리로 해식풍화작용을 관찰할 수 있는 중요한 곳이다. 특히 다도해의 침식지형과 어우러지는 지질학적 특성이 두드러진 것이 금강죽봉이다. 규모가 크고 보존상태가 아주 양호하며, 정상에서 바라보는 다도해의 자연경관과 어우러져 한 폭의 그림과 같다.

해발 202.8m인 금강죽봉의 정상에서 보면 능가사를 품에 안은 팔영산과 이순신 장군이 수군만호로서 18개월 동안 근무했던

발포진, 그리고 이순신 장군을 모신 사당인 충무사가 지척이다. 1960년대 레슬링 선수로 이름을 날린 김일의 고향 거금도와 소설가 이청준이 지은 《당신들의 천국》의 무대인 소록도와 나로도 등이 한눈에 들어온다.

또한 바다와 맞닿은 부분에 해식동굴, 바위 경사지인 해식애와 기암괴석들, 산 능선부의 억새군락지, 바위틈에서 자라는 소나무(곰솔) 등 식생 경관과도 절묘한 조화를 이루고 있다. 특히 날개를 편 것 같다고 해서 활개바위라고 이름이 붙은 다양한 다도해 경관이 함께 연출되어 경관적 가치 또한 뛰어나다.

금강죽봉에서 해 질 녘 수평선 뒤로 붉은 노을을 바라보는 것도 좋지만 배를 타고 바다로 나가서 바라보는 것도 일품이다. 대염도와 소염도, 머구섬이 손에 닿을 듯 펼쳐져 있고, 날이 맑을 때는 시산도와 무학도 그리고 멀리 여수 손죽도와 소거문도까지 바라다볼 수 있는 곳, 언제라도 다시 가고 싶은 지죽도의 금강죽봉이다.

동해 경주에 펼쳐진 보석 같은 주상절리

- 경북 경주 앞바다

- **주소** 경북 경주시 양남면 읍천리
- **소요시간** 2시간
- **길 난이도** 걷기 좋은 길
- **걷는 구간** 읍천항-주상절리 전망대-나아리항구-동해바다 주상절리 감상

'낫 놓고 기역 자도 모른다', '등잔 밑이 어둡다' 오래고 오랜 세월 전해 오는 우리나라 속담이다. 그런데, 그 말이 맞다. 자기 옆에 보물이 있어도 그것이 보물인지를 모르고, 보석 같은 사람이 있어도 소중한 사람인지를 모르고 지나치다가 나중에야 그 진가를 너무 늦게 깨닫는 경우가 많다.

〈길 위의 인문학, 우리 땅 걷기〉에서 2007년에 걸을 때에는 출입금지구역이라 들어가지 못했는데, 다시 걷게 된 2011년 봄, 경주시 양남면 읍천항을 지나가는데, 마침 초소에 군인들이 없어서 들어갔다. 그런데, '유레카!', 눈앞에 놀라운 풍경이 펼쳐졌다.

읍천항과 하서항 사이의 해안을 따라 약 1.5km에 이르는 주상절리 중 바다 한가운데에 한 떨기 연꽃이나 부채처럼 누워 있는 비경 중의 비경 주상절리가 눈 안에 선뜻 들어온 것이다.

한국전쟁이 끝난 뒤, 동해 바닷가의 모든 길에 철조망이 쳐지

고, 그 바닷가에 군부대가 들어섰다. 그 뒤로 이곳을 지키는 군인들은 대를 이어가며 오랜 세월 주상절리를 보았을 것이다. 하지만 그들은 바다에 떠 있는 돌무더기, 또는 기이한 바윗덩어리로 보았을 뿐, 그것을 나라 안에서도 손꼽히는 절경이라고 여기지 못한 것이다. 그날 금지된 곳을 들어가서 발견한 주상절리를 사진으로 찍어 페북을 비롯한 인터넷에 올렸다.

그 뒤 양남면 읍천리의 주상절리는 국가 지질공원으로 지정되었고, 2012년에 문화재청에서 천연기념물 제536호로 지정하였다. 중국 귀주성의 만봉림이나 장가계가 뒤늦게야 사람들에게 알려진 것과 같이, 경주 주상절리는 해파랑길을 제안한 (사)〈길 위의 인문학, 우리 땅 걷기〉 때문에 알려진 명승이다. 이후로 전국의 수많은 사진작가들 사진 속에 담겼으며, 지금은 그 일대가 대처가 되어서, 관광객들이 줄을 잇는 곳이 되었다.

기기묘묘한 형태의 주상절리가 펼쳐진 읍천리 해안

경주시 양남면 읍천리의 주상절리는 신생대 제3기인 마이오세(약 2,600만~700만 년 전) 때 한반도 동남부 지역에서의 화산활동으로 인하여 생성되었을 것으로 추정되고 있다.

그 당시 초소가 있던 곳에 양남 주상절리군을 한눈에 조망할 수 있는 전망대를 지은 것은 2017년 10월이었다.

해안을 따라 발달한 읍천리 주상절리군은 위로 솟은 주상절리

경주 읍천리 주상절리

뿐만 아니라, 부채꼴 주상절리, 기울어진 주상절리, 누워 있는 주상절리 등 다양한 형태의 주상절리가 있다. 그 중에서도 최고의 절경은 둥글게 펼쳐진 부채꼴 주상절리로 세계적으로도 그 유례를 찾아보기 힘든 희귀한 형태이다. 읍천리 주상절리는 차곡차곡 쌓아놓은 육각형의 나무 재목들이 불에 탄 형태로 비스듬히 기울어진 채 쟁여져 있고, 수평 방향으로 발달해 있기도 한다.

이렇게 주상절리의 형태가 다양한 것은 마그마가 지표면 위로 분출하지 못하고 지각 얕은 곳으로 스며 들어간 상태에서 냉각과정을 거쳤기 때문인 것으로 보고 있다. 횡단면의 지름은 20cm에서 100cm로 다양하며, 주상절리의 형태들은 오각에서 육각, 그리

경주 주상절리

고 팔각에 이르기까지 다양하다.

겸재 정선의 그림 속에 남아 있는 북한의 강원도 통천에 있는 총석정과 같은 형태의 주상절리나 서귀포의 주상절리와는 또 다른 아름다움을 자랑하고 있는 것이 읍천리의 주상절리다.

성하의 계절, 거센 파도가 주상절리를 파묻기도 하고, 드러나게 도 하는 풍경속에서 보면 더더욱 아름다운 절경이 경주 바닷가에 있는 주상절리다.

평해의 월송정은 푸른 소나무 숲에 서 있고
- 경북 울진 월송정

- **주소** 경북 울진군 평해읍 월송리
- **소요시간** 2시간
- **길 난이도** 걷기 좋은 길
- **걷는 구간** 월송정 입구-창원황씨 비각-소나무 숲-월송정-월송정해수욕장

동해안의 아름다운 경치 중 사람들에게 널리 알려진 곳이 관동팔경이다. 그중에 한 곳이 울진군 평해읍에 있는 월송정이다.

여름 한낮에 해수욕을 하기 알맞은 해수욕장이 있는 월송정으로 들어가는 초입은 굵은 소나무들로

이루어져 한껏 운치 있는 풍경을 자아내는데, 이 소나무 숲을 성단송전城壇松田이라 부르고, 이 솔밭에 평해. 장수. 창원 황씨의 시조가 된 황낙黃洛의 비인 황장군단비黃將軍壇碑가 있다. 중국 당나라 고종 때 학사였던 황낙이 굴미봉 아래에서 살았는데, 그의 묘가 이 근처에 있었으므로 단을 쌓고 비를 세워 추모하고 있다. 황장군단비 앞에는 황낙을 모신 추원재追遠齋가 있다. 소나무 숲길을 한참

을 따라가면 월송정이 나온다. 경북 울진군 평해읍 월송리 바닷가에 위치해 있으며 관동팔경의 하나인데《신증동국여지승람》'누정'조에 실린 글은 다음과 같다.

"월송정越松亭: 고을 동쪽 7 리에 있다. 푸른 소나무가 만 그루요, 흰 모래는 눈과 같다. 소나무 사이에는 개미도 다니지 않으며, 새들도 집을 짓지 않는다. 민간에서 전하여 오는 말이 "신라 때 신선 술랑述郞 등이 여기서 놀고 쉬었다"고 하였다."

비가 갠 후 맑게 떠오른 달빛이 소나무 그늘에 비칠 때가 가장 아름다운 풍취를 보여준다고 해서 월송정月松亭이라고 부르는 이 정자가 처음 세워진 고려 때에는 경치를 감상하는 정자로서가 아니고 왜구의 침입을 살피는 망루로서 세워졌다. 그 후 왜구의 침입이 잠잠해진 조선 중기 중종 때 반정공신으로 활약했던 박원종朴元宗이 강원도 관찰사로 와서 이곳을 정자로 중건하였다. 월송정은 그 뒤부터 관동팔경 중의 하나로 뭇사람의 사랑을 한껏 받았다.

조선시대의 성종임금은 화가에게 명하여 조선 8도의 시정 가운데에서 가장 경치 좋은 곳들을 그려 올리라 하였다. 그때 화가가 함경도 영흥의 용흥각과 이곳을 그려 올리자 용흥각의 버들과 부용이 좋기는 하나 경치로는 월송정만 못하다고 하였으며, 숙종, 정조임금도 이곳을 돌아보고 시를 지어 아름다운 경치를 찬양하였다고 한다.

그 뒤로도 수많은 시인 묵객들이 시를 지어 찬양했다. 고려 때의 문장가 가정 이곡李穀은 "가을바람에 옛 자취 찾아 말머리 동쪽으로 돌리니, 울창한 정자 소나무 좋기도 하구나. (중략) 난간을 의지하여 자연 침음沈吟하기 오래인데, 졸렬한 붓으로 만분의 일도 허용하기 어렵구나" 하면서 월송정의 경치를 칭찬하였다.

이산해의 유배지 평해

한편 정철과 파벌을 달리했던 아계 이산해는 평해로 유배되어 있는 동안 자주 이 정자에 올라 시를 읊었다고 한다.

그가 태어났을 때 처음 우는 소리를 듣고 작은아버지였던 토정 이지함이 그의 아버지에게 말하기를 "이 아이가 기특하니 꼭 잘 보호하십시오. 우리 문호가 이로부터 다시 흥할 것이오" 하였다. 신동이라고 일컬어졌던 그는 어린 시절 토정 이지함에게서 학문을 익혔으며, 1558년 진사가 되고, 1561년 식년 문과에 병과로 급

제하였다.

선조는 그를 두고 "말은 마치 입에서 나오지 못할 듯하고 몸은 마치 옷을 이기지 못할 듯하지만 한 덩이 진기眞氣가 가슴 속에 충만하여 바라보면 공경심이 일어난다"고 평하였다.

이산해가 머물렀던 곳이 기성箕城의 달촌이었는데, 그가 지은 〈달촌기達村記〉에는 달촌의 이모저모와 그 당시 이산해의 상황이 자주 나타나 있다.

"산을 따라 내려가면서 왕왕 숲 사이로 언뜻언뜻 보이는 인가들은 동발촌動發村이다. 시내의 가장자리에는 백사장이 휘감아 돌고 해당화가 흐드러지게 피어 있고, 조금 더 완만히 돌아 동쪽으로 가면 논과 밭이 섞이어 두둑들이 서로 교차하고 있는데, 이곳에서는 여름철이 되면 뽕. 삼. 벼. 기장 등이 빽빽이 우거지고 농부의 노래와 목동의 피리소리가 어우러져 보고 들을 만한 거리를 제공한다."

지금도 많은 사람들에게 많이 읽히고 있는 〈즉사卽事〉라는 시를 보면 어촌의 풍경이 눈앞에 펼쳐지는 듯하다.

저물녘 조수 막 불어 모래톱 삼키는 데,
섬들은 아득하고 안개 걷히지 않았어라.

배 가득 폭우 내려 돌아가는 노 급한데
서너 마을 닫힌 사립엔 가을 콩 꽃 피었네.

한때 월송정 앞에 은빛모래가 깔린 백사장과 그 너머 동해의 쪽빛바다 그리고 백사장 주변의 만여 그루의 소나무들이 어우러져 선경仙境을 이루었으나 울창했던 송림은 일제 때 모두 베어내어 황폐화 되었었다. 그 뒤 1956년 월송리마을에 사는 손치후라는 사람이 사방 관리소의 도움을 받아 해송 15,000그루를 다시 심어 오늘에 이르고 있다.

관동팔경의 답사를 마친 후 월송정에서 막걸리 한잔을 기울이며 소나무 너머로 밀려오는 파도를 바라보면 정철의 관동별곡처럼 신선으로 화하게 될지도 모르겠다.

월송정해수욕장

윤선도가 꿈꾸던 이상향을 찾아서

- 전남 완도 보길도

- **주소** 전남 완도군 보길면
- **소요시간** 3시간
- **길 난이도** 걷기 좋은 길
- **걷는 구간** 세연정-백록담-동천석실-낙서재

서양에서는 사람들이 정원을 거닐지만, 중국에서는 정원이 사람 속을 거닌다고 보았다. 그런 연유로 옛날에 어떤 사람은 "꽃을 보러 정원으로 나가지 말라. 그럴 필요는 없다. 그대 몸 안에 꽃들이 만발한 정원이 있다"라는 말을 남겼을 것이다. 우리 선현 중에도 자연과 인공이 조화를 이루는 정원을 만들고자 한 이가 많았는데 화담 서경덕의 화담, 율곡 이이가 조성한 석담구곡 등이 대표적이다. 나라 안에 조성된 대표적 정원으로 손꼽는 명승으로 완도군 보길도에 있는 윤선도가 조성한 세연정이 있다.

바위와 소나무를 벗삼아 풍류를 즐긴 고산의 부연동

윤선도가 보길도에 자리를 잡게 된 것은 병자호란이 끝나면서부터였다. 해남에 있던 윤선도는 '인조는 남한산성으로, 왕손을 비

롯한 왕가 사람들은 강화도로 피난을 갔다'는 소식에 배를 타고 강화도로 갔는데, 그때는 이미 강화도마저 함락된 뒤였다. 할 수 없이 배를 돌려 귀향하는 길에 인조가 삼전도에서 청나라 태종에게 무릎을 꿇었다는 소식을 듣게 되었다. 엎친 데 덮친 격으로 실의에 찬 그에게 서인들로부터 '남한산성에서 임금이 고생하고 있을 때 한 번도 찾아오지 않았다'는 비난까지 빗발치듯 들려왔다. 그는 세상을 다시 보지 않겠다는 마음을 먹고 제주도를 향해 떠났다.

그러나 풍랑이 거칠어 보길도에 오게 된 윤선도는 이 섬의 아름다운 경치와 아늑한 분위기에 매혹되어 제주행을 포기하고 기암절벽과 동백나무가 어우러진 보길도에 머물게 되었다. 그는 이곳에 정원을 짓고 글을 쓰면서 풍류를 즐겼다.

부용동은 중국의 부용성이며
옛날 꿈꾸던 바 그곳 전경 얻었네.
세인들은 신선이 산다는 선도 알지 못하고
다만 기화와 요초만을 찾고 있네.

〈고산유고〉에 실린 시 한편인데, 그가 이곳에 있을 때 어떻게
살았는가를 알 수 있는 여러 편의 글들이 남아 전한다.

"고산은 낙서재에서 아침이면 닭 울음소리에 일어나 몸을 단정
히 한 후 제자들을 가르쳤다. 그 후 네 바퀴 달린 수레를 타고 악공
들을 거느리고 석실이나 세연정에 나가 자연과 벗하며 놀았다."

윤선도는 정착한 곳 일대를 부용동芙蓉洞이라 하고, 정치 싸움에
서 찌들고 멍든 마음을 이곳에서 풍류로써 달랬던 듯하다. 바위틈
에서 솟는 물을 막아 연못(세연지)을 만들고 가운데에는 섬을 조성
해 큰 바위와 소나무들을 옮겨놓았으며, 그 둘레에 정자를 세우고
세연정洗然亭이라 이름 지었다.

윤선도의 5대 손인 윤위가 보길도를 방문한 뒤 쓴 《보길도지》
에 윤선도가 보길도의 세연정에서 지냈던 풍경이 고스란히 들어
있다.

"일기가 청화淸和하면 반드시 세연정으로 향하였다. 학관(고산의
서자)의 어머니는 오찬을 갖추어 그 뒤를 따랐다. 정자에 당도하면

세연정

자제들은 시립侍立하고 기희妓姬들이 모시는 가운데 못 중앙에 작은 배를 띄웠다. 그리고 남자아이에게 채색 옷을 입혀 배를 일렁이며 돌게 하고, 공이 지은 〈어부사시사〉 등의 가사로 완만한 음절에 따라 노래를 부르게 하였다. 당 위에서는 관현악을 연주하게 하였으며, 여러 명에게 동·서대에서 춤을 추게 하고, 또는 옥소암玉簫岩에서 춤을 추게도 하였다.(중략)"

그는 낙서재에서 마주 보이는 앞산 기슭에 있는 동천석실을 자주 찾았는데, 이곳에 오르면 부용동이 한눈에 내려다보인다.

수레엔 소동파의 시요.

집에는 주문공의 글이다.
어찌 육중문이 있으리오마는
뜰에는 샘이요. 대와 못이 갖춰 있네.

〈고산의 석실〉이란 시를 남긴 윤선도는 주변의 산자락이 낙서
재 터를 연꽃잎이 피어나듯 둘러서 있어 부용동이라는 이름을 붙
였다. 동천석실은 신선이 사는 곳을 동천복지라고 부르기 때문에
지은 이름이다.

동천석실

다도해의 한 가운데에 있는 부용동 정원은 이곳을 찾는 사람들에게 우리나라에서 가장 아름다운 민가 정원의 정취가 무엇인지를 알게 해준다. 이곳에서 윤선도는 〈오우가〉, 〈어부사시사〉 등 빼어난 작품들을 남겼다.

　그 후 몇 차례 벼슬자리에 나간 적이 있으나 금세 당파 싸움에 휘말려 그때마다 해남과 보길도에 와서 숨어 지냈는데, 그 기간이 19년이나 되었다. 그를 아끼던 효종이 죽자 윤선도는 효종의 무덤을 쓰는 문제와 조대비의 복상 문제를 두고 서인의 송시열 등과 치열하게 싸우다 결국 함경남도 북쪽에 있는 삼수로 귀양을 갔다. 당시로는 유례가 없는 85세의 장수를 누렸던 윤선도였지만, 세 차례의 유배 기간이 20년을 넘었으니 그의 삶이 순탄했다고는 볼 수 없을 것이다. 하지만 지금도 그의 문학은 남아 후세를 살아가는 많은 사람들에게 깊은 울림을 주고 있다.

구산선문의 전통이 깃든 고찰의 미
- 전남 지리산 실상사

- **주소** 전남 남원시 산내면
- **소요시간** 3시간
- **길 난이도** 걷기 좋은 길
- **걷는 구간** 해탈교-돌장승-실상사 답사-약수암 가는 길의 편운화상 승탑

지리산에서부터 비롯된 임천강이 뱀사골에서 흘러내려온 물과 몸을 합치고 그 흐르는 강물 위에 기기묘묘한 바위들이 더없이 아름답다. 해탈교를 건너기 전에 만나는 한 기의 돌장승은 1963년 홍수 때 떠내려간 짝을 그리워하는지 침울한 채 서 있으며 다리를 건너면 1725년 무렵에 만들어진 돌장승 한 쌍을 지나게 된다.

신라 구산선문 실상사파 본찰 실상사

전라북도 남원시 산내면 지리산 자락에 자리 잡은 실상사는 신라 구산선문 중 최초의 산문인 실상사파의 본찰로서 우리나라 불교사상 중요한 위치를 점하고 있다.

국보 10호로 지정되어 있는 백장암 삼층석탑과 약수암의 목조탱화를 포함하여 보물이 11점이나 있어 단일 사찰로 가장 많은 문

실상사 삼층석탑

화재를 보유하고 있는 실상사는 신라 흥덕왕 3년(828) 홍척 증각
대사가 구산선문을 개산하면서 창건하였다.

홍척은 도의선사와 함께 당나라에 들어가 선법을 깨우친 뒤 귀
국하였는데 도의는 장흥 가지산에 들어가 보림사를 세웠고 홍척
은 이 절을 세운 뒤 선종을 전파하였다.

현존하는 건물은 보광전을 비롯하여 약사전, 명부전, 칠성각, 선
리수도원, 누각이 있으며 요사채 뒤쪽으로 극락전과 부속건물이
있다.

만세루를 들어서자 절 마당에 삼층석탑 두 기가 바람을 맞으며
서 있고 그 가운데에 석등과 보광전이 나란히 서 있으며 보광전
양옆으로 약사전과 칠성각이 서 있으며 석등 양옆으로는 명부전
과 요사채가 서 있다. 멀리 천왕봉을 바라보며 지리산의 여러 봉우

리를 꽃잎으로 삼은 꽃밭에 해당하는 자리에 절을 지었다는 실상사는 다른 지역의 절들과 달리 평지에 펼쳐져 있다.

보물 제37호로 지정되어 있는 실상사 삼층석탑은 높이가 각각 8.4m이며 동탑과 서탑으로 불린다. 실상사 삼층석탑은 규모, 양식, 보존상태 등이 상륜부는 찰주를 중심으로 보반, 복발, 앙화, 보륜, 보개, 수연, 용차, 보주의 손으로 만들었는데 거의 완전한 형태로 남아 있다.

동·서 석탑의 중간 지점에 세워진 실상사 석등(보물 제35호)은 높이가 5m에 팔각등의 전형적인 간주석과 달리 고복형 간주석을 지닌 석등으로 전체적인 형태가 화엄사 앞 석등이나 임실 증기사 석등과 흡사하며 이 지방에서 널리 유행되었던 석등으로 볼 수 있다. 이 석등의 측면에는 등을 켤 때 오르내릴 수 있는 용도로 사용된 석조계단이 남아 있다. 이것은 현존하는 여러 석등 가운데 유일한 것으로서 석등이 공양구로서의 장식적인 의미와 함께 더불어 실용적 등기로 사용된 사실을 말해주고 있음을 확인시켜 준다.

보광전, 약사전, 극락전의 독특한 특징

이런저런 생각에 잠겨 있는 사이에 문득 독경소리 들린다. 보광전 안에서 아마도 사십구제를 올리는 듯하다. 실상사의 대웅전인 보광전은 정면 3칸 측면 3칸으로 원래 있던 금당터의 기단 위에 또 하나의 작은 기단을 만들어 세운 작은 건물이다. 원래의 금당은 정면 7칸 측면 3칸의 규모가 큰 건물로 추정되고 있으며 보광전 안에 흥척대사와 수철화상의 영정 및 범종이 있다.

실상사 약사전에는 창건 당시에 만들어진 초기 철불의 걸작으로 꼽히는 실상사 철제여래좌상이 안치되어 있다. 높이가 260cm이며 보물 제41호로 지정되어 있는 이 철불은 두 발의 양 무릎 위에 올려놓은 완전한 결가부좌의 자세를 취하고 꼿꼿하게 앉아 동남쪽에 있는 천왕봉을 바라보고 있다. 현재 광배는 없어졌고 수미

실상사 철불

단에 가려 보이지는 않지만 대좌가 아닌 흙바닥에 앉아있다. 도선 국사가 풍수지리설에 따라 일본으로 흘러가는 땅의 기운을 막기 위해 일부러 땅바닥에 세우게 한 것인지 실상사가 폐사될 무렵 파괴되어 버렸는지는 모르는 일이다.

극락전 측면에 홍척증각대사 부도가 있다. 홍척대사가 입적한 뒤 얼마 되지 않아서 만들어진 것으로 추정되는 이 비는 증각대사응료탑으로 불리고 있다. 전형적인 팔각원당형부도로 높이가 2.42m이고 보물 제38호로 지정되어 있으며 증각대사 부도비는 비신은 없어진 채로 귀부 위에 바로 이수만이 얹혀있다. 이 비에서 조금 떨어진 곳에 홍척대사의 뒤를 이었던 수철화상의 부도가 있다. 수철화상능가보월탑이라고 불리는 이 부도는 전체 높이가 2.42m이고 보물 제33호로 지정되어 있다.

봄이면 노오란 산수유 꽃이 뭇사람들의 가슴을 들썩이게 하고 가을이면 그 빨알간 열매가 눈이 시리게 부서져 내리는 산수유나무가 에워싸고 있는 그 한적한 곳에 4기의 부도가 있다.

통일신라시대 보물로 빛나는 백장암

인월 가는 길에서 가파른 산길을 1.1km쯤 올라가면 실상사의 산 암자인 백장암百丈庵이 있으며 그곳에 국보 10호로 지정된 백장암 삼층석탑과 보물 제40호로 지정되어 있는 백장암 석등이 있다.

백장암 삼층석탑

　현재 법당과 칠성각, 산신각 등이 있는 조그만 암자인 이 백장암 안은 규모가 상당히 컸던 절이 있었을 것으로 추정할 뿐이다. 통일신라시대에 만들어진 탑 중에서도 아름답기 이를 데 없는 특이한 백장암 삼층석탑은 전형적인 석탑 양식에 구애받지 않고 자유롭게 만든 이형 석탑이다. 탑 전체를 두른 장식 조각들이 화려하면서도 섬세하게 만들어진 이 탑은 통일신라시기의 절정을 이루는 작품이라 국보 제10호로 지정하였다.

　봄이 왔다가 봄이 가는 봄의 끝자락에서 바라보는 녹음 짙은 지리산에 마음만을 남겨두고 백장암을 내려오면서 이 암자에서 살다 간 옛사람들을 떠올려봤다.

선비의 정신이 담긴 조선의 정원
- 경북 안동 체화정

- **주소** 경북 안동시 풍산읍 상리리
- **소요시간** 2시간
- **길 난이도** 걷기 좋은 길
- **걷는 구간** 안동서 풍산읍으로 들어가는 길목의 국도변 위치

답사를 다닐 때마다 만나게 되어 오르게 되면 마음속 휴식과 풍류를 자아내는 곳이 정자라고 부르는 누정이다. 우리나라의 누정은 지형이 높은 곳에서 사방이 모두 보이도록 막힘이 없이 탁 트여 아름다운 경관을 조망할 수 있는 곳에 지었다.

정자를 주제로 한 〈사륜정기〉를 지은 이규보는 정자의 기능을 손님 접대도 하고 학문을 겸한 풍류를 즐기는 곳으로 보았다. 그는 정자에는 여섯 명이 있으면 좋다고 하고 그 여섯 사람의 기능을 다음과 같이 규정했다.

"이른바 여섯 사람이란 거문고를 타는 사람, 노래를 부르는 사람, 시에 능한 스님 한 사람, 바둑을 두는 두 사람, 그리고 주인까지 여섯 명이다."

이규보의 글에 맞는 아름다운 누정이 경상북도 안동시 풍산읍에 있는 체화정이다. 경상북도 유형문화재 제200호로 지정되어 있는 체화정은 조선 후기의 학자 이민적(1702~1763)이 1760년대에 세운 정자로, 형 이민정과 함께 학문을 닦고 우애를 길러 형제애로 유명한 곳이다. 체화정이란 정자명은 다닥다닥 함께 모여 피는 상체꽃을 형제가 모여 사는 것에 비유하여 형제애를 상징한다. 이민적 집안의 남다른 형제애를 기려 풍속화가 김홍도가 '담락재'라는 편액을 쓰기도 하였다.

초여름 경치가 아름다운 정자

초여름 경치가 아름다운 체화정棣華亭은 경상북도 안동시 풍산읍 풍산태사로 1123-10(상리 2리)에 있다.

체화棣華라는 이 정자의 이름은 《시경詩經》「소아 상체小雅常棣」편에서 "활짝 핀 아가위꽃 정말 아름다워라. 이 세상 누구라 해도

역시 형제만한 이 없네常棣之華 鄂不韡韡 凡今之人 莫如兄弟"라는 구절
에서'체棣'와 '화華'를 빌려온 것으로, 상체꽃이 한데 다닥다닥 붙어
꽃피는 모습을 형제가 우애 있게 사는 것에 비유한 것이다.

이 정자를 지은 이민적이 친척인 이상진(李象辰: 1710~1772)에
게 체화정 기문을 지어 줄 것을 부탁하자 이상진이 「체화정기棣華
亭記」를 지었다.

"선성宣城, 이군李君, 혜숙惠叔이 남쪽 언덕에 정자를 지었다. 그
앞에 못을 파서 잉어를 기르고 좌우에 좋은 꽃을 심어 백형 처사
공(處士公: 이민정)과 더불어 침식을 같이하니, 그 즐거움이 비할 데
없었다."

기문에서 표현한 것과 같이 이민적은 형 옥봉玉峰 이민정李敏政
과 함께 살면서 체화정에서 우애를 다지며 살았던 것이다.

이곳에서 이민적은 「체화정棣華亭」이라는 시를 지었는데, 1761
년에 이 시에 차운하여 이상정이 지은 시 한 편이 지금도 남아
있다.

정자와 누대 짓는 것도 전날을 인연하니 [亭臺開廢亦前緣]
뉘 말하랴 거친 언덕에 홀연히 지었다고 [誰道荒厓忽朶椽]
십 리 자욱한 안개 속에 냇물은 아득하고 [十里烟霞川浩渺]

집집마다 다듬이 소리에 달빛은 어여뻐라[千家砧杵月嬋娟]
낚시 파한 물가에서 차를 나눠 마시고[苔磯釣罷分茶飮]
바둑 마친 저녁 언덕 백로 함께 잠드네[夕塢碁殘共鷺眠]
뜨락엔 한 떨기 상체나무 있으니[庭畔一叢常棣樹]
동풍에 그 뜻 알아 세월을 보내네[東風解事度年年]

　　정자의 구조는 정면 세 칸, 측면 두 칸의 아담한 이층 누정의 형태의 팔작지붕 집이다. 자연석 기단을 2단으로 쌓은 바닥에 자연석 원형 주초를 놓은 위에 나무로 된 원형 기둥이 올라 서 있는 형태로, 정자 평면 가운데에 온돌방이 꾸며져 있고, 좌우 협칸에는 마루로 되어 있다. 온돌방과 마루방 앞쪽에는 툇마루를 내어 달고 건물의 네 면에는 헌함軒檻을 설치하고 계자각鷄子脚 난간을 둘렀다.

　　체화정에서 가장 아름다운 부분은 전면 가운데 칸에 설치된 문으로, 반 칸 너비의 들어 열개 격자문이 중앙에 설치되어 있고, 그 양쪽 변을 4등분했을 때 한 등분 너비의 좁은 여닫이문이 달려있다. 평상시에 방을 드나들 때 이 문을 사용하며, 날씨가 더울 때는 양쪽 여닫이문을 일단 들어 열개 문에 포갠 후 전체를 들어 올려 고정하면 실내외가 하나의 공간으로 통합된다.

　　이 정자에서 가장 오묘하고 매력적인 부분은 문 속의 문이다. 중앙의 고정된 문 가운데를 뚫어 작은 분합 띠살문을 달고, 양쪽 문에는 육각의 작은 빗살창을 냈다. 그리고 창호지를 발랐는데, 중앙의 작은 띠살문과 양쪽 빗살창은 안쪽에서, 나머지 부분은 밖에서 창호지를 발라 띠살문과 빗살창이 뚜렷이 대비되게 하였다. 이 문을 밖에서 보면 흰 창호지 바탕과 문살의 산뜻하고 아름다운 조화가 더할 수 없는 아름다움을 주고 있다.

번잡한 속세를 벗어나 소요하고 싶은 한적한 정원에서

체화정 뒤쪽으로는 숲이 우거진 나지막한 산이 병풍처럼 둘러 있으며, 정자 앞에는 수초와 수변식물이 무성한 연못이 넓게 펼쳐져 있다. 정자 앞에는 방장方丈 · 봉래蓬萊 · 영주瀛州의 삼신산三神山을 상징하는 세 개의 섬을 둔 인공 연못이 있다.

정자 안에는 '효자정려孝子旌閭'와 '담락재湛樂齋'라고 쓴 편액이 걸려 있는데,'효자정려'는 이민적의 아들 이한오(李漢伍: 1719~1793)가 노모에게 효의 도리를 다한 것을 가상히 여겨 순조가 하사한 것이다. '담락재'라는 현판은 풍속화가 김홍도金弘道가 정조 10년인 1786년에 안기찰방으로 근무하다가 이임할 무렵에 이곳에 들러 쓴 것이다. '담락湛樂'의 의미는《중용中庸》에서 "군자의 도를 비유해서 말하자면 '먼 길[遠]'을 가는 것은 반드시 '가까운 데[邇]'에서부터 하고, '높은 곳[高]'을 오르는 것은 반드시 '낮은 데[卑]'서부터 하는 것과 같다"고 한 구절에서 따왔다.

체화정은 조선 중기에 이곳에서 살았던 이민적 · 이민정 형제의 상체꽃 같은 우애와 예안이씨 일가의 효성과 충의의 정신이 면

면히 이어져 오고 있는 역사의 현장이다.

　속세의 번잡한 인연을 끊고서 사람들이 찾지 않는 한적한 곳에 정자를 지어 유유자적한 삶을 살았던 이민적의 자취가 남은 체화정은 세월의 흐름 속에서 큰 길가에 자리 잡고 있다.

　안동시에서 하회마을이나 병산서원으로 가는 길목인 풍산읍의 들머리에서 지나가는 여행자의 마음을 사로잡고 떠나지 못하게 하는 정자, 체화정은 1985년 경상북도 유형문화재로 지정되었다가 2021년 11월 9일 보물로 승격되었다.

　어느 날 문득 번잡한 속세의 어지러움을 벗어나 유유자적하며 자기만의 아름다운 정원을 가꾸었던 옛선비의 고아高雅한 정원으로 떠나고 싶지 않은가?

천삼백 리 낙동강의 절경을 한눈에 담은 곳

- 경북 안동 고산정

- **주소** 경북 안동시 도산면 가송길 177-42
- **소요시간** 3시간
- **길 난이도** 걷기 좋은 길
- **걷는 구간** 쏘두을마을- 다리 건너 보이는 정자-바로 아래 애일당

태백시 천의봉 너덜샘은 낙동강 천삼백 리의 발원지이고, 그곳에서 황지천을 따라 10km를 내려간 곳에 있는 황지黃池가 상징적인 발원지이다. 2001년 한국의 10대 강 도보 답사 네 번째로 낙동강을 걸을 때 첫날은 잘 데가 없이 봉화의 분천까지 64km를 걸었고, 둘째 날은 명호까지 40여km를 걸었다. 셋째 날 명호에서 청량

고산정

산 자락을 지나며 오래전 이곳 청량산을 찾았던 주세붕의 말을 떠올렸다.

안동시 도산면 낙동강변에 그림처럼 아름다운 정자 고산정을 짓고 살았던 금난수의 집을 찾았던 이황의 모습이 그림처럼 눈에 선하다. 그런데 그 오랜 세월이 지나는 그 사이 스승인 퇴계도 가고 제자인 금난수도 떠난 지가 오래도 한참 오래다. 그래, 오고 가는 것이 세상의 이치고 사람의 마음이 변하고 또 변하는 것 역시 세상의 이치다.

때는 무더위가 한창인 여름이었고, 강바람은 눅눅했다. 이런저런 생각 속에 봉화를 지난 여정이 안동시 도산면에 접어들었고, 마을에 접어들면서 나는 숨이 멎을 듯한 풍경에 발을 멈췄다. 한 마리의 흑염소가 풀을 뜯는 그 너머에 그림 같은 풍경이 나의 눈, 아니 영혼을 사로잡은 것이다. 한 발 한 발 걸어갈 때마다 다르게 나타나는 절경을 보며 사흘 동안 아프게 걸어온 그 순간들을 까마득히 잊을 수가 있었다.

멀리서 바라보는 가송협 부근의 낙동강은 어느 경치에 견준다 해도 빠지지 않을 만큼 빼어나게 아름답다. 다비드 르 브르통은 《걷기예찬》에서 "아름다움이라는 것이 민주적인 것이기 때문에 만인에게 주어진다"고 이야기했는데, 진정한 아름다움을 느끼는 사람들은 의외로 적다.

고산정, 퇴계를 비롯한 수많은 선비들이 교유한 누정

강 건너에 깎아 지른 듯한 단애斷崖 아래 한가롭게 자리 잡고 있는 고산정孤山亭은 조선 중기의 학자로 퇴계 선생의 제자인 금난수琴蘭秀(1530~1599) 선생이 지은 정자이다.

그는 명종 19년(1564)에 이미 예안에서 '성재'라는 정자를 짓고 학문에 전념하다가 예안현의 명승지 가운데 한 곳인 이곳 가송협에 고산정을 짓고 '일등정자'라 하였다.

고산정은 앞면 3칸 · 옆면 2칸이며 지붕 옆면이 여덟 팔八 자 모양인 팔작지붕 건물이다. 가운데 칸의 우물마루를 중심으로 좌우에 온돌방을 두었다. 이곳은 경치가 빼어나서 안동팔경安東八景 중에서 가장 빼어난 곳으로 알려져 있고, 퇴계 선생을 비롯하여 수많은 선비들의 왕래가 끊이지 않던 곳이다. 지금도 이 정자에는 퇴계 선생의 시와 금난수 선생의 시 등이 남아 있다.

금난수는 35세 때인 1564년(명종 19)에 안동 예안면 부포리에 종택을 지었다. 그 종택이 성성재 종택으로 경북문화재자료 264호로 지정되었는데, 그 아래쪽에는 성재惺齋라는 정자를 짓고 학문에 전념하였다. 고산정은 그 후에 지은 정자로써, 주변 경관이 뛰어나 이황을 비롯한 선비들의 내왕이 잦았던 곳이다.

고산정은 정면 3칸 측면 2칸의 홑처마 팔작지붕 기와집으로, 주변의 풍광이 뛰어난 이 정자에 이황의 시와 금난수의 〈고산정사〉라는 시가 걸려 있다.

안동 낙동강

한 해 동안 여섯 번이나 왔건만,
사시의 아름다운 경치 어김없네.
붉은 꽃 다 떨어지니 녹음 짙어지고,
누런 잎 떨어지니 흰 눈 날리누나.
모래 골짜기에 바람 불어 겹옷 날리고
긴 못가에서 비를 만나 도롱이 입었네.
이런 가운데 풍류 있으니
취기에 찬 물결 속 달빛 희롱하누나.

강과 석벽의 경치가 너무도 아름답기 때문에 이병헌이 출연해

고산정

가송협

서 공전의 히트를 기록한 〈미스터 선샤인〉에서 뱃놀이를 하던 장
소가 되었고, 낙동강을 따라 걷던 〈우리 땅 걷기〉 도반들이 잠시
가던 걸음을 멈추고 눈에 담았던 절경이기도 하다. 낙동강 천삼백
리의 아름다운 경치로 10경 중의 한 곳으로 손색이 없는 가송협의

고산정 정자 앞으로 강물이 시원스럽게 흐르고 맞은편 산기슭에는 물맛 좋은 옹달샘이 지금까지도 남아 있다. 일제 때까지만 해도 이곳에 학이 많이 살았다는데 지금은 학들은 보이지 않고 정자 왼쪽에 조선총독부에서 세운 조학번식지鳥鶴蕃殖地라는 천연기념물 비만 덩그러니 서 있을 뿐이다.

이황은 평소에 제자 중의 한 사람인 금난수를 아꼈으므로 청량산 가는 길에 이 정자를 자주 찾아와 빼어난 경치를 즐겼다. 고산정에 보존된 이황의 시 〈서고산벽〉은 지금도 남아 사람들의 입에 오르내리고 있다.

일동이라 그 주인 금씨란 이가 日洞主人琴氏子
지금 있나 강 건너로 물어보았더니 隔水呼問今在否
쟁기꾼은 손 저으며 내 말 못 들은 듯 耕夫揮手語不聞
구름 걸린 산 바라보며 한참을 기다렸네 悵望雲山獨坐久
- 《퇴계집》 권2에서

가사와 송오의 이름을 따라 가송리佳松里라고 이름 지은 가사리의 쏘두들에는 월명소月明沼가 있다.

이현보의 유적을 지나 낙동강을 따라가면 이육사 시인의 시혼詩魂을 모은 〈이육사 문학관〉을 지나고 발걸음은 자연스레 도산서원으로 이어진다. 그 아름다운 길이 '어서 오게' 하고 손짓하고 있다.

오래된 고찰에서 본 불교문화의 정수精髓
- 경북 예천 용문사, 윤장대

- **주소** 경북 예천군 용문면 용문사길
- **소요시간** 2시간
- **길 난이도** 걷기 좋은 길
- **걷는 구간** 용문사 일주문–대장전–윤장대

———

어둠 속을 뚫고 문득 비가 내린다. 불빛들이 빗줄기 사이로 나타났다 사라지고 자정을 넘어 한시가 가까워진 3번 국도는 한적하다. 상주, 문경을 지나고 34번 국도 예천에 접어들며 용문사가 멀지 않음을 짐작한다. 잔잔하게 내리던 비마저 멎고 스치고 지나가는 바람소리에 나뭇잎이 우수수 떨어진다. 잠들지 못한 내 영혼을 향해 떨어지는 나뭇잎들에 여름은 저리도 깊고 용문사 가는 길은 어지럽듯 아름답다. 새벽 2시 56분 불 켜진 용문사 보광명전에 들어섰다. 함께한 일행과 엎드려 절을 올리며 새벽 예불이 시작된다.

흔들리는 촛불 사이로 보광명전에 모셔져 있는 세 분 부처님(주존불 비로자나불, 오른쪽 약사여래, 왼쪽 아미타불)은 우리를 그윽한 눈빛으로 내려다보고 먼 기억 속에선 듯 종소리가 울려 퍼진다.

아침 공양을 마치고 밖을 나서자 용문사를 에워싸고 있는 온 산이 단풍의 물결에 물들어 있는 듯하다. 은행나무는 이보다 더 노란

색은 찾기 힘들 것이라고 고함이라도 지르는 것처럼 처연하게 노랗고 빨간 단풍잎에서부터 형형색색의 나뭇잎들에 몸도 마음도 벌써 빨갛게 물드는 듯하다. 천천히 절 마당을 지나 대장전 앞에 이른다.

고려때 번창했던 아름다운 목각 후불탱화가 있는 절

경상북도 예천군 용문면 내지리 용문산 자락에 위치한 용문사는 신라 제 48대 경문왕 10년 두운조사가 개창하였다. 두운조사는 소백산의 희방사를 창건한 신라 말기의 고승으로 이 절은 고려시대에 더욱 번창하여 대가람을 이루었다고 한다.

예천 용문사 윤장대

《용문사 중수기》나 《신증동국여지승람》 예천군 산천조에는 "신라 때의 고승 두운杜 雲이 이 산에 들어가서 초막을 짓고 살았는 데 고려 태조가 일찍이 남쪽으로 징벌을 나 가는 길에 여기를 지나다가 두운의 이름을 듣고 찾아갔다. 동구에 이르러 홀연히 용이 바위 위에 있는 것을 보았다. 그래서 용문산 이라고 불렀다"라고 기록되어 있다. 두운동 태생이었던 두운의 속성은 신씨였고 당나 라에 다녀온 뒤 이곳에 초막을 짓고 두운암이라는 암자를 내고 있 었다.

이 절을 짓는 도중에 나무둥치 사이에서 16냥이나 되는 은병을 캐내어 절의 공사비를 충당하였다고 한다. 또한 왕건이 궁예의 휘 하에 있을 당시 후백제를 징벌하러 가던 길에 이 절에 군사를 거 느리고 와서 머문 적이 있었다. 그때 길목의 바위 위에 용이 앉아 있다가 왕건을 반겼는데 두운조사의 옛일을 생각한 왕건이 뒷날 천하를 평정하면 이곳에 큰 절을 일으키겠다는 맹세를 하였고 그 러한 맹세에 힘입었음인지 왕건은 936년에 후삼국을 통일하게 되 었으며 그 이듬해 용문사를 크게 일으켜 주었다. 그 후 매년 150 석의 쌀을 하사하도록 하였고 이 절은 고려 왕조 내내 왕실과 밀 접한 관련을 유지하며 번영의 길을 걷게 되었다.

의종 때인 1165년에는 왕명에 의하여 절을 중수하였고, 1171

년에는 절문 밖 왼편 봉우리에 태자의 태胎를 보관한 뒤 절 이름을 창기사로 바꾸고 축성수법회를 열었다. 그 뒤 용문사에서는 선문 구산의 승려 500여 명을 모아 50인 당성회를 열었고 그때 단속사의 승려 효순이 전등록, 능엄경 등을 강하였다.

1835년에 불에 타 모두 소실되었던 건물을 1840년 영파, 상민, 부영 등 여러 스님들이 힘을 모아 중건하였고 1984년에 다시 불이 나 보광명전, 해운루, 음향각, 영남제일강원, 요사채, 종무원 등이 불에 타 다시 재건하였다.

조선 중기에 지어진 대장전은 용문사에서 가장 오래된 건물이다. 정면 3칸에 측면 2칸인 이 대장전은 보물 제145호로 다포계 맞배지붕이다. 나직한 자연석 기단 위에 막돌 주초를 놓고, 민흘림기둥을 세운 대장전은 기둥 높이에 비하여 지붕이 조금 큰 편이다. 우리나라에 있는 맞배지붕 건물로 가장 균형미가 빼어나다는 평가를 받고 있으며 기둥 위의 붕어, 연꽃, 귀면 등의 조각들은 화재를 막는 부적의 역할을 하고 있다고 하는 이

용문사 목각 후불탱화

대장전 안의 목조대좌 위에 목조삼존불이 모셔져 있고, 그 뒤편에 삼존불과 잘 어울리는 목각 후불탱화가 있다. 보물 제989호로 지

정된 이 탱화는 상주 남장사 관음전 목각탱화의 모본이 되었을 것으로 추정된다.

불전 양옆으로 대장전을 지탱해주는 기둥처럼 서 있는 것이 보물 제684호로 지정되어 있는 용문사 윤장대이다. 윤장대는 인도의 고승이 대장경을 용궁에 소장하였다가 고사에 따라 용이 나타난 이곳에 대장전을 짓고 부처님의 힘으로 호국을 축원하기 위하여 조성하였다는 것으로 고려 명종 때 자엄스님께서 처음 조성하였다고 한다.

높이가 4.2m 둘레가 3.15m인 이 윤장대 안에 경전을 놓아두고 바깥에 달린 손잡이를 잡고 연자방아를 돌리듯 돌리면 부처님의 법이 사방에 퍼지고 나라의 지세를 고르게 하여 난리가 없고 비바람이 순조로워서 풍년이 들며 한 바퀴 돌리면 장원급제와 함께 복을 받는다는 전설이 있다. 윤장대를 돌리면서 예불을 하는 전경신앙의 예를 보여주는 귀중한 보물로서 나라 안에 하나밖에 없다.

대추나무를 잇대어 섬세하게 만들어진 목각 후불탱화와 화려한 꽃살 장식으로 만들어진 서쪽 윤장대 빗살을 바라보고 있으면 시간 가는 줄을 모르는데, 갈 길이 멀어서 나뭇잎이 수북하게 쌓인 산길을 내려와 낙동강으로 향했다.

예천 용문사 꽃문살

가을,
그리움엔 길이 없어

스러져가는 적멸의 아름다움이 흐르는 곳

- 충남 부여 부소산, 고란사

- **주소** 충남 부여군 부여읍
- **소요시간** 3시간
- **길 난이도** 걷기 좋은 길
- **걷는 구간** 부소산성–삼충사–군창터–사비루–낙화암–백화정–고란사–구드래나루

사람들은 가끔씩 옛 추억을 찾아가듯 가을 강물빛이 서러운 부여에 간다.

조선 숙종때 사람 석벽 홍춘경은 그 시절을 이렇게 회고했다.

나라가 망하니 산하도 옛 모습을 잃었고나

홀로 강에 멈추듯 비치는 저 달은 몇 번이나 차고 또 이즈러졌을꼬

낙화암 언덕엔 꽃이 피어 있거니

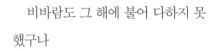

비바람도 그 해에 불어 다하지 못했구나

부여에서 내세우는 부여 팔경은 온갖 슬픔의 색조로 여울진다. 양양의 낙산사, 삼척의 죽서루, 울진

낙화암

의 망양정 같은 관동팔경이나 도담삼봉, 사인암 같은 단양팔경에서 내세우는 아름다운 풍광과는 이름부터가 다르다. 미륵보살상과 탑 하나 덜렁 남은 정림사지에서 바라보는 백제탑의 저녁노을과 수북정에서 바라보는 백마강가의 아지랑이, 저녁 고란사에서 들리는 은은한 풍경소리, 노을 진 부소산에 간간이 뿌리는 가랑비, 낙화암에서 애처로이 우는 소쩍새, 백마강에 고요히 잠긴 달, 구룡평야에 내려앉은 기러기 떼, 규암나루에 들어오는 외로운 돛단배로.

부여 팔경은 부소산과 낙화암 그리고 그 아래를 흐르는 백마강을 중심으로 해서 이루어진 쓸쓸하기 이를 데 없는 경치다.

금강 속으로 여승들은 사라지고

신동엽 시인이 썼던 〈금강 잡기〉에 이르면 백마강과 부여 땅에 스민 슬픔이 얼마나 아름다운가를 새삼 깨닫게 된다. 세 사람의 젊은 여승들이 나란히 강물 속으로 들어갔다는데, 그들은 이승 저편 피안의 세계의 무엇을 보았을까. 그들의 죽음에 하늘은 어찌하여 소나기와 뇌성벽력을 조화했을까. 신동엽 시인은 그날 오후 백마강 가에 나가 죽어서 누워 있는 그 젊은 여승을 보았단다. 너무도 앳띤 얼굴, 이 세상 그 어느 것에도 상관이 없다는 듯 평화스런 얼굴을 바라보고 강기슭을 한없이 거닐었다고 한다. 아름다운 경관과 나라 잃은 슬픔이 곁들여져 이곳을 찾는 나그네들의 심사를 어

지럽히는 백마강 건너 솟아오른 산
이 부소산이다.

부소산扶蘇山에는 임금과 신하들
이 서산에 지는 달을 바라보며 풍
류를 즐겼다는 송월대가 있고 동
쪽 산정에는 임금이 매일 올라가서
동편 멀리 계룡산 연천봉에 솟아오
르는 아침 해를 맞으며 국태민안을

부소산성

빌었다는 영일루가 있지만 현재의 홍산현 관아에 있던 것을 옮겨
온 것이고 군 창터가 남아 지금도 불에 탄 곡식들을 찾아볼 수 있
다. 그리고 낙화암은 삼천궁녀가 몸을 던졌다는 고사로 유명하지
만 《삼국유사》에는 '타사암' 즉 사람이 떨어져 죽은 바위로 기록되
어 있으니 사실과 전설의 차이는 이렇게 다르다. 고란사 뒤편의 약
수는 백제왕들의 어용수로 유명하다.

임금이 고란사의 약수를 마실 적에 나뭇잎 한 잎을 띄워서 마셨
다는 고란초는 조선 세종 때에 편찬된 《향약약성대전》에 수록되어

궁녀사

있다. 신라의 고승 원효가 백마강
하류에서 강물을 마셔보고 그 물
맛으로 상류에 고란초가 있음을
알았다는 신비의 여러해살이 풀
이다. 고란초는 한방에서 화류병
의 즉효약으로 쓰였다고 하는데

고사리과에 속한다.

고란사 아래 백마강을 '대왕포'라고 부르는데《삼국사기》무왕 37년 조에는 이렇게 기록되어 있다.

"3월에 왕은 좌우의 신하들을 거느리고 사비하(백마강) 북포에서 연회를 베풀고 놀았다. 그 사이에 기이한 꽃과 이상한 풀을 심었는데 마치 한 폭의 그림과도 같았다. 왕은 술을 마시고 흥이 극도에 이르러 북을 치고 거문고를 뜯으며 스스로 노래를 부르고 신하들은 번갈아 춤을 추니 이때 사람들은 그곳을 대왕포라고 말하였다."

수심은 얕아졌지만 예나 지금이나 다름없이 흐르고 있는 백마강에는 슬픈 역사가 서려 있다. 소정방이 백제성을 공격할 때 비바람이 몰아치고 구름과 안개가 자욱하여 건널 수가 없었다. 소정방이 이 근방에 살고 있는 사람에게 물으니 "백제의 의자왕은 밤에는 용으로 변하고 낮에는 사람으로 변하는데 왕이 전쟁중이라서 변하지 않고 있어서 그렇다"라고 말하는 것이었다. 그 말을 듣고 난 소정방이 그가 타고 다니던 백마의 머리를 미끼로 하여 그 용을 낚아 올리자 금세 날이 개였고 드디어 당나라 군사가 강을 건너 공격하여 성을 함락하였다. 그때 용이 낚았던 바위를 조룡대라고 하고 강의 이름이 사비였던 것을 백마강이라 부르게 되었다고 한다. 패망의 역사이고 다시 올 리 없는 역사지만, 험난했던 그 세월 그 역사 속으로 천천히 거슬러 올라갔다.

부여 낙화암과 고란사

백제가 망한다 백제가 망한다

역사는 항상 이긴 자의 편에서 기록되어 왔다. 낙화암에서 떨어진 삼천궁녀의 이야기나 방탕한 임금 의자왕의 이야기가 몇 백 년의 세월이 흐른 뒤 서경 천도를 주장했던 묘청을 몰아낸 김부식에 의해서 쓰여졌다. 21세기를 살고 있는 우리가 볼 때 그 무렵 백제 국력으로 3천 명의 궁녀는커녕 3백의 궁녀도 당치 않았을 것이다. 그것마저도 옛 백제의 땅에서 살고 있는 우리들의 안쓰러운 항변이라고 말할 수 있을 것인가? 또한 당시 13만 호에 이르렀다는 부여가 지금은 3만도 안 되는 인구가 살고 있다는 것을 어떻게 설명

할 수 있단 말인가?

부여 고란사

역사는 떠도는 말보다 기록에 의존한다. 쓰인 그 기록들이 모두 다 정답만은 아닐 것이다. 잘못 쓰인 역사, 그래서 잘못 알려진 역사가 바로잡혀질 그날을 우리들은 끊임없이 기다리고 있지만 그날은 어느 천년에 올 것인가? 끝없이 회의하면서 바라본 고란사에서는 수학여행 차 온 아이들의 웃음소리만 요란했다.

고란사에서 구드래나루까지 이어지는 뱃길을 오고 가는 유람선들은 시간을 거슬러 오르고 백사장에 걸터앉아 멀리 규암나루와 부소산을 바라다본다. 은빛 모래사장이, 빛나는 모래가 돈으로 환산되기 위해 날이면 날마다 수없이 퍼 올려져 어느 곳인가를 향해 가고 부소산은 그러한 사실에는 눈 하나 깜짝하지 않는다는 듯이 짙푸르다. 이 골 저 골 수많은 사람들이 모여 소란스럽기 이를 데 없는 저 부소산은 백제 678년의 영광과 상처를 알고 있으면서도 침묵만 지키고 있을 뿐이다.

백사장에 남긴 새들의 발자국 위에 우리들의 발자국을 얹어두고 강을 따라 흐르고 흐를 뿐이고. 구드래나루에는 유람선 몇 대만 매어 있으니…….

남해 금산에서 남해바다를 굽어보다

- 경남 남해 금산

- **주소** 경남 남해군 상주면 상주리
- **소요시간** 3시간
- **길 난이도** 난이도가 있는 길
- **걷는 구간** 북곡 주차장-셔틀버스로 금산 도착-보리암-해수관음상-봉수대-쌍홍굴-상주해수욕장

좋은 산수가 있는 곳에서 좋아하는 사람을 만나고 좋은 책을 읽으며 한 시절을 보내는 것만큼 더 없는 축복이 있을까. 그러한 소원을 이루고 사는 사람은 세상에 그리 흔치 않아서 손에 꼽을 정도일 것이다. 하지만 이 모든 걸 다 이루지 못하더라도 아름다운 산수가 있는 곳에서 좋은 책을 마음껏 읽고자 하는 소원 정도는 그리 어려운 일이 아닐지 모른다. 그렇게 마음 가득 행복한 여정을 즐기기 적합한 곳이 남해의 금산 아래 상주해수욕장 부근이 아닐까?

일찍이 자암 김구가 한 점 신선의 점 즉 일점선도─點仙島라고 불렀을 만큼 아름다운 섬나라 남해군은 제주도, 거제도, 진도에 이어 나라 안에서 네 번째로 큰 섬이다.《동국여지승람》'남해현' 편 '형승'조에 "솔밭처럼 우뚝한 하늘 남쪽의 아름다운 곳"이라고 기록되었듯이 남해군은 산세가 아름답고 바닷물이 맑고 따뜻하여

이 나라 사람들이 즐겨 찾는 곳 중의 한 곳이다.

하늘 남쪽의 가을이 아름다운 곳

그중 남해 금산이라고 일컬어지는 금산은 높이가 681m에 이르는 높지 않는 산이지만 예로부터 나라의 명산인 금강산에 빗대어 '남해 소금강'이라고 불릴 만큼 경치가 빼어나고, 가을이 아름답다.

신라 때의 고승 원효가 683년(신문왕 3) 이곳에 초당을 짓고 수도하면서 관세음보살을 친견한 뒤 보광사라는 절을 짓고 절 이름을 따 산 이름이 보광산이 되었다. 그러한 보광산이 '비단산'이라는 오늘날의 이름 금산錦山을 갖게 된 것은 조선을 건국한 태조 이성계에 의해서였다. 이성계는 청운의 뜻을 품고 백두산에 들어가 기도를 하였지만 백두산의 산신이 그의 기원을 들어주지 않았다. 두 번째로 지리산으로 들어갔지만 지리산의 산신도 들어주지 않자 이성계는 마지막으로 보광산으로 들어갔다. 임금이 되게 해달라고 산신에게 기도하면서 임금을 시켜주면 이 산을 비단으로 감싸주겠다고 약속을 하였다. 이성계는 왕위에 오른 뒤 보광산의 은혜를 갚기 위해 산 전체를 비단으로 두르려 했지만 그것은 쉬운 일이 아니었다. 고심하던 이성계 앞에 한 스님이 묘안을 내놓았는데 그것은 "비단으로 산을 감싼다는 것은 나라 경제가 허락하지 않으니 이름을 금산(비단산 錦山)으로 지어주는 것이 좋겠다"는 의견이었다. 이성계는 그 제안을 받아 산 이름을 금산이라 지었다고 하며 그때 경상도 지리산을 전라도로 귀양 보냈다고 한다.

이 절은 그 뒤 1660년에 현종이 왕실의 원당사찰로 삼고 보광사라는 절 이름을 보리암으로 고쳐 부르기 시작했고 1901년에 낙서와 신욱이 중수하였으며 1954년 동파스님이 다시 중수한 뒤 1969년에 주리 양소황이 중건하였다.

금산 보리암

이 절에는 경상남도 유형문화재 제74호인 보리암전 3층석탑과 간성각, 보광원, 산신각, 범종각, 요사채 등이 있으며 1970년에 세운 해수관음보살상이 있다.

보리암의 해수관음보살상은 강화 보문사 관음보살상, 낙산사의 해수관음상과 더불어 치성을 드리면 효험을 본다고 알려져 있어 신도들의 발길이 끊이지 않는 제3대 해수관음보살상으로 손꼽는다.

관음보살상 아래에 있는 보리암 삼층석탑은 원효스님이 보광사라는 절을 창건한 것을 기념하여 김수로 왕비인 허태후가 인도의 월지국에서 가져온 것을 원효가 이곳에 세웠다고 한다. 화강암으로 건조한 이 탑은 고려 초기의 양식을 나타내고 있는데 단층기단 위에 놓인 탑신 삼층에 우주가 새겨져 있고 상륜부에는 우주가 남아 있다.

보리암에서 금빛으로 빛나는 바다를 보다

보리암에서 일출을 바라본다는 것은 하늘에서 별을 따는 것만큼이나 어렵다고 한다. 일출과 일몰을 모두 볼 수 있는 남해 금산의 극락전 아래쪽에는 태조 이성계가 백일기도를 드린 뒤 왕위에 올랐다는 전설이 남아 있는 이태조 기단이 있고, 이태조 기단 옆에는 세 개의 바위로 된 삼불암이 있다.

금산에 있는 부소암扶蘇岩은 진시황의 아들 부소가 이곳에서 귀양을 살다가 갔다는 바위고, 상사암은 조선 숙종 때 전라도 돌산 사람이 여기에 이사 와서 살다가 집주인 여자에게 상사想思가 났으니 풀어달라고 애원하자 그 여자가 이 바위에서 소원을 풀어주었다는 바위이다.

미륵암은 신라 때 인도에서 바다를 떠돌다 들어온 부처를 원효대사가 세존도 앞에서 주워 와서 모셨다는 절이고, 문장암文章岩은 망대 남쪽에 있는 큰 바위로 조선 중종 때의 한림학사인 주세붕周世鵬이 쓴 각자가 남아 있다.

쌍홍굴에서 바라본 남해바다

만장대 서편에는 돌로 두드리면 장고소리가 난다는 풍류암(음성굴)이 있고, 음성굴 서남쪽에 있는 쌍홍굴은 큰 바위에 두 개의 큰 구멍이 둥글게 난 모양으로 나란히 있다.

전해오는 이야기로는 옛날에 세존世尊이 돌로 만든 배(石舟)를 타고 위쪽에 있는 문으로 나가 세존도世尊島의 한복판을 뚫었다고 한다.

상사암에 있는 구정암은 9개의 둥근 홈이 있어 하늘에서 내린 물이 고인다는 천우수天雨水이고 상사암 남쪽에 있는 약수터인 감로수는 숙종임금이 병이 났을 때 이 물을 마시고 나았다는 샘이다. 그 외에도 사선대, 제석봉, 촉대봉, 향로봉 등 제 나름대로의 사연과 이름을 지닌 금산 38경이 있고 금산 정상에는 망대라고 부르는 봉수대가 있다.

낮에는 연기 밤에는 불빛으로 신호하여 적이 침입했음을 알렸던 금산 봉수대는 고려 영종 때 남해안에 침입하는 왜구를 막기

보리암 해수관음보살상

위해 축조되었고 조선시대에는 오장 2명과 봉졸 10명이 교대로 지켰다고 한다. 평상시에는 연기를 하나를 피웠고, 적이 나타나면 둘, 가까이 접근하면 셋, 침공하면 넷에 접전 시에는 다섯으로 연락하였고 구름이나 바람으로 인한 이상 기후에는 다음 봉수대까지 뛰어가서 알렸다고 한다.

　운이 좋게도 남해 금산을 오르던 아침녘 쌍홍굴에서 상주해수욕장 너머 남해바다가 금빛으로 채색되어 있는 것을 보았다.
　조선 건국을 주도했던 태조 이성계가 이 산을 금으로 감싸주지 못한 것을 조물주가 나를 위해 그 새벽에 금빛 바다를 보여준 것은 아니었을까?

동해바다를 아름답게 조망하는 산사의 하루
- 강원 양양 낙산사, 의상대

- **주소** 강원도 양양군 강현면 전진리
- **소요시간** 2시간
- **길 난이도** 걷기 쉬운 길
- **걷는 구간** 주차장-낙산사 의상대-홍련암-해수관음상-대웅전

———

관동팔경의 한 곳이며 나라 안에 해돋이 명소 중 가장 이름난 곳
인 의상대 앞 바다는 미세한 가을 바람 속에 잔잔하기만 했고 하
늘에는 구름 한 점 없었다.

　　먼 바다에는 밤고기를 잡으러 나갔던 고깃배들이 희미한 불빛
을 밝히며 귀로에 오르고, 날아오르는 갈매기 떼, 그것만 보아도
바다에 익숙하지 않은 사람들은 감지덕지 감격해할 수 있다. 드디
어 먼 바다에서부터 붉은 기운이 맴돌면서 아침 해가 떠오를 준비
를 하고 있었다. 아침 7시를 조금 넘어 동해에서 아침 해는 눈이
부시게 떠오르고 숨 죽인 채 아침 해가 완전히 떠오를 때까지 움
직일 줄을 몰랐다. 그 아침 떠오르던 해 오름의 감동을 안고 낙산
사 답사에 나섰다.

바닷가 3대 관음기도도량 중 하나인 낙산사

바닷가에 위치한 절 중 남해 금산의 보리암, 강화도의 보문사와 더불어 나라 안에 3대 관음기도도량 중의 하나인 낙산사는 671년에 당나라에서 화엄사상을 공부하고 돌아온 의상대사가 창건했다고 알려져 있다.

관세음보살이 살고 있는 곳을 포타락補陀洛이라고 하는데 이 포타락이 세계에 일곱 곳이 있다고 한다.

인도의 남쪽 해변에 있는 포타라카썰론의 포타라, 중국의 보타산, 티베트의 랏사, 만주의 보타락사補陀洛寺, 그리고 강릉의 낙산, 일본 기이반도에 있는 보타락과 시다노下野에 있는 닛코오日光가 그것이다.

《삼국유사》에는 이곳 낙산이 다음과 같이 실려 있다.

"옛날에 의상대사가 처음 당나라로부터 돌아와서 대비大悲의 진신眞身이 이곳 해변 굴속에 있다는 말을 듣고 낙산사라고 이름 지었으니, 이것은 서역에 보타락가산이 있는 까닭이다."

그런 이유로 관세음보살이 살고 있다는 낙산사에 의상과 원효에 얽힌 일화가 남아 있다. 의상이 동해의 관음굴에서 관세음보살을 친히 만났다는 소식을 전해 들은 원효가 관세음보살을 만나고자 낙산사로 향했다. 양양 부근에 거의 다 왔을 무렵 흰옷 입은 여자가 벼를 베고 있었다. 원효가 희롱 삼아 그 벼를 달라고 했다가 그 여자로부터 "벼가 아직 익지 않았다"는 냉담한 소리를 들을 수밖에 없었다. 원효가 길을 재촉해서 개울의 다리 밑에 이르니 한 여인이 빨래를 하고 있었다. 원효가 그 여자에게 물 한 모금을 청하자 그 여인은 빨래하던 더러운 물을 한 바가지 떠서 주었다. 기분이 상한 원효가 그 물을 쏟아버리고 깨끗한 물을 다시 떠서 마시자 그때 들 가운데 서 있던 소나무에서 파랑새 한 마리가 푸드득 날아오르며 "휴제호화상休醍?和尙아" 하고 욕을 한 뒤에 날아가버렸는데, 휴제호라는 뜻은 불성佛性을 멎은 중 즉 파계승破戒僧이라는 것이었다. 파랑새가 날아간 자리에 신발 한 짝이 벗겨져 있었고 낙산에 도착해보니 관음상 밑에 그 신발의 다른 짝이 있음을 알았다. 그제서야 원효는 두 번에 걸쳐 만났던 여인과 날아간 파랑새 모두가 관세음보살이 변장하고 나타났음을 깨닫게 되었다. 그러한 연유로 그 당시 사람들은 그 소나무를 관음송이라 불렀고 원효는 그때 의상이 수정 염주와 여의주를 얻었던 관음굴에 들어가고자 했지만 풍랑이 크게 일어 들어가지 못했다.

의상이 만났던 관음을 원효는 만나지 못했다는 설화를 우리는 어떻게 해석해야 할까? 의상은 진골인 귀족 출신으로 신라 왕실의 비호를 받으면서 수많은 제자를 길러내고 이름난 산자락마다 화엄십찰을 세워 호국신앙을 내세웠었다. 그러나 원효는 육두품 출신으로 해골 속의 물을 마신 뒤 "모든 것은 마음에 달렸다"는 깨달음을 얻었고 속세에 연연하지 않았으며 개인적 실천을 중요하게 여겼었다. 그렇기 때문에 통일신라 초기의 상황에서 원효에게 쏠리는 민심을 의상에게 돌리기 위한 설화를 만들어 원효보다 의상의 법력이 한 수 위라는 것을 은연중에 암시하고 있다.

영광 뒤에는 상처가 있고 또한 상처뿐인 영광이 아름다움으로 승화되는 것이 세상의 이치가 아니던가. 한편 낙산사의 관음상에는 승려 조신調信이 꿈을 꾸고 자기의 잘못을 뉘우치게 되었다는 설화가 있는데 그 내용은 이렇다.

조신은 서라벌의 세규사에 속해 있던 명주 지방 장원의 관리인이었다. 고을 태수인 김흔의 딸을 보고 사랑을 느낀 조신은 간절한 마음으로 영험이 있다고 소문난 낙산사의 관음보살에게 김흔의 딸과 부부의 연을 맺게 해달라고 기도를 하였다. 몇 년 동안 간절한 염원에도 불구하고 그 여자는 다른 남자에게 시집을 가고 말았다. 조신은 소원을 이루어주지 않은 관음보살을 원망하여 날이 저물도록 울다 지쳐 관음상 아래에 쓰러져 잠이 들었다. 그런데 웬

일인가. 사모했던 그 여인이 문을 열고 들어와 일찍부터 조신을 사모하였으나 부모의 명으로 다른 사람에게 시집을 가게 되었다. 그러나 이제부터 조신과 부부가 되어 살고자 왔다고 고백하는 게 아닌가. 조신은 기뻐하며 그 여인을 데리고 고향에 돌아가 살림을 차렸다.

50여 년을 함께 살며 5남매를 두었지만 가난한 살림은 펼 줄을 몰랐다. 10여 년 동안을 유랑 걸식하다가 명주 해현령을 지나던 도중 굶주림에 지친 열다섯 살의 큰 애가 죽어 길가에 묻었다. 우곡령에 도착해 초막을 짓고 살면서 그들 부부는 병이 든 채 늙어만 갔다. 10살 된 딸아이가 얻어오는 음식으로 연명하던 중에 그 딸마저 개에게 물려 병석에 눕고 말았다.

부부가 함께 울며 지나간 50년 동안의 고통과 인연에 대해서 대화를 나누다가 부부가 각각 2명씩의 아이들을 데리고 헤어져 살자고 약속하였다. 헤어져서 길을 떠나려고 할 때 조신은 꿈에서 깨었다. 아침이 되자 조신의 머리는 백발이 되어 있었다. 그는 속세에 대한 미련이 사라짐을 느꼈고 인생에 대한 허무와 회한이 물결처럼 밀려왔다.

그래서 조신이 해현령에 가서 큰 아이를 묻었던 곳을 파보았더니 돌미륵이 나왔다. 돌미륵을 이웃에 있는 절에 봉안하고 정토사를 창건한 후에 부지런히 불법에 정진하였다.

이처럼 여러 가지 사연을 지닌 낙산사의 정문인 홍예문(紅霓門: 강원도 유형문화재 제33호)은 1446년 오대산 상원사를 참배하고 나서 이 낙산사에 행차했던 세조가 세운 문으로 무지개 모양의 석문이다. 홍예문을 조성하고 있는 26개의 화강석은 강현면 정암리의 길가에 있던 돌들을 가져온 것이며, 당시 강원도 내의 고을 수를 상징한 것이라고 한다.

홍예문을 지나 사천왕문을 통과하면 낙산사 칠층석탑(보물 제499호)과 만나게 된다.

낙산사의 본당인 원통보전 앞에 세워진 높이 6.2m의 칠층석탑은 부분적으로는 손상이 있지만 상륜부까지 온전히 갖추고 있는 석탑이다. 의상이 창건했을 당시 3층이었다가 세조 때 7층으로 다시 만들었고, 몽고군이 침범했을 때 감추어두었던 수정 염주와 여의주를 이 탑 속에 넣었다고 한다. 이 탑에서 눈에 띄는 것은 하대석 위쪽에 꽃잎이 6개씩 24개의 잎을 가진 복련이 장식되었다는 것이다.

조선시대 다층석탑 특유의 양식을 보이는 칠층석탑의 청동제 상륜부는 원나라의 라마탑을 연상시킨다. 또한 낙산사에는 세조의 아들 예종의 명으로 만든 동종(보물 제479호)이 있다. 이 종은 신라나 고려 양식을 따르지 않고 중국풍을 많이 가미한 조선시대 범종의 특이한 양식을 따르고 있고, 원통보전을 둘러싸고 있는 담장이 아름답기로 소문이 나 있다. 암기와와 흙을 교대로 다져가며 그 사이에 화강암을 동그랗게 다듬어 끼워 놓은 낙산사의 별꽃무늬 담장은 낙산사의 또 다른 아름다움을 보여주고 있다.

한 송이 연꽃봉오리 위에 핀 해수관음입상

원통보전을 나와 좌측으로 난 길을 따라가면 한 송이 연꽃봉오리 위에 16m에 이르는 화강암으로 다듬은 동양 최대의 해수관음입상이 바다를 바라보고 있는 모습에 이르고 그 길을 따라 내려가면 의상대와 홍련암에 이른다.

의상대에서 바라보면 북쪽의 절벽 위에 홍련암이 있다. 의상의 수정 염주와 여의주를 얻었다는 해안 석굴 위에 지어진 암자의 법당 마루 밑에는 지름 10cm 정도의 구멍을 통해 출렁이는 바다를 들여다 볼 수 있다.

낙산사 홍련암

세조 때 중창한 낙산사는 임진왜란, 병자호란 때에도 허물어졌고 한국전쟁 때에 폐허가 되었던 것을 1953년 이후 다시 지었고,

낙산사 해수관음상

낙산사 의상대

강릉 산불 때 불에 타서 다시 지었다.

세월은 가고 사람도 가는데, 의상대 앞바다의 출렁이는 파도소리는 예나 지금이나 다름 없이 사람의 마음을 일렁이게 하고 있으니.

그 아름답고 쓸쓸한 들판 위 산사에서

- 경남 창녕 관룡사, 용선대

- **주소** 경남 창녕군 창녕읍 옥천리
- **소요시간** 3시간
- **길 난이도** 걷기 좋은 길
- **걷는 구간** 주차장-관룡사 돌장승-돌문-관룡사-산길-용선대

———

어떤 장소에 가면 문득 떠오르는 글이 있고, 그 글을 가슴속에서 꺼내 가만히 읊조리면 문득 지나간 것들이 활동사진처럼 펼쳐지며 지나갈 때가 있다.

"이 흰 바람벽엔

내 쓸쓸한 얼굴을 쳐다보며

이러한 글자들이 지나간다

– 나는 이 세상에서 가난하고 외롭고 높고 쓸쓸하니 살아가도록 태어났다."

백석의 시 〈흰 바람벽이 있어〉의 몇 소절이 떠오르면서 가을 들판에 서 있는 것처럼, 문득 외롭고 쓸쓸해진다. 그렇게 마음이 한 없이 넓혀지는 곳이 경상남도 창녕군에 있는 관룡사의 용선대 일 대다.

신돈의 민중사랑 정신이 깃든 옥천사 터

창녕군 창녕읍 옥천리는 본래 창녕군 창락면의 지역으로 옥천동이라 하였다. 옥천마을을 지나 관룡사 가는 길옆에 고려 말, 역사의 중심에 섰던 신돈辛旽의 자취가 서린 옥천사 터가 있다. 《신증동국여지승람》 27권 창녕현편 불우조 옥천사란에 "화왕산 남쪽에 있다. 고려 신돈의 어머니는 바로 이 절의 종이었다. 신돈이 죽임을 당하자 절도 폐사되었으니 고쳐 지으려다가 완성되기도 전에 돈의 일로 해서 다시 반대가 생겼기 때문에 헐어버렸다"고 적고 있다.

역사 속에 요승으로 기록된 신돈은 이곳 옥천사에서 태어났고, 본관은 영산이고 승명은 편조, 자는 요공이며 왕이 내린 법호는 청한거사였다.

당시 고려는 국내외적으로 어지러웠다. 공민왕은 새로운 인물을 불러들여 기울어져 가는 국운을 전작시키려 하던 차에 신돈을 만났다. 그는 "도를 얻고 욕심이 없으며 또 천미하여 친당이 없으니 대사에게 맡기면 반드시 뜻대로 행하여 거리낌이 없으리라" 하고 생각하여 등용하기로 하였다. 신돈은 아홉 번을 찾아온 공민왕의 간곡한 청으로 조정에 들어왔고, 왕의 사부(왕의 고문직)가 되어 오랜 폐단의 개혁을 시도하였다.

그때 신돈이 가장 중점을 두고 실시한 개혁정책은 노비와 토지개혁이었다. 신돈은 「전민변정도감」을 설치하면서 포고문을 전국에 발표하고 부당하게 빼앗긴 토지를 원주인에게 돌려주었고 노비로 전락한 사람들을 양민으로 환원시켰다.

신돈의 집권은 공민왕 때의 복잡한 정치상황에서 일어났던 특이한 정치상황이었고 신돈의 집권 기간은 6년이었다. 신돈의 개혁사상은 실패로 돌아갔지만 그만큼 민중을 사랑하고 그들의 고통과 민중고의 해결에 관심을 둔 사람이 얼마나 있었으며, 신돈에 비길 만큼 중생구제를 위한 가장 현실적이면서도 구체적인 제도를 만들어 실제로 시행에 옮긴 권력가가 있었던가?

원효의 불법의 자취가 스민 관룡사를 돌아보며

불우했던 한 시대의 희생양이며 혁명가였던 신돈의 자취 어린 옥천사 터를 지나 관룡사로 가는 좁은 산길을 오르다 보면 돌장승 한 쌍이 길손을 맞는다. 커다란 왕방울 눈에 주먹코가 인상적인 관룡사 돌장승을 뒤로하고 조금 오르면 대나무 숲 뒤편의 관룡사에 이른다.

관룡산(739m) 중턱에 위치한 이 절은 신라 26대 진평왕 5년에 증법국사가 창건하였고 원효대사가 천여 명의 대중을 거느리고 화엄경을 설법한 큰 도장을 이룩하여 신라 8대 종찰 중의 하나였다고 전한다. 전설에 의하면 원효대사가 제자 송파와 함께 백일기도를 드렸다. 그때 갑자기 하늘에서 오색채운이 영롱한 가운데 벼락 치는 소리가 하늘을 진동시켰다. 놀라서 원효대사가 하늘을 쳐다보니 화왕산 마루의 월영 삼지에서 아홉 마리의 용이 승천하는 것이 목격되었다. 그래서 절 이름을 관룡사라 지었고, 절의 뒷산 이름을 구룡산 또는 관룡산으로 지었다고 한다. 이 절은 그 후 경덕왕 7년에 추담선사가 중건하였고 몇 번에 걸쳐서 중수를 거듭하다가 1704년 가을의 대홍수 때 약사전만 남기고 금당, 부도 등이 유실되었으며 이 절의 스님 20여 명이 익사하는 큰 재난을 당하였다.

그 뒤 대웅전을 비롯한 여러 건물들이 다시 지어져 오늘에 이르는데, 보물 제212호인 관룡사의 대웅전은 앞면 3칸인 다포식 건물로 처마는 겹처마이고 지붕은 팔작지붕이다. 보물 146호인 약사전은 규모는 작지만 그 모습이 고풍스럽고 균형미가 빼어난 건물로써 맞배지붕에 주심포 양식의 집이다.

관룡사 약사전

언뜻 보면 부석사 조사당을 연상시키는 이 건축물은 사방 1칸의 맞배지붕의 와가에 삼중대들보가 특이한 우리나라 조선 초기의 건물로 송광사의 국사당과 함께 건축사를 연구하는데 아주 중요한 표본으로 꼽힌다.

이 건물의 또 다른 특징은 집채와 지붕의 구성 비례를 볼 수 있다. 기둥 사이의 간격에 비하여 지붕의 폭이 두 배 가까이 될 정도로 규모가 커서 소규모의 건물임에도 불구하고 그 모습은 매우 균형 잡힌 안정감을 보여주고 있다. 약사전에는 석조약사여래좌상(보물 제519호)이 안치되어 있고 문 밖에는 작고 아담한 석탑이 서 있다.

용선대, 욕심을 버리면 극락이 바로 이곳인 것을

관룡사에서 관룡산 자락의 산길을 15분쯤 오르다 보면 나타나는 곳이 용선대다.

이 나라 산천을 수십여 년 동안 떠돌면서 바라본 풍경 중 숨이 멎을 만큼 감동을 받아 한동안 미동도 하지 않고 바라보았고 가슴 속 깊숙이 새겨진 곳들이 나라 안에 많이 있다.

그처럼 가슴 깊이 각인된 수많은 절경 중에서, 나의 마음에 가장 오래도록 남아 있는 풍경 중 한 곳이 창녕의 관룡산 자락의 용선대 부근이다.

1996년 처음 그곳에 가서 받은 느낌을 나는 다음과 같이 기록

용선대 석불

했다.

"관룡사 요사채의 담 길을 따라 한적한 산길을 20여 분쯤 오르면 커다란 암벽 위에 부처님 한 분이 날렵하게 앉아있다. 대좌의 높이가 $1.17m^2$에 불상의 높이가 $1.81m^2$인 이 석불좌상은 높은 팔각연화대좌에 항마촉지인을 하고 앉아 있는데 어느 때 사라졌는지 광배는 찾아볼 길이 없다. 그러나 석불좌상의 얼굴은 단아한 사각형이고 직선에 가까운 눈 오뚝한 코 미소를 띤 얼굴은 더할 수 없이 온화한 인상을 풍기고 있다. 우리 일행은 옛사람들의 지혜와 부처에 대한 경이를 안고 배바위에 올랐다."

관룡사 용선대

그곳에 갈 때마다 천년의 세월을 견디며 앉아 있는 용선대의 석조여래좌상(보물 295호) 아래 털썩 주저앉아 거대한 분화구처럼 펼쳐진 세상을 바라다본다. 관룡산을 병풍 삼아 작은 산들이 물결치듯 펼쳐나가고 영산의 진산 영취산을 돌아 계성, 옥천의 자그마한 마을들이 점점이 나타난다.

배바위에서 화왕산 가는 길로 조금 오르면 바위무리가 있고, 그 바위에서 바라보는 부처님, 반야용선이다. 불교에서 반야용선은 사바세계에서 피안의 극락정토로 건너갈 때 타고 간다는 상상의 배를 말하는 것으로 용선대의 부처님이 바로 저 모습이 아닐까?

어쩌면 우리나라 부처님 중에 이보다 더 외롭게 혹은 드넓게 세상을 바라보는 부처님은 없을 것이며, 이 용선대의 부처님보다 더 평화로운 부처님도 없을 것이다.

석굴암의 본존불이 굴속에 갇혀 있는 데 반해 용선대의 부처님은 모든 것을 다 포용하는 것처럼 온 세상을 자애로운 눈빛으로 바라보고 있는데, 우리들 인간은 어떤가?

매일 매순간 이미 지나가버린 어제와 오지 않는 내일 때문에 지금, 곧 현재를 못 살면서 마음이 편할 날이 없이 살고 있으니.

욕심을 버리면 극락이 바로 근처에 있다. 누구나 아는 말이지만 실천이 어렵다.

그래서 대부분의 사람들은 쓸데없는 그 욕심을 떨치지 못하고, 있는지 없는지도 모르는 그 먼 데만 바라보고 있으니.

문득 다시 그곳에 가서 외롭고 높고 쓸쓸한 그 부처님을 만나고 싶다.

경주 소금강산의 문화유산들
- 경북 경주 소금강산

- **주소** 경북 경주시 산업로 4214-110
- **소요시간** 3시간
- **길 난이도** 걷기 좋은 길
- **걷는 구간** 백률사 주차장–사면석불–백률사

형산강을 지나자 보이는 자그마한 산이 소금강산이다. 금강산, 또는 금강령, 북악으로 불리는 소금강산은 경주시 동천동과 용강동에 걸쳐 있는 높이 178.6m의 자그마한 산이지만 산허리에 백률사栢栗寺와 굴불사지가 있고, 남쪽 기슭에는 신라 제 4대 왕이었던 탈해왕의 무덤과 설씨의 시조인 명황산 고야 촌장 호진의 탄생지가 있는 범상찮은 산이다. 신라 때에 나라에 큰일이 있을 적에는 대신들이 이 산에 모여 회의를 하면 반드시 성공했다 하여 매우 영험한 산으로 유명하며 신라 도읍의 북악이 되므로 북악이라고 하여 기우제를 지냈던 산이다.

석불만이 남아 있는 굴불사 터

분황사로 가는 길 우회도로의 백률사 터 입구라고 쓰인 표지석

옆에 차를 세우고 소금강산을 오른다. 얼마나 산이 아름다웠으면 소금강산이라고 했겠는가? 자문하며 한참을 올라서자 굴불사 터에 닿는다.

《삼국유사》에 "경덕왕이 백률사에 행차하여 산 밑에 이르렀을 때 땅 속에서 염불하는 소리가 들리므로 그곳을 파게 하였더니 큰 돌이 나왔다. 그 돌 사면에는 사방불이 조각되어 있어서 그곳에 절을 세우고 굴불사라 이름을 지었는데 지금은 잘못 전하여 굴석사라 한다"고 기록되었다.

어딜 보아도 굴불사의 자취는 없고 사면석불만이 남아 있는 굴불사 터에는 앞서 온 사람들이 기도를 올리고 있었다.

원래 동서남북 사면에 불상을 조각하는 것은 사방정토를 상징하는 것으로 대승불교의 발달과 더불어 성행한 사방불 신앙의 한 형태였다. 불교 경전이나 불상에 나타나는 사방불의 명칭은 매우 다양하다. 따라서 이 불상의 경우 어느 특정 경전에 의하였다기보다는 그 당시 대승불교에서 가장 널리 모셔졌던 불상들을 배치한 것으로 여겨진다. 서면에는 서방정토를 주재하는 아미타삼존불이 새겨져 있고, 동면에는 약합을 들고 있는 약사여래가 있다. 남면에는 석가삼존불로 추정되는 불상이 있으나 오른쪽 협시상은 마모가 심해 알아볼 수가 없다. 사면석불에 십일면 육비의 관음보살이 표현되고 있는 것은 통일신라시대 불상을 보여주는 귀중한 예라고 할 수 있다.

백률사에는 이차돈의 흔적이 남아

굴불사를 지나 산으로 향하자 계단 길과 차량이 올라갈 수 있는 두 갈래 길이 나타난다. 한참을 잊어버리고 계단 길을 오르자 나타난 백률사는 대웅전과 요사채 그리고 작은 해우소만 남아 있다. 창건연대를 알 수 없는 이 절의 대비관음상은 중국의 석공이 만들었다는 일화가 있고 그 관음상에 얽힌 영험이 693년(효소왕 2)에 나타난 것으로 기록되어 있어 삼국통일을 전후한 시기에 창건되었을 것으로 추정되고 있다.

백률사는 신라 불교의 순교자인 이차돈과 깊은 관계가 있다.

고유 신앙을 받들던 귀족들 때문에 불교를 받아들이지 못하는 법흥왕의 뜻을 알아차린 이차돈은 왕에게 절을 세울 테니 왕명을 거역하였다고 처벌할 것을 요구하였다. 왕이 거절하였음에도 이차돈이 절을 짓자 신하들이 사형에 처할 것을 요구하였다. 이차돈은 죽기 전에 "부처님이 신령하다면 내가 죽은 뒤 반드시 기적이 일어날 것"이라고 하고 하늘을 향하여 기도를 하였다. 형리의 칼이 허공을 향해 뱅뱅 돌다가 조용히 앉아있는 이차돈의 목을 베자, 머

백률사 대웅전

백률사

옥천사 신돈

리는 멀리 날아 금강산 꼭대기에 떨어졌고 잘린 목에서는 젖과 같
은 흰 피가 수십 장丈이나 솟아올랐으며 갑자기 땅이 진동하면서
캄캄해진 하늘에서는 아름다운 꽃비가 내려 대궐 뜰 안을 수놓았
다. 임금은 슬퍼하여 눈물로 곤룡포를 적시었고 놀란 신하들은 등
골이 오싹하여 모두 엎드려 떨었다. 법흥왕 14년(572년)에 왕과 신
하들은 자기들의 어리석음을 크게 뉘우치고 이차돈의 시체를 북
악 금강산에 장사 지낸 후 불교를 공인하였다. 이차돈의 나이 스물
여섯이었다. 그 뒤 그의 명복을 빌기 위하여 금강산에 자추사를 세
웠다.

　이 절에서 발견된 금동약사여래입상은 높이가 179cm의 입상
으로 현존하는 통일신라시대 최대의 금동 불상이며 국보 제28호
로 지정되어 1930년대부터 경주 국립박물관에 보관되었다. 또한
이 절에서 발견된 이차돈 순교 공양비 역시 경주 국립박물관에 보
관되었다. 육면의 특이한 기둥 형식으로 다섯 면에는 명문이 있고

소금강산 사면석불 정면   소금강산 사면석불 뒷면

나머지 한 면에 이차돈의 순교 장면이 양각되어 있다. 비문의 글씨에 의하여 혜공왕 2년 이후에 건립되었다는 것을 알 수 있고 비문은 신필 김생의 글씨라고 전해지고 있다.

소금강산 정상에 이른다. 가을 햇살은 따뜻하고 부드럽게 내리쬐고 경주 시내를 건너 남산이 선명하게 드러나면서 천마총, 황룡사 터가 한눈에 들어온다. 삼국유사를 지은 일연의 글에 "절은 하늘의 별처럼 많고 탑은 기러기 떼처럼 솟아있다"라고 표현했던 저 남산에 신라 전성기에는 808개의 절이 있었고 그 아래 경주에는 한때 17만 호 90만 명쯤의 사람들이 살았다고 한다. 그러나 지금은 그때의 모습은 찾을 수 없이 이것도 저것도 아닌 부조화 속에서 천 년 전의 그 모습을 쓸쓸히 드러내고 있을 뿐이다.

해는 벌써 서쪽으로 기울고 돌아갈 시간이다. 전주에서 미륵사지로 해지는 서해에서 비 내리는 동해까지 천년을 뛰어넘는 여정 속에서 우리가 만났던 것은 무엇이었던가.

상사화 붉게 물든 가을 산사에서

- 전북 고창 선운사 도솔암

- **주소** 전북 고창군 아산면 삼인리
- **소요시간** 4시간
- **길 난이도** 조금 어려운 길
- **걷는 구간** 해리면사무소-낙조대-용문굴-마애불-도솔암-진흥굴-선운사

해리에서 선운산으로 가는 길은 어느 계절에 가도 고적하지만 아름답다. 가파르지 않으면서 평탄한 길, 가을이면 정금 열매가 눈에 밝혀서 하나씩 따 먹으며 오르는 산, 눈 들어보니 능선이 저만치 보이고 전망대바위가 나타난다. 낙조대 4km, 해미 1.5km, 참당암 1.5km, 갈림길에는 푸른 달개비꽃이 군락을 지어 피어 있다. 변산 월명암의 낙조대나 불갑산 해불암의 낙조와 더불어 서해 낙조가 아름답기로 소문난 선운산 낙조대에서 바라보는 풍경은 사뭇

목가적이다. 해리, 무장, 법성포를 넘어 서해바다는 아스라이 멀고 죽도 건너 변산반도의 풍광은 고적하고 포근하며 손만 뻗으면 닿을 듯 지척이다. 이 선운산의 본래 이름은 도솔산이었다. 백제 때 창건한 선운사가 있어 선운산으로 불리게 되었다.

일몰이 아름다운 선운산 낙조대

선운산은 흔히 선운사의 뒷산인 수리봉(해발 342m)을 가리키지만 실제로는 1979년 전라북도에서 지정한 도립공원 범위인 선운계곡을 둘러싼 E자 모양의 산 전체를 선운산으로 봄이 더 타당하다. 가장 높은 경수산(444m)과 청룡산(313m), 구황봉(285m), 이빨산(355m)이 독립된 산처럼 솟아있고 이 산에서 모인 물이 인천강(인냇강)을 이루어 곰소만으로 유입된다.

구름 속에 누워 선도를 닦는다는 뜻을 지닌 이 선운산은 바위들이 많다. 구황봉 마루에는 탕건을 닮았다 해서 탕건바우가 솟아있고 선바위, 안장바위, 병풍바위, 병바위, 배맨바위 등이 안부를 묻는 듯하다.

김극기는 "산 숲이 앞 뒤 사면을 둘렀는데, 한 족族 천당天堂에 정거淨居, 자수紫綬는 늘어진 것을 자랑하랴 현전(玄筌: 현묘한 기틀)에는 다만 부처의 진리를 엿보고자 하네. 폭포소리 옥 부수듯 단풍진 골짜기에 울고, 산 경치는 소라를 모아 놓은 듯 푸른 하늘에 솟았네. 마주 앉아 조용히 옥진玉塵를 날리니 웃으며 이야기하는 끝에 맑은 바람 문득이네"라고 하였다. 해 떨어지기는 아직은 이르고 용문굴로 내려선다. 선운사를 창건할 당시 검단선사가 연못을 메울 때 쫓겨난 이무기가 급하게 서해로 도망가기 위해 뚫어놓은 것이라는 용문굴은 규모 면에서 대단히 큰 굴이면서 신기하기 짝이 없고 시원스럽다.

용문굴

용문굴에서 조금 내려가자 도솔암의 마애불 앞에 도착한다. 암벽타기를 즐기는 산악인들의 연습장으로 활용되고 있는 바위벽을 돌아가면 도솔암으로 오르는 길 옆 절벽에 고려시대 초 지방 호족들이 세웠을 것이라고 추정되는 마애불이 새겨져 있다. 전체 높이 17m, 너비 3m인 이 불상은 낮은 부조로 된 거대한 크기의 마애불로 결가부좌한 자세로 양끝이 올라와 있고 입도 역시 꾹 다물고 있는 모습이기 때문에 부처님다운 부드러움이나 원만함이 없이 위압감을 준다는 평가를 받고 있다. 마애불의 머리 위에 누각 식으로 된 지붕이 달려있었는데 인조 20년(1648)에 무너져 내렸다고 한다. 선운사 마애불의 배꼽 속에는 신비스런 비결이 하나 숨겨져 있었다. 그 비결이 세상에 나오는 날에는 한양이 망한다는 전설이 끈질기게 전해져 왔다.

미륵비결이 숨어있는 마애여래불

이 비결을 1892년(임진) 8월 무장 접주 손화중과 동학의 지도자들이 꺼내게 된다. 어느 날 손화중의 집에서는 선운사 석불비결의 이야기가 나왔다. 그 비결을 내어보았으면 좋기는 하겠으나, 벽력이 또 일어나면 걱정이라 하였다.

좌중에서는 그 말이 가장 이치에 합당하다 하여 청죽靑竹 수백 개와 새끼 수십 타래를 구하여 부계浮械를 만들어 그 석불의 전면에 안치하고 석불의 배꼽을 도끼로 부수고 그 속에 있는 것을 꺼냈다. 그것을 꺼내기 전에 그 절 중들의 방해를 막기 위하여 미리부터 수십 명의 중들을 결박하여 두었는데, 그 일이 끝나자 중들은 뛰어가서 무장관청에 고발하였다. 전날 밤에 동학군들이 중들을 결박 짓고 석불을 깨뜨려 그 속에 있는 것을 도적질하여 갔다고 하였다. 그리하여 수백 명이 잡히었는데, 그 중 괴수로 강경중姜敬重, 오지영, 고영숙高永叔 세 사람이 지목되었다.

이 사건으로 동학의 지도자들이 여러 형태로 피해를 받았지만 손화중이 왕이 될 것이라느니 세상이 뒤집어질 것이라는 소문이 줄을 이어 무장 접주 손화중의 집에 사람들이 몰려들었고 그들이 결국 동학농민혁명의 주력으로 활동하게 된다. 바라볼수록 마애불과 잘 어울리는 한 그루 소나무를 뒤로하고 도솔암으로 오른다. 깎아지른 절벽과 푸르른 나뭇잎새들이 손짓하는 듯한 정경 속에 내원궁內院宮이라고 부르는 도솔암은 자리 잡고 있고 그 안에는 보물 제280호로 지정된 선운사 지장보살 좌상이 있다. 남해 금산

마애여래불

의 보리암 만큼이나 영험하기로 소문이 나있는 지장보살은 관음전에 있는 금동보살과 크기나 형식은 비슷하지만 그보다 훨씬 더 세련되고 아름답다. 먼저 온 몇 사람이 정성스레 절을 올리고 있는데 우리들은 이곳 저곳을 기웃거리고만 있다. 그래 나는 저 내원궁에 들어가지도 못하고 백중기도를 올리는 사람들 곁에 앉아 보지도 못하고 저 건너 산봉우리의 낙조대만 바라보고 있으니…….

도솔암에서 물을 마신 후 대나무 잎새가 흔들리는 것을 바라보며 잠시 내려가면 훤칠한 미남처럼 가지를 늘어뜨린 장사송을 만

진흥굴

나게 되고 그 옆에 진흥굴이라고 불리는 천연굴이 있다. 불교에 심취한 진흥왕이 왕위를 버리고 도솔왕비와 중애공주를 데리고 이곳 선운사에 와서 이 굴에서 자던 중 꿈속에서 미륵삼존불이 나오는 것을 보고 크게 감동하여 이곳에 중애사를 창건하고 다시 이 절을 크게 일으키니 그것이 선운사였다고 한다. 그러나 당시 이 지역이 신라 땅에 속했을 지에 대한

의문은 남는다. 옛날에는 양초를 켜놓고 기도드리는 사람이 더러 있었지만 지금은 마루도 만들고 부처님도 모셔놓아 얼핏 절을 연상시킨다. 믿음이 크면 여러 가지 부속물들이 생기는 것인지 믿음

이 없어지면 부속물들에만 더 신경을 쓰는지 모를 일이고 내려가는 신작로 길은 그런대로 시원하다.

상사화 무리지어 핀 선운사에는

선운산의 아름다운 풍경 한 가지를 떠올리라면 대다수의 사람들은 동백꽃을 먼저 떠올릴 것이지만 나는 선운산의 상사화를 떠올린다. 9월경에 선운산 골짜기를 시나브로 걸을라치면 가을나무들 새로 새빨갛게 피어난 꽃들을 볼 것인데 그 꽃이 상사화이다. 잎이 지고 난 다음에 꽃대만 올라와서 화려하기 이를 데 없는 그 꽃이 잎과 만날 수 없기 때문에 상사화라고 부르는데 아직은 이른 계절이라 볼 수가 없다.

선운 야영장을 지나자 바다로 가지 않고 선운사 골짜기를 찾은 사람들이 깨끗하지 않은 물임에도 불구하고 물놀이를 하고 있고 쉬엄쉬엄 걸어가자 선운사에 이른다. 선운산 동쪽 기슭에 위치한 선운사는 사기에 의하면 백제 제 27대 위덕왕 24년에 검담선사에 의해 창건되었다고 한다.

그 후 충숙왕 5년과 공민왕 3년에 효정선사가 중수했으나 폐사가 되었고 조선 성종 14년에 행호幸浩선사가 쑥대밭만 무성하던 절터에 서 있는 구층석탑을 보고 성종의 작은 아버지 덕원군의 시주를 얻어 중수했지만 정유재란 때에 불에 타 잿더미가 되고 말았다. 당시 광해군 6년(1614) 월준대사가 재건한 뒤 몇 차례 중수를

선운사 꽃무릇

거치며 오늘에 이르렀다.

한창 번성했던 시절에는 89개의 암자를 거느리고 3천여 명의 승려가 머물렀다는 선운사는 현재 조계종 제 24교구의 본사로서 도솔암, 참당암, 석상암, 동문암 등 4개의 암자와 천왕문, 만세루, 대웅전, 영산전, 관음전, 팔상전, 명부전, 산신각 등 십여 개가 넘는 건물들이 남아 있다.

이 절 뒤편에 이 나라에서 가장 소문난 것 중의 하나인 5백여 년 이상 된 동백나무가 삼천여 그루 숲을 이루고 있다. 4월 말이면 한 잎 한 잎 떨어지는 것이 아니고 모가지 채 뚝뚝 떨어지는 눈물겹도록 가슴 시리고 아린 동백꽃을 볼 수가 있는데 지금은 때가 아니라서 볼 수가 없다. 이 선운사에서 가까운 소요산 자락 질마재 아래 선운리에서 태어난 미당 서정주는 선운사 동백꽃에 대한 시 한 편을 남겼다.

선운사 동구洞口

서정주

선운사 고랑으로
선운사 동백꽃을 보러 갔더니
동백꽃은 아직 일러 피지 않았고
막걸리 집 여자의 육자배기 가락에
작년 것만 오히려 남았습니다.
그것도 목이 쉬어 남았습니다.

세월도 가고, 사람도 간다. 오늘 이 시간도 내일은 과거가 되고, 그리고 추억이 될 것이다. 상사화 무리지어 핀 선운사 도솔암 계곡에 곧이어 가을이 오고 그리고 갈 테지.

암굴에 세워진 신비로운 누각 하나

- 전북 진안 수선루

- **주소** 전북 진안군 마령면 강정리
- **소요시간** 2시간
- **길 난이도** 걷기 좋은 길
- **걷는 구간** 섬진강 상류천-산속 바위굴-수선루

섬진강의 상류에 있는 수선루는 조선 숙종 12년(1686) 연안 송씨 4형제가 조상의 덕을 기리고 도의를 연마하기 위해 지은 2층 목조 건축물이다. 고종 21년(1884)에 송석노가 고쳐 세웠으며, 고종 25년(1888)에 송병선이 다시 고쳐 오늘에 이른다.

정자 앞에는 섬진강 상류천이 굽이 돌아 좋은 경치를 이루는 산의 바위굴 속에 아늑하게 자리 잡고 있다.

수선루는 신선이 낮잠을 즐기며 유유자적한다는 뜻으로, 연안 송씨 4형제가 80세가 넘도록 아침저녁으로 정자를 오르내리며 바둑도 두고 시도 읊는 모습이 옛날 4호의 네 신선이 놀았다는 이야기와 비슷하다 하여 이름 붙였다고 한다.

고종 25인 1888년과 1892년에 중수된 정자로 자연암반으로 형성된 동굴에 위치해 비정형적인 틈 사이에 끼워져 있다.

상부는 휜 창방(기둥머리를 좌우로 연결하는 부재)을 사용했으며,

진안 수선루

방 내부는 연등천장(椽燈天障, 별도로 천장을 만들지 않고 서까래를 그대로 노출시켜 만든 천장)으로 구성되어 있다.

조선 중기 시대와 달리 파격적으로 시도됐던 건축 형식을 보여주고 있는 수선루는 누정樓亭 건축으로써 자연과의 조화를 추구하

고 지형을 이용해 암굴에 건축했으며, 지붕의 전면은 기와로 하고 후면은 돌너와로 마감해 지역의 건축적 특성을 보여주고 있다.

나라 안에 유일하게 바위굴에 조성된 누정의 기능과 형태에서 벗어나 있는 독특한 외관과 특색 등이 전통적인 누정 건축의 한 부류로 평가받고 있어서 2020년 보물로 지정되었다.

"자연과의 조화를 추구하고, 지형을 이용하여 암굴에 건축했으며, 지붕의 전면은 기와로 하고 후면은 돌 너와로 마감해서 지역적 특성을 보여주고 있다."

이것이 수선루가 보물로 지정된 이유였는데, 이곳에 모셔진 송보산이라는 사람이 있는데, 그의 자취가 남아 있는 곳이 정여립이 의문사한 진안의 죽도를 바라보는 산인 천반산이다.

섬진강을 거닐다 발견한 특이한 정자

한가로이 섬진강 가에서 천렵을 하며 놀기 좋은 진안 수선루가 사람들에게 널리 알려진 것은 불과 몇 년 안 된다. 지방문화재로 지정되어 있을 뿐, 찾는 사람들이 없었다.

섬진강을 처음 걸을 때만 해도 그곳으로 난 길이 없어 무심코 지나쳤는데, 어느 날 문득 그곳으로 가서 보니 우리나라에 현존하는 정자 중에 가장 특이한 정자가 수선루였다. 중국에는 커다란 바위벽에 암굴이 많고 그곳에 정자를 지은 곳이 많이 있는데, 우리나라에 유일하게 암굴에다 그 지형에 맞게 지은 것이다.

마침 마령면에서 농어촌공사에서 마련한 강연이 있어 그 정자를 소개하며 보물로 지정하도록 문화재청에 올리라고 하자 진안군 의회 조준열 의원이 가능하겠느냐고 해서 가능하다고 했고, 결국 보물로 승격된 것이다. 그때부터 사람들이 줄을 이어 찾고 있는 이 수선루는 마령면 강정리 월운마을 앞으로 흐르는 섬진강을 따라 약 1km 남짓 거슬러 올라간 천변의 산기슭 암굴에 위치해 있는 정자로 숙종 12년인 1686년에 연안 송씨 4형제 송진유宋眞儒, 송명유宋明儒, 송철유宋哲儒, 송서유宋瑞儒 등이 건립한 정자다. 그 뒤 고종 21년인 1884년에 후손 송석노宋錫魯가 중수하였고 고종 25년인 1888년 연재 송병선宋秉璿 등이 재중수하여 오늘에 이르고 있다.

정자는 자연 암굴을 이용하여 이층으로 세워져 있고 이층 중앙에 '수선루睡仙樓'라는 현판이 있으며 1층의 문을 통하여 오르게 되

진안 수선루 샘

어있다. 암굴 아래로 흐르는 물이 샘을 이루고 있으며 정자에 올라가서 보면 섬진강이 그림처럼 펼쳐진다. 방안의 벽에는 여러 형태의 그림들이 그려져 있는 진안 수선루는 2019년 12월 30일 보물 제2055호로 지정되었다.

수선루 입구에 있는 구산서원은 순조 28년인 1828년에 송보산宋寶山을 배향하기 위해 창건되었다가 고종 5년인 1668년에 훼철되었다. 그 뒤 1949년에 다시 설단設壇되어 봉사하다가 1967년에 이르러 중건되었고 1967년에 진안유림의 발의로 김문기金文起 송림宋琳이 추향되어 오늘에 이르고 있다.

보물로 지정된 뒤로 나라 안의 이름난 사진작가들이 줄을 이어 찾고 있는 수선루, 어서 가보고 싶지 않은가?

걷다가 보면 신선이 되는 길
- 충북 괴산 외선유동길

- **주소** 충북 괴산군 청천면 송면리
- **소요시간** 2시간
- **길 난이도** 걷기 좋은 길
- **걷는 구간** 아랫관들마을-외선유동 구곡-기국암-선유동문-솔면리

———

나더러 어떤 사람들은 한량이라고 하고 또 어떤 이는 신선이라고 말한다. 그러나 언제 어디를 가고 언제쯤 돌아온다는 정해진 시간 속에 떠나고 돌아오는 내가 무슨 신선이고 한량이겠는가. 그럼에도 떠나고 돌아옴이 생활화 되어 있다는 사실만도 다른 사람들과는 다른 삶을 살고 있다는 생각을 불러일으키는 데 충분한 것일지도 모른다. 어쩌면 내게 주어진 특권 아닌 특권, 이것을 자유 혹은 자연스러운 삶이라고 부를 수 있을까.

"강과 산, 그리고 바람과 달은 본래 일정한 주인이 없고 오직 한가로운 사람이 그 주인이다." 송나라 때의 시인 소동파의 《소문충공집》에 나오는 말이다.

누군가 나에게 나라 안에서 걷기에 가장 좋은 곳이 어디인가? 하고 물으면 주저 없이 말해주는 곳이 몇 곳이 있다. 그중의 한 곳

선유동문

이 충북 괴산군 청천면에 있는 외선유동과 화양동계곡이다.

경북 문경시 가은읍 완장리에 있는 내선유동과 기가 막힐 만큼 신비하게 생긴 용추를 답사하고 517번 도로를 넘어서 충청도 땅과 경상도 땅의 경계에 자리 잡은 충북 괴산군 청천면 관평리官坪里에 이른다.

아홉 굽이 굽이마다 가을 단풍이 아름다운 외선유동

관평리는 본래 괴산군 남하면의 지역으로, 큰 산골짜기 안에 들이 있어서 골안들이라고 부르던 것이 변하여 관들, 또는 관평이라고 부르게 되었다.

이곳 아랫관평에서 칠성면 사기막으로 넘어가는 고개는 군자산 밑에 있으므로 군자티라고 부르는데, 이곳에서 외선유동 거쳐서 화양동계곡으로 이어진 아름다운 길에 발을 디뎌 보았다.

이 마을 초입엔 3, 4백 년은 너끈히 되었을 느티나무가 있으며, 그 아래에 수십 명의 사람이 쉴만한 바위가 있는데, 바위 아래를 흐르는 물이 바로 관평천이다.

개울물보다 조금 더 큰 관평천을 따라 길은 이어지고, 얼마쯤 내려가다 보면 아랫관들마을에 이르고 그 소 부근의 바위에 제비가 깃든다는 제비소가 있다. 여름철에만 입장료를 받는 매표소는 텅 비어 있고, 여기서부터 관평천변을 따라 아홉 굽이 경치가 빼어나기로 소문난 가을 단풍이 아름다운 곳이 외선유동이다.

선유동의 기국암

조선 역사에 한 획을 그은 송시열과 이준경 등 이름난 사람들이 즐겨 찾았으며, 그들이 오래도록 代대를 이어 살고자 했던 곳이 충북 괴산군 청천면 송면리의 선유동 부근이다.

송면리는 본래 청주군 청천면의 지역으로 사면四面에 소나무가 무성하여 송면松面이라 부른다. 이곳 송면리는 조선 선조 때 붕당이 생길 것을 예언했던 동고東皐 이준경李浚慶이 장차 일어날 임진왜란을 대비하여 자손들의 피난처로 지정하여 살게 했던 곳이다.

우리 민족의 이상적인 피난처 선유구곡

어쩌다 승용차만 지나는 작은 길 따라 냇물이 흐르고 냇물 위에 기이한 형상을 한 바위들이 하나둘 나타난다.

선유구곡은 괴산군 송면에서 동북쪽으로 12km에 걸쳐 있는 계곡이다. 조선시대의 큰 학자인 퇴계 이황이 7송정(현 송면리 송정 부락)에 있는 함평 이씨댁을 찾아갔다가 산과 물, 바위, 노송 등이 잘 어우러진 절묘한 경치에 반하여, 아홉 달을 돌아다니며 9곡의 이름을 지어 새겼다 한다. 긴 세월이 지나는 동안 글자는 없어졌지만 절경은 여전하다.

하늘에서 신선이 내려와 노닐던 곳이라는 선유동문을 비롯해 경천벽, 학소암, 연단로, 와룡폭, 난가대, 기국암, 구암, 은선암이 9곡을 형성하고 있다.

제1곡은 선유동문이라고 부르는데, 이 문은 백 척이 넘는 높은 바위의 사이 사이마다 여러 구멍이 방을 이루고 있다.

제2곡은 경천벽으로, 절벽의 높이가 수백 척이나 되며 바위층이 첩첩을 이루어 하늘의 지붕인 듯 길게 뻗어 아름다운 자태를 뽐내고 있다.

제3곡은 학소암으로, 기암절벽이 하늘로 치솟아 그 사이로 소나무가 조밀하게 들어서 있어서 푸른색의 학이 둥지를 틀고 살았다고 한다.

제4곡인 연단로는 그 위가 평평하고 가운데가 절구처럼 패어 있는데, 신선들이 이곳에서 금단을 만들어 먹고 장수하였다고 전해오고 있다.

제5곡은 와룡폭포로, 용이 물을 내뿜는 듯이 쏟아내는 물소리가 벼락치듯 하고 흩어지는 물은 안개를 이루어 장관을 이루고

선유동문

있다.

제6곡은 난가대이고 제7곡이 기국암이다.

제8곡은 거북바위로, 그 생김새가 마치 큰 거북이가 머리를 들어 숨을 쉬는 듯하여 구암龜岩이라 하며, 겉은 여러 조각으로 갈라지고 등과 배가 꿈틀거리는 듯하다.

제9곡이 은선암이다. 두 개의 바위가 양쪽으로 서 있으며 그 사이로 10여 명이 들어갈 수 있을 만큼 넓다. 옛날에는 퉁소를 불며 달을 희롱하던 신선이 이곳에 머물렀다 하여 은선암이라 한다.

이 지역에는 저마다 다른 뜻을 지닌 아름다운 곳들이 유난히 많은데, 바위 위에 큰 바위가 얹혀 있어서 손으로 흔들면 잘 흔들리는 바위가 흔들바위다.

큰 소나무 일곱 그루가 정자를 이룬 칠송정 터, 바위에서 물이 내려가는 것과 같은 소리가 들린다는 바위가 울암이라고 불리는 울바위도 절경이다. 울바위 옆에 있는 바위로 사람의 배처럼 생겨서 정성을 들여 기도하면 아들을 낳는다는 배바우가 있고, 근처가 모두 석반인데 이곳만 터져서 문처럼 되어 봇물이 들어온다는 문바우 등이 이곳 송면리의 선유동을 빛내는 명승지이다.

문처럼 터진 바위에 선유동이라는 글씨가 새겨져 있고, 그 아래 강물은 수정처럼 맑다.

이곳 선유동에 남아 있는 선유정仙遊亭 터는 약 220여 년 전에 경상도 관찰사를 지냈던 정모라는 사람이 창건하고 팔선각八仙閣이라고 지었는데 그 뒤에 온 관찰사가 선유정으로 고쳤으나 지금은 사라지고 그 터만 남아 있다.

한편 솔면이라고 부르는 솔면리에는 이준경이 그 자손들을 데리고 집을 짓고 살았다는 '이동고 터' 또는 '이정승 터'라는 집터가 남아 있다.

솔면의 서남쪽 삼거리에 있는 청천, 상주, 괴산으로 가는 세 갈래 길을 지나서 32번 지방도를 따라 내려가자 다시 주차장이고, 충청북도 자연학습원 아래로 난 길이 화양동으로 가는 길이다.

퇴계의 선비정신이 도도히 흐르는 땅
- 경북 안동 도산서원

- **주소** 경북 안동시 도산면 분천리
- **소요시간** 2시간
- **길 난이도** 걷기 좋은 길
- **걷는 구간** 주차장-안동댐 관망-시사단-도산서원 전교당

예로부터 경상도 사람들이 꼽았던 '영남의 4대 길지'는 경주 안강의 양동마을과 안동 도산의 토계 부근, 안동의 하회마을, 봉화의 닭실마을이다. 네 곳 모두가 '사람이 대대로 모여 살만한 곳'으로 대부분 산과 물이 어우러져 경치가 좋고 들판이 넓어 살림살이가

도산서당

넉넉한 곳이다. 특히 낙동강의 범람으로 만들어진 저습지를 개간한 하회마을 입구의 풍산평야는 안동 일대에서 가장 넓은 평야이며, 또 양동마을 건너편에는 형산강을 낀 안강평야가 발달해 있다.

퇴계 이황이 살았던 도산

이중환은 우리나라 시냇가에서 가장 살만한 곳으로 영남 '예안의 도산'과 '안동의 하회'를 들었다. 게다가 "도산은 두 산줄기가 합쳐져서 긴 골짜기를 만들었는데, 산이 그리 높지 않다. 태백의 황지에서 비롯된 낙동강이 이곳에 와서 비로소 커지고 골짜기의 입구에 이르러서는 큰 시냇물이 되었다"고 하였는데, 그 말은 최근에 와서 더욱 들어맞는다. 지금의 도산서원 일대는 안동댐으로 더욱 드넓어져 바다와 같기 때문이다.

조선시대 예안의 대표적인 사대부 가문은 예안 이씨였다. 이계양의 손자로 태어난 이황은 16세기 중반에 관직에서 물러난 뒤 계류를 찾아 온계溫溪의 아래쪽에 있는 토계로 옮겨 자리를 잡았다. 이황은 그 후 '퇴계退去하여' 자리를 잡았다 하여 토계를 퇴계退溪라고 바꾼 뒤 호로 정했던 것이다.

하지만 그때의 퇴계마을은 현재 안동댐에 수몰되어 버렸기 때문에 그 지형을 찾아볼 수가 없다. 이중환은 "양쪽의 산기슭은 모두 석벽이며, 물가에 위치한 경치가 훌륭하다. 물이 넉넉하여 거룻배를 이용하기에 알맞고 골짜기 옆으로는 고목古木이 매우 많으며 조용하고 시원하다. 산 뒤와 시내 남쪽은 모두 좋은 밭과 평평한 벌판으로 이루어져 있다. 퇴계가 거처하던 암서헌 두 칸이 아직도 있으며 그 집 안에는 퇴계가 쓰던 벼룻집과 지팡이, 신발과 함께 종이로 만든 선기옥형(璇璣玉衡: 옛날 천체를 관측하던 기구)을 보관하고 있다"고 하였다. 안동댐이 만들어지면서 옮겨진 도산서원의 전신은 도산서당으로서 토계리 680번지에 있다. 명종 15년(1560)에 퇴계 이황이 공조참판工曹參判의 벼슬을 내놓고 도산에다 서당을 세워 후학들을 가르쳤다.

퇴계는 그 옆에 암서헌岩栖軒, 완락재玩樂齋, 농령정사濃靈精舍, 관란헌觀瀾軒, 역락서재亦樂書齋, 박약재博約齋, 홍의재弘毅齋, 광명실光明室, 진도문進道門 등의 건물을 지은 후 모두 자필로 현판을 썼다.

명종 21년(1566) 임금은 어명을 내려 여성군礪城君 송인宋寅으로 하여금 그 경치를 대상으로 〈도산기陶山記〉와 시를 짓게 한 후 병풍을 만들어 내전內殿에 두고 때때로 구경하였다. 또 후대의 영조와 정조임금도 각기 화공에게 명하여 도산서당의 그림을 그려 오게 한 후 보고 즐겼다고 한다.

영남 선비정신의 배향지, 도산서원

도산서당 뒤편의 도산서원陶山書院이 세워진 것은 선조 7년(1574)이었다. 서원을 창건하여 퇴계 이황을 배향하고, 그다음 해에 사액賜額을 받았다. '도산서원'의 넉 자는 선조의 명으로 조선

도산서원

안동 도산서원 전교당

중기의 명필인 석봉石峯 한호韓濩가 썼고 뒤에 퇴계의 제자 월천月
川 조목趙穆을 추배하였다. 뒤에 있는 상덕사尙德祠는 보물 제211호
로, 그리고 앞에 있는 전교당典敎堂은 보물 제210호로 지정되었다.
　서원을 나와 낙동강을 보면 강 가운데에 시사단試士壇이라는 작은 집 한 채가 있다. 1792년 3월에 정조임금이 영남 사림을 위해 도산서원 앞에서 과대인 별시를 베풀었던 것을 기념하여 단을 쌓고 정자를 세운 곳이다. 응시자가 너무 많아 도산서원에서 과장을 열지 못하고 아래로 내려와 강변에서 과거를 보았다는데 그 당시 답안지를 제출한 사람이 3,632명에 이르렀다고 한다.

이곳을 찾았던 성호 이익은 〈퇴계 이황이 살았던 온계마을의 운치와 생리〉라는 글에서 이렇게 묘사하고 있다.

"토계 골짜기, 그 그윽하게 깊은 경치를 즐기며 살아오기 40년이다. 계곡의 돌로서 스스로 즐거움을 삼고 집 가에 있는 시냇물로는 수백고랑의 논을 관개하기에 충분하여 약간의 여축餘蓄도 있었다. …… 물은 거룻배를 이용하기에 족하고 골 복판에는 고목이 매

안동 시사단

우 많아서 조용하고 시원하다. 산 뒤와 시내 남쪽은 모두 좋은 밭과 평평한 밭둑이다."

한편, 퇴계는 이곳에서 시조 〈도산십이곡陶山十二曲〉을 지었다.

청산은 어찌하여 만고에 푸르르며
유수流水는 어찌하여 주야에 그치지 아니하는고
우리도 그치지 말아 만고청상하리라.

하지만 그의 노래와는 달리 세월 속에 변한 것도 많다. 옛날에는 퇴계의 종손과 혼사를 맺으려고 여러 집안에서 혼삿말이 오고 갔지만, 근래 들어선 제사도 많고 할 일도 많은 퇴계 선생의 종손에게 시집을 오려는 사람이 없어 걱정이란다. 그래서 모 대학의 대학원에 다니는 종손에게 집안의 아녀자들이 이렇게 이야기한다는 것이다. "시집을 온다고만 하는 사람이 있으면 거절하지 말고 데려와! 집안 따지지 말고." 그렇다. 세월은 가고 사람들의 인정 또한 이렇듯 변하는 것이다.

퇴계가 태어난 마을은 도산서원에서 고개 하나를 사이에 두고 있는 도산면 온혜리이다. 그 마을에는 퇴계의 할아버지인 노송정老松亭 이계양李繼陽이 1445년에 지은 집이 있는데 '노송정 고택'이라 불린다. 이계양이 봉화고을의 훈도로 있을 때 그 근처에서 굶주려 쓰러진 스님을 구해준 일이 있었다. 그때 그 스님이 집터를 잡아주면서 "이곳에 집을 지으면 자손이 귀하게 될 것이다"고 하였다고 한다. 이계양의 두 아들 중 큰 아들인 이식李埴의 일곱째 아들이 이황이었다. 노송정 고택은 정면 7칸에 측면 6칸의 'ㅁ'자 형의 안채와 별도의 건물인 사랑채인 노송정 그리고 사당이 있는데 안채 마당가에 불쑥 튀어나온 온돌방이 퇴계가 태어난 태실로 경상북도 민속자료 제60호로 지정되어 있다.

지금도 옛 선인들의 가르침을 본받기 위해 도산서원을 찾는 사람들은 많은데, 변하고 변하는 사람들의 마음이 예같지 않지만 도산서당의 툇마루에서 가을빛으로 물드는 서원을 바라보는 마음은 한가하고 또 한가하다.

지상의 선계仙界에 가을이 내리다
- 서울 경복궁

- **주소** 서울시 종로구 경복궁
- **소요시간** 2시간
- **길 난이도** 걷기 좋은 길
- **걷는 구간** 광화문-근정전-경회루-사정전-인정전-항원정

단풍이 아름다운 곳을 꼽으라면 가히 창덕궁의 비원이 빠질 수 없지만 가을 하늘이 맑고 푸른 날, 한가하게 거닐고 싶은 곳이 조선의 정궁인 경복궁이다. 예전과 달리 한복을 입은 외국여인들이 이국의 궁궐의 경치에 흠뻑 빠져 사진 촬영에 열중하는 것을 보면 마음이 뿌듯하기도 하고, 경복궁을 설계하고 이름을 지은 정도전과 다시 복원한 대원군이 황공할 만큼 고맙기도 하다.

오백년 조선의 고담하고 단아한 아름다움

조선의 정궁 경복궁에서 사계절 어느 때 가더라도 항상 아름다운 곳은 어디일까? 나라 안에서 가장 아름다운 정자인 경회루(국보)이다. 근정전과 사정전 일대가 정치와 직접 관련이 있는 엄격한 정치적 공간인데 반해 경회루 일대는 연회를 베풀며 휴식을 취하

는 공간이다.

경회루는 1592년 임진왜란 때 불에 타서 273년간 폐허로 남아
있다가 고종 4년(1867)에 흥선대원군에 의해서 다시 지어졌다. 그
러나 연못과 넓은 석조 시단, 아름다운 석조 난간, 그리고 크고 긴
석조 기둥(석주)는 태종 때 만들어진 모습 그대로이다.

크고 넓은 연못 가운데 앞면에 8줄, 옆면에 6줄, 도합 48개의
길고 큰 돌기둥 위에 정면 7칸(34.4m), 측면 5칸(28.5m)의 크고 웅
장한 누각을 세운 것이다.

‘임금과 신하가 덕으로써 서로 만난다(경회慶會)’는 뜻을 지니고
있는 경회루는 임금이 사신을 접대하거나 공신들을 위한 연회장
소로 사용되었다. 그 밖에도 과거시험을 베풀고, 활을 쏘는 공간이
자 날이 가물 때는 기우제를 지내기도 하였다.

조선의 정궁正宮인 경복궁을 창건하고서 경회루 주위에 작은 연
못을 조성하였고, 태종 12년(1412)에 왕의 명에 의하여 큰 방지를

파고 경회루를 창건하였다.

연못의 크기는 동서가 128m, 남북이 113m인데, 못 안에 방형의 섬을 만들었고 거기에 2층의 누각을 세운 것이다. 이 섬에 들어가는 3개의 석교가 있는데, 모두 하엽동자荷葉童子에 회란석廻欄石을 섬 주위까지 돌렸다.

경복궁 서쪽에 새로 큰 다락집을 지었다. 그 다락집은 공조판서 박자청朴子靑에게 명하여 지은 집이다. 그 제도制度가 굉장히 커서 앞이 탁 트이고 시원스럽다. 또한 연못을 파서 사방에 들리었다. 경복궁 서북편에 본래 조그마한 다락집이 있었는데, 그것은 태조께서 이룩하신 것이었다. 그런데 지금 임금께서 좁다 하여 고쳐 짓게 하셨다.

이는 《태종실록》 태종 12년 4월 2일에 실린 글이다.

경회루의 현판은 《태종실록》 태종 12년 6월 9일에 "세자에게 명하여 큰 글씨로 경회루 편액을 쓰게 하였다"라고 기록되어 있는 것으로 보아서 당시 왕세자였던 양녕대군이 쓴 것이 확실하다.

현재는 탁 트인 공간으로 누구나 출입이 가능하지만 그 당시에는 연못 둘레에 담장이 둘러져 있어서 출입이 제한되었다. 당시에는 경복궁 동쪽 다리에서 연결되는 함홍문과 서쪽 다리에서 연결되는 천일문, 그리고 남쪽 다리로 연결되는 경회문으로만 출입이 가능했다. 이 3개의 문은 내전인 교태전과 강녕전으로 연결되어 있었기 때문이었다.

경회루는 단종이 그의 숙부인 수양대군에게 옥쇄를 넘겨준 역사의 현장이기도 하고, 비운의 임금 연산군이 풍류를 즐겼던 공간이기도 하다.

연꽃 가득한 연지 서쪽에 만세산을 만들고, 산 위에 상사의 세계를 상징하는 만세궁, 일월궁, 벽운궁을 지어서 경회루를 가장 화려한 공간으로 꾸민 연산군은 이곳에다 온갖 비단 장막과 채색 누각을 만들었다. 그리고 연못 위에 임금이 타는 배인 '황룡주黃龍舟'를 띄우고 채색 비단으로 연꽃을 만들어 두고, 전국에서 뽑혀 온 기생들에게 춤과 노래를 부르게 하였다. 그들 중 특별히 선발된 기생을 흥청興淸이라 하였고, 그들을 태우고 연꽃 사이를 누비며 재물을 탕진하여 그때 만들어진 말이 '흥청망청興淸亡靑'이었다고 한다.

경회루의 정경이 얼마나 아름답고 환상적이었는지를 알려주는 사례가 또 있다.

조선 성종 때 유구국琉球國(지금의 일본 오키나와)의 국왕이 보낸 사신이 조선에 왔다. 임금이 그들을 경회루에서 접견하였다. 사신이 객관에 들어가서 다음과 같이 말했다.

"경회루의 돌기둥에 가로 세로 용을 새겨 놓아서, 나는 용이 거꾸로 물속에 그림자를 지어 푸른 물결과 붉은 연꽃 사이에 보이기도 하고, 숨기기도 하더이다. 이것이 한 가지의 장관이고, 경회루

의 웅장한 장관에 놀랐는데, 영의정 정창손鄭昌孫의 허여멀겋게 생긴 얼굴에 흰 수염을 늘어뜨린 풍채가 풍기는 어질고 후한 노정승의 얼굴에 놀라난 것이 두 번째입니다. 세 번째는 연회에 참석한 사성 이숙감李淑珹이 크고 우묵한 술잔으로 임금님 앞인데도 불구하고 거푸거푸 헤아릴 수 없이 술을 마시는 것이 장관이었습니다.”

조선의 정궁 경복궁에서 여러 용도로 쓰이기 위해 지은 경회루는 한국 목조건축기술의 우수성을 입증하는 빼어난 누각이다. 그리고 화려한 단청 그림자가 연못 속에 드리워질 때면 그 경치의 아름다움이 타의 추종을 불허한다.

경회루를 거닐면서 이런저런 생각에 잠겼던 때가 며칠 전인데, 지금도 눈앞에 삼삼하게 떠오르는 것은 경회루의 아름다움 때문이리라.

남도의 한 섬에 아로새긴 한 폭의 가을 산수화

- 전남 진도 운림산방, 쌍계사

- **주소** 전남 진도군 의신면 사천리
- **소요시간** 2시간
- **길 난이도** 걷기 좋은 길
- **걷는 구간** 운림산방 매표소-운림산방-소치기념관-쌍계사

———

진도의 운림산방은 조선 후기에 남화의 대가였던 소치 허련 선생 (1808~1893)이 말년에 거처하며 여생을 보냈던 화실이다.

소치 허련의 자취가 서린 운림산방이란 이름은 첨찰산을 지붕으로 하여 사방으로 수많은 봉우리가 어우러져 있는 깊은 산골에, 아침저녁으로 피어오르는 안개가 구름 숲을 이루었다고 하여 붙

여진 이름이다.

자연유산과 역사문화유산이 어우러져서 1981년 국가 명승으로 지정된 운림산방은 첨찰산 서쪽, 쌍계사와 가까운 곳에 자리 잡고 있다. 운림산방은 'ㄷ' 자 기와집으로 이루어져 있고, 그 뒤편의 초가로 된 살림채가 있으며 새로 지어진 기념관들로 이루어져 있다.

운림산방 앞에 오각으로 조성된 연못에는 흰 수련이 피고 연못 가운데 직경 6m 크기의 원형으로 된 섬에는 여름을 빨갛게 수놓는 배롱나무가 있다.

한국 남종 문인화의 대가가 머무는 곳

소치 허련은 1809년 진도읍 쌍정리에서 태어나 어려서부터 그림에 뛰어난 재주를 보였고, 그의 나이 28세부터 해남 대둔사 일지암에서 기거하던 초의선사에게 가르침을 받았다. 30대 초반에 초의선사의 소개로 추사를 알게 된 그는 1839년 상경하여 김정희의 문하에서 본격적으로 서화를 수업하였다. 김정희로부터 중국 북송北宋의 미불米芾과 원나라 말의 황공망黃公望과 예찬倪瓚, 청나라의 석도石濤 등의 서풍書風도 전수받으면서 남종 문인화의 필법과 정신을 익혔다.

허련은 왕실의 그림을 그리고 여러 관직을 맡기도 했다. 그러나 그의 스승 김정희가 죽자 서울 생활을 청산하고 고향인 진도에 내려와 운림산방을 마련하고서 그림에 전념하였다. 그때가 철종 8년인 1857년이고, 허련의 나이 49세였다. 추사는 사람들에게 "소치를 따를 만한 화가가 없다"라며 칭찬을 아끼지 않았다고 한다. 허련의 독특하면서도 토착화된 화풍은 아들 형瀅에게 전수되었고, 손자 건楗, 방계인 허백련許百鍊 등으로 계승되어 호남 화단의 주축을 이루며 한국 남화의 성지로 자리매김하였다.

오랫동안 방치되었던 운림산방은 1982년 손자 허건에 의해 지금과 같이 복원되었으며, 화실 안에는 허씨 집안 3대의 그림이 복제된 상태로 전시되어 있다.

새로 지어진 소치기념관에는 운림산방 3대의 작품과 수석, 도자기 등이 전시되어 있다. 전라남도 기념물이다. 사랑채, 화실,

1586.78m²(480평)의 연못이 있고 연못 가운데 직경 6m 크기의 원형으로 된 섬이 있다. 입구의 암벽과 가까운 거리에 쌍계사가 있고, 뒤 첨찰산 서쪽 기슭에 천연기념물로 지정된 상록수림이 있다.

이곳 운림산방에는 연못과 정원이 어우러져 조화를 이루고 있으며 초가집과 소치기념관, 진도 역사관 등이 있고, 영화 〈스캔들 조선남여상열지사〉의 배경이 되기도 하였다.

운림산방 앞에 있는 연못은 한 폭의 산수화같이 펼쳐져 있고, 연못 가운데에는 자연석으로 쌓아 만든 둥근 섬이 있으며 소치가 심었다는 백일홍 한 그루가 의연한 자세로 서 있다.

진도 첨찰산 자락의 쌍계사

운림산방 바로 근처에 있는 쌍계사는 진도읍에서 동남방으로 7km 거리의 첨찰산 아래 자리 잡고 있는 절로 대웅전과 명부전, 그리고 요사채가 있는 고즈넉한 절이다. 신라 후기인 문성왕 때에 도선국사가 창건한 뒤 여러 차례의 중수를 거쳐 오늘에 이르고 있다.

쌍계사 양쪽으로 시내가 흐르기 때문에 쌍계사라는 이름이 지어졌다는 이 절은 주변에 동백나무, 후박나무. 감탕나무, 참가시나무, 참식나무 등 50여 종의 생태수림이 울창하게 우거져 있는데 천연기념물 제107호로 지정되어 있다. 사찰 뒤쪽인 북편으로는 진도의 명산인 첨찰산(해발 485m)이 둘러싸고 있어 섬 중의 산골

쌍계사 일주문

에 깊숙이 들어앉은 사찰의 면모를 보여주고 있다

쌍계사를 품에 안은 첨찰산은 진도에서 가장 높은 산으로 예전에 봉수대가 있어서 봉화산이라고 불리기도 했는데, 상록수가 울창하게 우거진 아름다운 산이다.

"한국의 가을 하늘을 세모 네모로 접어 편지에 넣어 보내고 싶다"라며 극찬을 아끼지 않았던 《대지》의 작가 펄벅이 흠뻑 빠져들었던 찬란한 가을 하늘을 운림산방에서 보고 싶지 않은가?

나라 안에 제일 아름다운 물도리동
- 경북 예천 용궁, 회룡포

- **주소** 경북 예천군 용궁면 대은리
- **소요시간** 3시간
- **길 난이도** 걷기 쉬운 길
- **걷는 구간** 회룡교-장안사-전망대-회룡포 답사-뿅뿅다리-회룡포마을

답사를 다니다 보면 사람이 인위적으로 만들지 않았는데도 자연 그대로의 모습이 어찌나 신비롭던지 입이 다물어지지 않아 멍한 채 바라보는 곳들이 많이 있다. 낙동강의 큰 흐름과 내성천과 금천이 합쳐지는 곳에서 멀지 않은 곳에 있는 회룡포回龍浦가 그러한

회룡포 다리

곳 중의 한 곳이다. 유유히 흘러가는 강물이 느닷없이 커브를 돌면서 거의 제자리로 돌아오는 물도리동으로 이름난 곳들은 안동의 하회마을과 조선의 풍운아 정여립鄭汝立이 의문사한 전북 진안의 죽도와 무주의 앞섬일 것이다. 그러나 그보다 더한 아름다움으로 천하 비경을 자랑하는 곳이 바로 예천군 용궁면 대은리의 회룡포 물도리동이다. 본래 용궁군 구읍면의 지역으로 조선시대 유곡 도찰방에 딸린 대은 역이 있었으므로 대은 역, 또는 역촌, 역골이라 부르던 대은리에서 내성천을 건너 장안사에 이른다.

시간이 있으면 며칠 머물러 가라시던 장안사 주지스님은 봉암사에 공부하러 떠나고 새로 온 주지스님마저 출타 중인 절의 뒷길로 300m쯤 오르면 전망대가 나타난다. 그곳에서 바라보는 의성포 물도리동은 가을빛을 받아서 물든 벼이삭들이 한 폭의 그림이라서 자연

장안사

이라는 것이 얼마나 경이롭고 신비로운가를 깨닫게 해준다.

십승지지 천하명승 회룡포의 물도리동

의성포는 회룡 남쪽에 있는 마을로 내성천이 감돌아 섬처럼 되

회룡포 다리

어서 조선시대에 귀양지로 되었는데, 고종 때 의성 사람들이 모여 살아서 의성포라고 하였다고도 하고, 1975년 큰 홍수가 났을 때 의성에서 소금을 실은 배가 이곳에 왔으므로 의성포라고 부르기 시작했다고도 한다.

육지 속에 고립된 섬처럼 그렇게 떠 있는 천하 명승 회룡포의 물도리동은 《정감록》의 비결서에 십승지지十勝之地로 손꼽혔고 비록 오지이지만 땅이 기름지고 인심이 순후해서 사람이 살기 좋은 곳이라고 한다. 신당에서 회룡으로 건너는 시무나드리(나루)에서 의성포를 들어갈라치면 새하얀 모래밭 위에 길게 드리운 철판다리를 만나게 되는데, 공사장 철판을 연결하여 사람들이 다니는 임시 다리이다. 그러나 발 아랫자락을 흐르는 내성천의 소리 죽인 노랫소리를 들으며 낭창낭창 휘어지는 철판을 걸어가는 느낌은 말로 표현할 수가 없이 재미있다. 걸어가는 것 말고도 이 마을 사람들이 이용하는 것은 바퀴가 모래밭에 빠지면서도 건널 수 있는 4륜구동 경운기이다. 경운기에 생필품과 농기구 및 비료 등을 운반한다.

그 철판을 따라 건너가면 열한 가구가 오순도순 모여 사는 의성포마을이 있다.

물산이 풍부하고 경치가 아름다웠던 용궁군

한때 용궁군은 물산이 풍부하고 경치가 아름다워 서울 다음으로 번화했던 곳으로 알려져 나라 안의 이름난 사대부들이 즐겨 찾아왔던 곳이다. 《신증동국여지승람》에는 용궁군이 "동으로 예천군醴泉郡 경계까지 15리, 남으로 동군同郡 경계까지 35리, 서로 상주尙州 경계까지 12리, 북으로 동주同州 경계까지 9리, 경도와의 거리는 4백 44리이다"라고 기록되어 있고, "풍속은 화목함을 숭상한다"라고 되어 있다.

용궁군의 지명은 용담소龍潭沼와 용두소龍頭沼의 용이 이루어 놓은 수중의 용궁과 같이 지상에도 이러한 용궁을 만들어보자는 뜻에서 지은 것이라고 한다.

용궁군의 소재지는 원래 향석리였는데 조선 철종 때인 1856년에 내성천과 낙동강이 범람하여 현청이 떠내려 갔으므로, 그다음 해에 현청을 금산 아래 읍부리로 옮기고 구읍이 되고 말았다.

회룡포

향석리에서 내성천을 건너 보이는 산이 비룡산이고 그 산에 장안사와 비룡산성이 있다. 둘레가 871척에 높이가 7척이며, 안에 우물이 3개와 군창이 있었으며, 꼭대기에 봉수대가 있어서 동쪽으로 예천군 서암산西巖山에, 남쪽으로는 다인현 소이산所伊山에, 북쪽으로 상주시 산양현의 소산所山에 응하였다는데, 지금은 그 쓰임새가 사라진 채 흔적만 남아 있을 뿐이다.

한때는 유배지로 찾는 사람조차 없던 쓸쓸했던 회룡포가 사람들의 입에서 입으로 그 아름다움이 전해져 지금은 수많은 사람들이 찾고 있으니, 알 수도 없고, 이해할 수도 없는 것을 만들어 내는 것이 바로 역사라는 이름의 세월이 아닐까?

1300년 된 은행나무가 있는 천년 고찰
- 경기 양평 용문사

- **주소** 경기도 양평군 용문면 용문산로 782
- **소요시간** 3시간
- **길 난이도** 난이도가 있는 길
- **걷는 구간** 용문사 일주문-용문사-은행나무

바람 한 점 없다. 선선한 가을 햇살은 따사롭다. 매표소를 지나치며 용문산을 바라본다.

전주의 모악산이나 예산의 가야산처럼 용문산의 정수리에도 꼭 그래야만 될 산의 운명인 듯 거대한 철탑들이 은빛으로 빛난다. 어디 그뿐이랴. 개울 건너 위락시설지구에선 "꿈꾸는 백마강"처럼

용문사 가는 길

축 늘어진 노래소리 들린다. 나는 습관처럼 고개를 돌리고 눈을 들어 산을 본다. 〈용문산용문사〉 편액이 걸려 있고 산문에 들어선다. 그때부터 노래소리는 사라진다. 개울물소리와 뭇새들의 울음소리가 가슴속을 파고든다. 용문산은 초입부터 울창하다. 간간이 죽은 소나무들이 눈에 밟히지만 어쩔 것

인가. 죽고 태어남이 이 우주의 변하지 않을 섭리이거늘…… 용문사 일주문은 두 마리의 용이 떠받치고 있다. 천천히 오르자 벌거벗은 은행나무가 보인다. 아! 하는 탄성을 지르며 나무 앞에 섰다.

천삼백여 년간 용문사를 지킨 은행나무

용문사龍門寺는 천삼백여 년의 역사를 지닌 고찰임에도 불구하고 그 옛날의 흔적들을 찾아보기는 쉽지 않다. 그러나 절의 초입에 들어서자마자 한눈에 들어오는 큰 은행나무로 하여 절의 역사를 어렴풋하게나마 짐작케 해준다. 마치 절을 수호하는 사천왕상처럼 늠름하게 버티고 선 용문사의 은행나무는 높이가 62m이고 둘레는 어른 팔로 일곱이 훨씬 넘는 14m쯤이 된다. 사람의 나이로 치면 천삼백여 살이 되었음에도 불구하고 해마다 열다섯 가마쯤의 은행이 열린다는 이 은행나무는 세계에서 둘째이고, 동양에서는 제일 큰 은행나무라고 알려져 있으며 천연기념물 제30호로 지정되었다. 조선조 세종은 이 나무에 정3품의 당상 직을 하사하였다. 용문사의 흥망성쇠를 침묵한 채 지켜보았던 이 은행나무에는 여러 가지 사연들이 많다.

경순왕은 신라 천 년의 역사를 그렇게 허망하게 버렸고 이를 서러워한 마의태자는 통곡하며 서라벌을 하직한 채 금강산으로 입산 길에 오른다. 바위에 의지하여 집을 짓고 풀을 뜯어 연명하며 베옷을 입은 채 일생을 마쳤다는 마의태자가 금강산으로 가는 길

용문사 은행나무

에 이 용문사에 들렀다. 그때 마의태자가 심은 나무가 용문사의 은행나무라고도 하고 의상대사가 지니고 다니던 지팡이를 꽂아 놓은 것이 뿌리를 내려 자란 나무가 이 은행나무라고도 전한다. 그러나 원효대사가 이 절을 창건한 후 중국을 왕래하던 원효대사가 가져다가 심은 것으로 보기도 한다. 이 나무는 여러 가지 전설이 전해오는데 옛날에 나무를 베려고 톱을 대었을 때 톱 자리에서 피가 나고 하늘이 흐려지면서 천둥이 쳤기 때문에 중지하였다는 설도 있고 정미의병이 일어났을 때 일본군이 불을 질렀으나 이 나무만 타지 않았다는 이야기도 있다. 또한 구한말에 고종이 죽었을 때에는 큰 가지 하나가 부러져 나갔다는 이야기도 있다. 나라 안에 큰일이 있을 때마다 이 은행나무가 소리쳐 운다고 한다.

원효가 창건했다는 용문사

은행나무를 뒤로하고 계단을 오르면 절 마당이다. 용문산의 동쪽 기슭에 자리를 잡은 용문사는 신라 진덕여왕 3년(649년)에 원효대사가 창건하고, 진성여왕 6년(892년)에 도선국사가 중창했다. 그러나 그와 다른 설은 신라 선덕왕 2년(913년)에 대경화상이 창건하였다는 설도 있다. 《양평군지》에 의하면 창건 당시 당우가 304칸에 300여 명의 스님들이 머물렀다고 하지만, 절의 앉은 모양새나 그 터의 형세로 보아서 300여 명 스님이나 그들이 머물렀다는 건물들이 들어섰을 것이라는 얘기는 너무 부풀려진 것이라고 볼 수 있을 것 같다. 그 뒤 몇백 년의 기록은 찾을 길이 없다. 다만 고려가 쇠락기에 접어든 우왕 때 지천대사가 개풍에 있던 경천사의 대장경을 이곳으로 옮겨 대장전을 짓고, 봉안했다는 기록이

용문사

전하며 1395년에는 조안대사가 용문사를 중창하면서 그의 스승 정지국사의 부도와 비를 세웠다는 기록이 전한다.

그 후 세종 29년에 수양대군이 부왕의 명으로 모후인 소헌왕후의 명복을 빌기 위해 보전을 지었으며, 불상 2구와 보살상 8구를 봉안하였고, 이듬해에 이곳에서 경찬회를 베풀었다. 그가 왕으로 등극한 3년 뒤에 용문사를 크게 중수하며 소헌왕후의 원찰로 삼았으나, 1907년 의병 봉기 때 일본군에 의해 불태워지는 수난을 겪는다. 그 후 취운스님이 중창하였으나, 한국전쟁 때 그 유명한 용문산전투의 와중에 큰 피해를 입고 만다. 지금 남아 있는 절 건물들은 1958년 이후 지어진 것들이며 정지국사의 부도와 비를 비롯한 몇 개의 부도와 석축들만이 옛모습 그대로일 따름이다.

용문사에서 우측으로 난 산길을 오른다. '정지국사 부도비 200m'라는 팻말을 따라 오르는 산길은 수월하다. 산등성이에 정지국사의 부도가 있고, 부도비는 그 80m쯤 아래에 있다. 비교적 보존이 잘된 부도는 팔각원당형의 기본 틀에서 많이 변형된 편이지만 주위의 산세와 어울려 아름답기 그지없다. 속명이 김지천인 고려 말의 고승 정지국사는 황해도 재령에서 1324년에 태어나 19살에 장수산 현암사에서 삭발한 뒤 참선 공부에 들어갔다. 서른 살이 되던 해에 무학대사와 함께 연경의 법원사로 지공선사를 찾아가 그곳에 먼저 와 머물러 있던 나옹화상을 만났다. 중국의 여러 지역을 돌아다니며 수도하던 정지국사는 공민왕 5년에 귀국하여 무학대사나 나옹화상과는 달리 세상의 이름 내기를 기피한 채 수행에만 힘쓰다가 태조 4년 천마산 적멸암에서 입적하였다. 입적 후 사리 수습을 미루고 있던 중에 제자 지수의 꿈에 정지국사가 나타나 사리를 거두라는 분부를 내린다. 때마침 제자 조안스님이 용문사를 중창하던 차에 다비 때 나온 사리를 모셔다가 승탑과 탑비를 건립했다. 태조 이성계는 대사의 높은 공덕을 기려 정지국사라는 시호를 내렸고, 비는 당대의 명신이며 학자인 권근의 글을 받아 세웠다.

세월 속에서 역사가 된 권근의 글로 그 시절을 회고할 수 있으니, 세세토록 남는 것은 글뿐이로구나.

전설 속의 비경秘境을 감춘 천혜절경
- 강원 태백 구무소

- **주소** 강원도 태백시 동점동
- **소요시간** 2시간
- **길 난이도** 걷기 좋은 길
- **걷는 구간** 주차장-구무소-자개루

강원도 태백시 동점동의 메밀뜰마을을 지나 구무소 안쪽에 있는 마을인 혈내촌에 다다르면 그곳에 구무소가 있다. 혈내천은 원래 마을 쪽으로 크게 휘돌아 흐르는 감입곡류하천嵌入曲流河川으로 감입곡류하천에서 미앤더(meander)의 잘록한 목 부분이 지속적인 침식을 받아 절단되면서 새로운 하도와 구하도舊河道 사이에 원추형의 미앤더 핵核이 떨어져 남게 되었다.

이곳에 강이 산을 뚫고 지나가면서 큰 석문石門을 만들면서 도강산맥이라는 세계적으로 진귀한 지형인 구무소는 '구멍', '굴'의 고어인 '구무'와 늪을 뜻하는 '소'가 어우러져 만들어진 이름이다.

구무소, 자개루, 단풍 물든 가을 명소를 거닐며

구무소는 동점 남서쪽 굴 밑에 있는 소로서, 황지黃池에서 발원해 낙동강洛東江 상류에서 흐르는 물이 폭포가 되어 흐르면서 조그마한 산을 뚫고 흐르는데, 이 뚫어진 구멍 밑에 연못이 있으므로, 《세종실록지리지世宗實錄地理志》와 《대동여지도大東輿地圖》 등의 고문헌에는 구멍 뚫린 하천이라는 뜻의 '천천穿川'이라고 실려 있다.

전해오는 얘기로는 옛날 경북 안동의 영호정映湖亭을 지을 때, 그 대들보 감을 화전리禾田里에서 베어 황지의 냇물에 떠워 나르는데, 홍수가 일어서 대들보 감이 산의 벼랑에 부딪혀 큰 벼락소리가 나면서 벼랑이 뚫리면서 물이 그 아래로 흐르게 되었다고 한다.

구무소는 석회동굴로 3억~1억5000만 년 전쯤에 만들어진 것으로 추정되는데 오랜 시간 동안 주변의 물이 석회암을 녹여 마침내 산을 뚫는 희귀 지형이 된 것이다.

《정감록鄭鑑錄》에는 "낙동강 최상류로 올라가면 더 이상 길이 막혀 갈 수 없는 곳에 커다란 석문이 나온다. 그 석문은 자시子時에 열리고 축시丑時에 닫히는데 자시에 열릴 때 얼른 속으로 들어가면 사시사철 꽃이 피고 병화가 없고 삼재三災가 들지 않는 오복동五福洞이란 이상향이 나온다" 했으니, 원래 태백은 연화부수의 형국에 자리 잡은 신선들의 땅이었을 것이다.

또한 구무소 남쪽에는 자개문子開門이라는 바위가 문처럼 되어 있다. 이 길을 통하여 사람들이 경북지방으로 통행하였다고 한다. 높이가 20m에서 30m 폭 30m의 거대한 무지개 모양의 석회암으로 이루어진 구무소의 정경은 바라만 보아도 신비롭기 짝이 없다.

구무소와 자개문 두 개의 바위굴의 구멍이 동점리에 있기 때문에 이 마을의 남자들이 첩을 많이 둔다는 속설이 있다. 한편 이곳 구무소 부근에는 고생대 때의 다양한 생물화석이 많이 있다.

건열, 물결자국, 소금흔적, 새 눈구조 등의 퇴적구조와 삼엽충, 완족류, 두족류 등의 다양한 생물화석이 나오고 있어 전기 고생대의 퇴적환경과 생물상을 동시에 볼 수 있다.

학술적 가치가 높은 구무소 일대는 2000년 4월 28일 천연기념물로 지정되었는데, 동물화석인 삼엽충이 가장 많고 오징어의 조상으로 볼 수도 있는 연체동물인 두족류와 연필처럼 길쭉하게 생긴 필석류 화석들이 널려 있다.

구무소 위에 자개루라는 이름의 정자가 있다. 그 정자에서 단풍이 우거진 구무소 일대를 바라보며 물을 생각한다.

"천하에 물보다 더 유약한 것은 없지만 굳고 강한 것을 공격하는 데는 이보다 앞설 것이 없다. 천하의 지극히 부드러운 것이 천하의 가장 딱딱한 것을 부린다"는 노자의 《도덕경》에 실린 글이다. 그렇다. 물은 부드러워서 높은 곳에서 낮은 곳으로 흐르며, 막히

자개루

태백 황지

는 것이 있으면 멈추고, 열린 곳이 있으면 다시 흐른다. 그러나 이처럼 부드러운 것이 나중에 크게 합치면 이를 감당할 것이 없다. 예를 들어 홍수나 해일이 일어나면 아무리 굳센 것도 이를 감당할 수가 없다. 물이 이와같이 할 수 있는 까닭은 물은 자기 고유의 형체를 지닌 것이 아니요, 그 처소와 그릇에 따라 자유자재로 변할 수 있기 때문이다. 그러나 물은 결코 자기의 본성을 잃지 않고 낮은 곳으로 흐르면서 수많은 형체를 만들어내는데, 태백의 구무소가 그렇다.

태백의 산을 뚫고 흐르고 흘러 부산 다대포에 이르러 남해바다가 되는 강물과, 구멍을 뚫고 흐르는 구무소, 신기하지 않은가?

나라 안에 가장 빼어난 절
- 경북 영주 부석사

- **주소** 경북 영주시 부석면 북지리
- **소요시간** 2시간
- **길 난이도** 걷기 좋은 길
- **걷는 구간** 주차장-일주문-당간지주-범종각-안양루-무량수전-삼층석탑-조사당

태백산과 소백산 사이에 가을 단풍이
아름다운 신라의 유서 깊은 고찰 부석
사浮石寺가 있다. 불전 뒤에 큰 바위 하
나가 가로질러 서 있고, 그 위에 또 하
나의 큰 돌이 지붕을 덮어놓은 듯하
다. 언뜻 보면 위아래가 서로 붙은 듯
하지만, 자세히 살펴보면 두 돌 사이
가 서로서로 이어져 있지도 않고 눌리

부석사 부석

지도 않았다. 약간의 틈이 있으므로 노끈을 집어넣으면 거침없이
드나들어, 그것으로 비로소 돌이 떠 있다는 것을 알게 된다. 절이
이 돌 때문에 이름을 얻었는데, 그렇게 떠 있는 이치는 정확히 알
수 없다.

겨우 한 길 남짓한 채로 천년을 살아온 절

절 문 밖에 덩어리가 된 생모래가 있는데, 예로부터 부서지지도 않고, 깎아버리면 다시 솟아나서 새롭게 돋아나는 흙덩이와 같다. 신라 때 승려 의상대사가 도를 깨닫고 장차 서역의 천축국으로 떠나기 전에, 거처하던 방문 앞 처마 밑에다 지팡이를 꽂으며 다음과 같이 말했다.

"내가 여기를 떠난 뒤에 이 지팡이에서 반드시 가지와 잎이 살아날 것이다. 이 나무가 말라 죽지 않으면 내가 죽지 않은 줄 알아라."

의상이 떠난 뒤에 절 스님은 그가 살던 곳으로 가서 의상의 초상肖像을 만들어서 안치하였다.

창 밖에 있던 지팡이에서 곧 가지와 잎이 나왔는데, 햇빛과 달빛은 이것을 비치지만 비와 이슬에는 젖지 않았으며. 항상 지붕 밑에 있으면서도 지붕을 뚫지 않았다. 겨우 한 길 남짓한 채로 천년을 하루같이 살아 있다.

광해군 때 경상감사였던 정조鄭造가 이 절에 이르러 이 나무를 보고서 "선인이 지팡이 삼던 나무로 나도 지팡이를 만들고 싶다" 하고 명령을 내려 톱으로 잘라서 갔다. 그러자 곧 두 줄기가 다시 뻗어 전과 같이 자랐다. 그때 나무를 베어갔던 정조는 인조 계해년 (1623)에 역적으로 몰려 참형을 당했지만 나무는 지금까지 사시사철에 푸르며, 또 잎이 피거나 떨어지는 것이 없기 때문에, 스님들은 비선화수飛仙花樹라고 부른다. 옛날에 퇴계 선생이 이 나무를 두고 읊은 시가 있다.

> 옥과 같이 아름다운 이 가람의 문에 기대어,
> 스님의 말씀을 들으니,
> 지팡이가 변하여 신령스러운 나무가 되었다 한다.
> 지팡이 꼭지에 스스로 조계수가 있는가,
> 하늘이 내리는 비와 이슬의 은혜를 빌지 않는구나.

절 뒤편에 있는 취원루聚遠樓는 크고 넓어서, 높은 것이 하늘과 땅 가운데 우뚝 솟은 듯하고, 기세와 정신이 경상도 전체를 위압하는 것 같다. 벽 위에는 퇴계의 시를 새긴 현판이 있다.

취원루 위 깊숙한 한쪽 구석에 방을 만들고서, 그 안에는 신라 때부터 이 절에서 사리가 나온 이름난 스님의 화상畵像 10여 폭이 걸려 있다. 모두 얼굴 모습이 고아하고 괴이하게 생겼으며 풍채가 맑고 깨끗하여 엄연히 당시의 다락집 위에서 서로 대좌하여 선정에 들어간 것 같다. 지세가 꾸불꾸불하게 뻗어 내려간, 그곳에 있는 작은 암자들은 불경을 강론하고 선정에 들어가는 스님들이 거처하는 곳이라고 한다.

무량수전 배흘림 기둥에 기대어

부석사가 자리한 봉황산은 충청북도와 경상북도를 경계로 한

부석사 안양루

백두대간의 길목에 자리 잡은 산으로 서남쪽으로 선달산, 형제봉, 국망봉, 연화봉, 도솔봉으로 이어진다. 부석사 무량수전 위쪽에 서 있는 3층석탑에서 바라보면 소백산으로 이어진 백두대간이 파노라마처럼 펼쳐진다. 일주문을 지나면 마치 호위병처럼 양 옆에 서 있는 은행나무와 사과나무가 있고, 당간지주를 지나고 천왕문을 나서면 9세기쯤에 쌓았을 것으로 추정되는 대석단과 마주치고 계단을 올라가면 범종루에 이른다.

범종루 아래를 통과하면 안양루가 나타나는데, 안양루의 안양安養은 극락의 또 다른 이름이다. 안양루를 지나면 극락인 셈이다.

안양루 밑으로 계단을 오르면 통일신라시대의 석등 중 빼어난 조형미를 간직한 부석사 석등(국보 제17호)이 눈앞에 나타나고 그 뒤로 나라 안에서 가장 아름다운 목조건축인 무량수전이 있다. 1916년 해체 수리할 때에 발견한 서북쪽 귀공포의 묵서에 따르면 고려 공민왕 7년(1358)에 왜구의 침노로 건물이 불타서 1376년에 중창주인 원응국사가 고쳐 지었다고 한다. 무량수전은 '중창' 곧 다시 지었다기보다는 '중수' 즉 고쳐 지었다고 보는 것이 건축사학자들의 일반적인 의견이다. 원래 있던 건물이 중수연대보다 100~150년 앞서 지어진 것으로 본다면 1363년에 중수한 안동 봉정사 극락전(국보 제15호)과 나이를 다투니 현존하는 가장 오래된 건축물로 보아도 지나치지 않겠다. 이 같은 건축사적 의미나 건축물로서의 아름다움 때문에 무량수전은 국보 제18호로 지정되어 있다.

무량수전 안에 극락을 주재하는 부처인 아미타불이 모셔져 있다. 흙을 빚어 만든 소조상이며, 고려시대의 소조불로는 가장 규모가 큰 2.78m의 아미타여래조상은 국보 제45호로 지정되어 있다.

무량수전의 동쪽 높다란 곳에 있는 석탑을 지나 산길을 한참 오르면 조사당이 있다. 조사당은 국보 제19호로 의상스님을 모신 곳으로 1366년 원응국사가 중창 불사할 때 다시 세운 것이다. 정면 3칸, 측면 1칸인 이 건물은 단순하여서 간결한 아름다움이 돋보이는데, 조사당 앞에 의상스님의 흔적이 남아 있는 본래 이름이 골담초인 선비화가 있다.

의상스님이 짚고 다니던 지팡이를 꽂으면서 "싱싱하고 시들음을 보고 나의 생사를 알라"고 했다는 선비화를 두고 이중환은 《택

부석사 무량수전 석등

부석사 무량수전

리지》에 "스님들은 잎이 피거나 지는 일이 없어 비선화수라고 한다"고 하였는데, 그 나무가 지금의 나무인지는 확실하지 않다. 다만 사람들의 손길이 타는 것을 막기 위해 철망 속에 갇힌 채 꽃을 피우고 그 철망 안에는 천 원짜리 지폐와 동전들이 나뒹굴고 있을 뿐이다.

《택리지》에 나오는 취원루는 지금은 사라지고 없지만 《순흥읍지》에 의하면 무량수전 서쪽에 있었다고 한다. 그 북쪽에 장향대, 동쪽에는 상승당이 있었다고 하고, 취원루에 올라서 바라보면 남쪽으로 300리를 볼 수가 있다고 하며 안양문 앞에 법당 하나가 있었다고 한다. 또한 일주문에서 1리쯤 아래쪽으로 내려간 곳에 영지가 있어서 "절의 누각이 모두 그 연못 위에 거꾸로 비친다"고 하였다.

물에 비친 부석사의 아름다움을 상상해보는 것만도 가슴 설레는 일이지만 150여 년의 세월 저쪽에 있었다는 영지는 지금은 흔적조차 찾을 길이 없으니 그 또한 애석하기 그지없다. 하지만 언제나 가도 사람들의 마음을 사로잡는 절이 부석사다.

하염없이 동해바다를 보다
- 강원 고성 청간정

- **주소** 강원도 고성군 토성면 봉포리
- **소요시간** 2시간
- **길 난이도** 걷기 좋은 길
- **걷는 구간** 주차장-청간정-동해바다 조망

———

가을 동해안의 바닷물 빛은 너무도 곱다. 푸르게 일렁이는 바다를 보면 문득 그 바다 위를 달려가고 싶고, 천천히 거닐고 싶은 곳이 동해 바닷가에 조성된 해파랑길이다.

바다 물빛만 그런가, 아니다. 지금은 사라진 고을 간성과 고성군 일대의 해수욕장은 모래가 곱기로 소문이 자자하다.《신증동국여지승람》간성군 '산천'조에 '우는 모래'라는 명사鳴沙에 대한 글이 다음과 같이 실려 있다.

"명사 고을 남쪽 18리에 있다. 모래색이 흰 눈과 같고, 인마가 지날 때면 부딪혀서 소리가 나는데 쟁쟁하여 마치 쇳소리 같다. 대개 영동지방 바닷가의 모래들이 모두 그러하지만 그 중에도 간성과 고성 간에 제일 많다."

청간정, 물과 바위가 서로 부딪쳐
바람소리 파도소리가 들려 올 듯

　나라 안의 수많은 문장가들이 이곳을 찾았던 것은 관동팔경 중
의 한 곳인 청간정이 있었기 때문이다.

　강원도 고성군 토성면 청간리의 정자 청간정은 설악산 신선봉
에서 흘러내리는 청간천淸澗川과 동해바다가 만나는 작은 언덕 위
에 자리 잡고 있다. 북녘땅에 있는 고성 삼일포三日浦와 통천 총석
정叢石亭을 제외하면, 관동팔경關東八景 중 가장 북쪽에 위치하고 있
다. 청간정 부근의 풍광을 《연려실기술》 '지리전고' 편에 다음과
같이 실려 있다.

청간정 부근 바다

"간성 청간정淸閒亭은 군에서 남쪽 40리에 있다. 수십 길이 높이로 우뚝 솟은 석봉은 층층이 대와 같다. 위로 용트림을 한 소나무 몇 그루가 있다. 대 동쪽으로 만경루가 있으며, 대 아래로 돌들이 어지럽게 불쑥불쑥 바다에 꽂혀 있다. 놀란 파도가 함부로 물을 때리니 물방울이 눈처럼 날아 사방에 흩어진다."

강원도 고성군 토성면 청간리에 있어 강원도 유형문화재 32호로 지정된 청간정. 남한에 있는 관동팔경 가운데 가장 북쪽에 위치하고 있는 정자로, 설악산 골짜기에서 발원한 청간천이 동해로 흘러드는 하구 언저리에 정면 3칸, 측면 2칸의 팔작지붕을 얹은 누각형식의 정자이다.

조선 인조 때 양양군수로 부임해 왔던 택당 이식李植은 청간정의 아름다움을 글로 남겼다.

"정자 위에 앉아 하염없이 바라보면 물과 바위가 서로 부딪쳐 산이 무너지고 눈을 뿜어내는 듯한 형상을 짓기도 하고 갈매기 수백 마리가 아래위로 돌아다니기도 한다. 그 사이에서 일출과 월출을 바라보는 것이 더욱 좋은데, 밤에 현청에 드러누워 있으면 바람소리 파도소리가 창문을 뒤흔들어 마치 배에서 잠을 자는 듯하다."

정자의 창건연대는 정확히 알 수 없지만, 본래는 청간역淸澗驛의 정자로 만경대萬景坮의 남쪽 물가 봉우리에 지어 청간정이라 하였다고 한다.

정면 3칸 측면 2칸의 청간정
은 12개의 긴 주초석으로 받쳐
진 정자로, 언제 누가 창건했는
지 알 수 없다. 다만 중종 15년
인 1520년에 간성군수 최청이
중수하였다는 기록으로 보아 그
이전에 건립되었으리라 추정한

고성 천학정

다. 1884년 갑신정변 당시 불에 탄 채로 방치되어 오던 청간정은
1928년 토성면장 김용집의 발기로 재건되었다가 한국전쟁 때 전
화로 사라졌던 것을 1953년 이승만 대통령의 지시로 보수하였다.
그 뒤 1981년 4월 최규하 대통령의 지시로 완전 해체 복원되었다.

어우於于 유몽인柳夢寅, 오산五山 차천로車天輅 등 숱한 문장가들
이 시를 지어 찬양했던 이곳 청간정에는 조선시대 명필 양사언과
송강 정철의 글씨 및 숙종 어제시가 남아 있다.

청간정 바깥쪽으로 '청간정' 현판이 이곳에 오르는 사람들의 시
선을 모으고 있고, 안쪽에는 이승만 대통령의 친필 휘호인 청간
정淸澗亭이 걸려 있으며 최규하 대통령이 쓴 "설악과 동해가 어우
러지는 고루에 오르니,(악해상조고루상嶽海相調古樓上) 과연 이곳이 관
동의 빼어난 승경이로구나(과시관동수일경果是關東秀逸景)"라는 한시
편액이 걸려 있다.

동해 바닷가에 그림처럼 떠 있는 청간정을 뒤로하고 토성면 아

고성 청간정 부근

야진리我也津里를 지나면 교암리에 이르고 마을 뒷산을 넘어가자 천학정天鶴亭 정자가 눈에 들어온다. 천학정 안내문에는 다음과 같은 글이 쓰여져 있다.

"동해바다 신비를 고스란히 간직한 천혜의 기암괴석과 깎아지른 듯한 해안절벽 위에 세워져, 남쪽으로 청간정과 백도를 마주 바라보고, 북으로 가까이 능파대凌波臺가 있어 그 경관의 아름다움이 한층 더해진 상하천광上下天光 거울 속에 정자가 있다 하여 지어진 이름이다."

규모는 작지만 정자가 갖추어야 할 어느 것 하나 빠지지 않은 완벽한 모습이다. 절벽 위에 자리 잡은 정자에 올라 몸을 누이고 파도소리를 들으며 오랜 시간 휴식을 취하고 싶은 정자가 속초 부근의 청간정과 천학정이다.

가을 숲이 아름다운 초간정에 얽힌 내력
- 경북 예천 초간정

- **주소** 경북 예천군 용문면 죽림리
- **소요시간** 2시간
- **길 난이도** 걷기 좋은 길
- **걷는 구간** 용문사-금당실마을-구름다리-초간정

"두 번째 용문사龍門寺에 이르니 산이 깊어서 세속의 소란함이 끊어졌네. 상방(스님이 있는 곳)에는 중의 평상이 고요하고 옛 벽에는 부처의 등불이 환하다. 한줄기 샘물소리는 가늘고 일천 봉우리 달빛이 나누인다. 고요히 깊은 반성에 잠기니 다시 이미 내가 가졌던 것까지 잃어버렸다."

조선시대의 문장가인 서거정이 물맛이 좋은 예천 용문사의 정경을 노래한 글인데, 예천군 용문면의 용문사 아래에 그림처럼 아름다운 정자 초간정이 있다. 국가 명승으로 지정된 정면 3칸, 측면 2칸의 팔작지붕인 초간정草澗亭은 정자의 입구에서 보면 정면 2칸은 방이고, 물이 흐르는 계류쪽은 'ㄱ'자형으로 마루를 놓고 난간을 둘렀다.

가을 숲이 아름다운 이 정자는 초간 권문해權文海가 그의 나이

49세인 1582년에 공주목사를 그만두고 낙향하여 지은 별채 정자
로, 처음에는 작은 초가집으로 지어 초간정사草澗亭舍라고 불렀다.
용문사 아래 매봉과 국사봉 사이로 해서 예천읍으로 흐르는 금곡
천변에 세워진 초간정은 권문해가 풍류를 즐기기 위해서 지은 정
자가 아니라 주자가 거처했던 무이정사와 같이 서재의 용도로 지
었다.

우거진 소나무 숲과 굽이쳐 흐르는 계곡이 벼랑과 함께 깊은 소
를 이루어놓은 자리에 서 있는 이 정자에 오르면 잠시나마 속세를
잊어버린 신선이 된 듯한 착각에 빠지게 한다.

이 정자가 기묘한 것은 금곡천에서 소나무 우거진 정자를 바라
볼 때 다르고, 기암괴석이 어우러진 계류를 흐르는 물줄기 너머로
보이는 풍경이 다르다. 또한 초간정의 마루에 앉아서 바라보는 정

자 밖의 풍경은 말로 설명할 수 없는 신비로운 정취를 연출하고 있다.

그런 면에서 초간정은 자연을 자신 앞으로 끌어다 놓은 것이 아니라 스스로가 자연 속으로 들어감으로써 자연과 하나로 동화되고자 했던 옛사람들의 지혜를 배울 수 있는 정자다.

권문해는 이곳에서 3월과 6월까지 한달에 2~4회씩 손님을 맞이하거나 강회를 가지면서 소일하였다고 한다. 임진왜란과 병자호란 때 불에 탔던 것을 17세기에 다시 세웠다. 그때 석조헌과 화수헌 그리고 백승각 등의 건물을 함께 세웠으나 다시 무너진 것을 1870년에 연이어 중수하여 권문해의 유고를 보관하는 전각으로 만들었는데, 초간정은 현재 경상북도 문화재자료 143호로 지정되어 있다.

권문해는 우리나라 최초의 백과사전이라고 부르는 《대동운부군옥》을 편찬한 사람이다. 이 책의 초간본이 간행된 것은 선조 22년인 1589년, 대구부사로 재직 중일 때였는데, 이 책의 대부분은 이 초간정에서 집필했다. 단군시대로부터 그가 살고 있던 당시까지의 우리나라의 역사·지리·인물·문학·식물·동물 등을 총망라하여 운별韻別로 분류한 책이다.

그의 호인 초간草澗은 당나라 때 시인인 위응물韋應物의 시 구절인 '독련유초간변생獨憐幽草澗邊生'(시냇가 그윽한 풀 홀로 사랑하노라)에서 '초간' 두 글자를 따온 것으로, 속세를 떠나 자연과 함께 하고자 했던 권문해의 마음을 엿볼 수 있다.

아버지 권문해의 뒤를 이어 그의 아들 권별은 이곳 초간정에서 《해동잡록》을 저술하였다, 그런 연유로 영남지역의 수많은 문인들이 이곳 초간정의 기운을 받기 위해 답사를 다녀갔고, 이 초간정 부근을 100번을 돌면 문과에 급제한다는 소문이 돌기도 하였다.

그 소문을 들은 어떤 유생이 99번을 돌고서 현기증이 나 발을 헛디디는 바람에 난간 밖으로 떨어져 즉사했다. 그 소식을 들은 그 유생의 장모가 도끼를 들고 와서 정자 기둥을 찍었다고 하며 그 때 내려 친 도끼 자국이 지금도 남아 있다.

상금곡리, 병화兵火가 들지 않는 십승지

금곡천을 따라 내려가면 나오는 용문면 상금곡리는 금당실 위쪽이 되므로 웃금당실 또는 상금곡이라고 불리는데, 이곳이 바로 《정감록》에 나오는 십승지지 중의 한 곳인 예천의 금당곡金塘谷이다. '병화兵火가 들지 않는다는 땅'이라고 알려진 이곳은 임진왜란 때도 온전하였다.

금곡천변에 소나무와 여러 나무들이 우거진 곳에 자리한 초간정 앞에 서면 권문해가 30년간을 동고동락하던 아내를 잃고 90일 장을 지내면서 뼈에 사무치는 제문이 보인다.

"나무와 돌은 풍우에도 오래 남고 가죽나무, 상수리나무 예대로 아직 살아 저토록 무상한데 그대는 홀로 어느 곳으로 간단 말인가.

예천 금당실마을

서러운 상복을 입고 그대 영제 지키고 서 있으니 둘레가 이다지도 적막하여 마음 둘 곳이 없소. 얻지 못한 아들이라도 하나 있었더라면 날이 가면서 성장하여 며느리도 보고 손자도 보아 그대 앞에 향화 끊이지 않을 것을. 오호, 슬프다.

저 용문산을 바라보니 아버님의 산소가 거기인데 그 곁에 터를 잡아 그대를 장사 지내려 하는 골짜기는 으슥하고 소나무는 청청히 우거져 바람소리 맑으리라. 그대는 본시 꽃과 새를 좋아했으니 적막산중 무인고처에 홀로 된 진달래가 벗 되어 줄게요.

…… 이제 그대가 저승에서 추울까 봐 어머님께서 손수 수의를 지으셨으니 이 옷에는 피눈물이 젖어 있어 천추만세를 입어도 헤

어지지 아니하리다.(중략)"

    초간정에서 멀지 않은 예천군 용문면 죽림리에 중요민속자료 제201호로 지정된 예천 권씨 종택이 있다. 그 중에 권문해의 할아버지 권오상 선생이 지었다고 전하는 예천 권씨 초간종택 별당은 앞면이 4칸이고 옆면은 2칸으로 지붕은 옆면에서 볼 때 여덟 팔八자 모양을 한 팔작지붕이다. 앞쪽에서 보면 오른쪽 3칸은 대청마루고 왼쪽 1칸은 온돌방인데 온돌방은 다시 2개로 나뉘어 있으며 집 주위로 난간을 돌려 누樓집과 같은 모양으로 꾸몄다.

    이 별당의 겉모습은 대체로 소박한 구조를 보이고 있으나 안쪽은 천장 부분에 설치한 여러 재료들을 정교하고 화려하게 장식하여 호화롭기 그지없다. 별당 뒤 서고에 권문해가 지은《대동운부군옥大東韻部群玉》의 판목 677매와 14대째 전하는 옥피리,《자치통감강목資治通鑑綱目》전질 120권을 보존하고 있다.

    15세기 말에 지어진 이 건물은 보존 상태도 아주 좋은 편이라서 보물 제457호로 지정되었다.

    두고 떠나온 뒤에도 금세 다시 가서 보고 싶은 정자가 초간정이고 며칠이라도 살고 싶은 집이 예천 권씨 종택이다.

가을빛 형형색색으로 물든 관동제일루

- 강원 삼척 죽서루

- **주소** 강원도 삼척시 성내동
- **소요시간** 2시간
- **길 난이도** 걷기 쉬운 길
- **걷는 구간** 주차장 바로 근처 위치-오십천 건너편에서 조망

관동대로를 답사하던 때였다. 비는 멎을 기척이 보이지 않고 비 내리는 죽서루에 이른다. 그래, 가을 풍경이 절정이다. 노랗고 빨갛고 그래, 온갖 형형색색이라는 표현 외에 딱히 할 말이 없는 죽서루에 바람이 불면서

나뭇잎들이 우수수 떨어진다. "오동잎 하나만 떨어져도 온 세상에 가을이 온 줄로 안다"는 말이 있는데, 비가 내리면서 떨어지는 단풍잎을 보자 느끼는 심회가 쓸쓸하다 못해 구슬프기 짝이 없다.

어디 가서 이런 풍경을 만날 수 있을까? 비가 내려서 아무도 찾는 이 없고 오직 우리만이 가을의 절정을 만끽하고 있는 죽서루를 《택리지》를 지은 이중환은 다음과 같이 표현했다.

"삼척 죽서루竹西樓는 오십천五十川에 자리 잡고 있는데 그 경치가 비할 데 없이 훌륭하다. 절벽 아래에는 안 보이는 구멍이 있어, 냇물이 그 위에 이르면 새서 낙수물처럼 새고, 나머지 물은 누각 앞 석벽을 지나 고을 앞으로 흐른다. 옛날 뱃놀이하던 사람들이 잘못하여 구멍 속에 들어갔는데, 간 곳을 알지 못한다."

죽서루, 동해서 가장 아름답고 오래된 누정

죽서루는 삼척시 성내동 오십천변의 깎아지른 절벽 위에 세워져 있다. 죽서루는 관동팔경 중 제일 큰 누정이며 가장 오래된 건물이다. 유일하게 바닷가에 세워지지 않고 내륙 깊숙이 들어앉아 있는 죽서루는 오십천의 풍광이 바닷가 경치에 못지않게 빼어나다는 것을 뜻하는 것이다.

고려 충렬왕 때 인접한 천은사에서 《제왕운기》를 지은 이승휴가 창건하였다고 하지만 그가 두타산에서 숨어 지낼 때 죽서루에 올랐다는 기록이 있는 것으로 보아 그 이전에 창건하였을 것으로 여겨지고, 태종 3년에 삼척부사 김효손이 중창하여 오늘에 이르고 있다.

죽서루 동쪽에 있던 죽장사는 조선 태종 3년인 1403년에 지어져 현종 3년인 1662년까지 있었다고 한다. 죽서루(서쪽에 지은 누대)라는 이름도 이 절 서쪽에 있다 하여 생긴 이름이라고 하고, 또는 옛날 기생 죽죽선竹竹仙이 놀던 곳이라고도 한다. 현존하는 삼장사라는 절은 옛날 죽장사竹藏寺가 있던 자리에 1925년에 이우영李愚榮이라는 사람이 새로 지은 절이다.

《동국여지승람》에 "죽서루는 객관 서쪽에 있다. 절벽이 천 길이고 기이한 바위가 총총 섰다. 그 위에 날 듯한 누를 지었는데 죽서루라 한다. 아래로 오십천에 임했고 냇물이 휘돌아서 못을 이루었다. 물이 맑아서 햇빛이 밑바닥까지 통하여, 헤엄치는 물고기도 낱낱이 헤아릴 수 있어서 영동 절경이 된다"라고 기록되어 있는 이곳은 시인 문객들이 칭송을 아끼지 않았다.

삼척 죽서루에 걸려 있는 '관동제일루關東第一樓'라는 대액과 죽서루는 숙종 때의 부사 이성조가 썼고 제일계정第一溪亭은 현종 3년에 남인의 영수였던 미수 허목의 글씨이며 숙종의 어제시御製詩와 율곡 이이를 비롯한 여러 명사들의 시가 걸려 있다.

이 누각은 정면 7칸, 측면 2칸의 규모로써 겹치마에 팔작지붕

이며 일층에는 길이가 모두 다른 17개의 기둥을 세웠으며. 그 중 8개는 다듬은 주춧돌 위에 세우고 그 나머지 9개는 자연석 위에 세웠다. 본래는 정면 5칸에 측면 2칸이었을 것으로 추정되는 이 죽서루는 보물 제213호로 지정되어 있는데 오십천변 맞은편에서 바라보는 것이 일품이고 특히 가을 단풍에 보이는 죽서루의 모습이 가장 아름답다.

죽서루에 제일계정第一溪亭이라는 글씨를 남긴 미수 허목은 일찌기 그림과 글씨, 문장에 능했으며, 특히 전서篆書에 뛰어나 동방의 1인자라고 하였다.

죽서루 아래를 흐르는 오십천이 《동국여지승람》 '삼척도호부' 편에는 다음과 같이 실려 있다.

"오십천은 도호부 성 남쪽 1백 5리에 있다. 물 근원이 우보현에서 나오며 죽서루 밑에 와서는 휘돌면서 못이 되었다. 도호부에서 물 근원까지 마흔일곱 번을 건너가야 하므로 대충 헤아려서 오십천이라고 일컫는다."

오십천의 발원지는 삼척시 도계읍 구사리 백산마을 서쪽 계곡에서 발원하여 동해로 들어가는 59.5km의 강이고 상류에 아름다운 미인폭포가 있다.

"천길 푸른 석벽이 겹겹으로 둘러있고,
오십 맑은 냇물이 졸졸 흐른다."

류사눌柳思訥이 이렇듯 시로 노래한 오십천은 옛사람의 자취를 안고 흐르고 또 흐른다.

이곳 죽서루 부근에 진주관眞珠館이 있었다. 진주관은 왕명을 받고 오는 벼슬아치들을 대접하고 묵게 하는 객사로 원래는 죽서루 밑에 있었으나 중종 12년 죽서루 북쪽으로 옮겼다. 그 후 군청사로 사용하다가 1934년 진주관을 헐고 그 자리에 군청의 새청사를 지어 사용하던 중 6.25사변에 불타 없어진 것을 다시 신축하여 사용하다가 1981년 군청사를 교동으로 옮기고 그 자리는 현재 삼척문화원이 사용하고 있다.

칠장방漆匠房은 칠장들의 근무처로 광해군 7년(1615) 부사 김존경이 진주관 인근에 세웠는데 지금은 죽서루 경내 광장이 되었다.

교산 허균의 아버지 허엽과 동서분당의 주역이었던 허균의 장인 김효원, 그리고 허균이 삼척부사로 근무했을 당시 자주 올랐던 죽서루의 가을은 아름답고 장엄한 누각이다.

1월 | 2월 | 3월 | 4월 | 5월 | 6월 | 7월 | 8월 | 9월 | 10월 | **11월** | 12월

단풍이 어우러진 가을 산사에서

- 충남 공주 계룡산, 갑사

- **주소** 충남 공주시 반포면 학봉리, 계룡면 중장리
- **소요시간** 4시간
- **길 난이도** 조금 난해한 길
- **걷는 구간** 동학사-계룡산-남매탑-삽불봉-갑사

계룡산은 예로부터 계람산, 옹산, 서악, 중악, 계악 등 여러 가지 이름으로 불렸고, 통일신라 이후에는 신라 5악 중의 서악이었다. 조선시대에는 묘향산의 상악단, 지리산의 하악단과 함께 이 산에 중악단을 설치해 봄가을로 산신제를 올렸다. 계룡산이라는 이름은 계곡의 물이 쪽빛처럼 푸르다는 데서 연유한 것이라는 말들이 전하는데 확실하지는 않다. 계룡산은 예로부터 우리나라의 4대 명산, 4대 진산으로 일컬어 왔다.

계곡의 물은 쪽빛처럼 푸르고

천황봉에서 삼불봉까지의 산세가 닭 벼슬을 쓴 용의 모양이어서 계룡이라는 이름이 붙었다는 이 산에도 팔경이 있다.

연천봉의 낙조와 관음봉의 한가로운 구름, 천황봉의 일출, 장군

봉 쪽의 겹겹이 포개진 능선, 세 부처님을 닮았다는 삼불봉의 설화, 오뉘탑의 달, 동학사 계곡의 신록 그리고 갑사 계곡의 단풍.

갑사 계곡의 단풍이 어우러진 계룡산은 풍수지리상으로도 대단한 명산으로 일컬어져 왔다. 일찍이 태조 이성계가 이 산기슭에 도읍을 청하고자 하였고 그 뒤에는 《정감록》이라는 금서비기가 나왔다. 정여립을 비롯한 조선의 혁명가들은 정감록鄭鑑錄을 적극적으로 이용하였다. 그 이유는 감결에서 "이심이……. 산천의 뭉친 정기가 계룡산에 들어가니 정씨 8백 년의 땅이다"라고 하여 한양에 도읍한 이조 뒤에는 계룡사에 도읍한 정씨 왕조 8백 년의 시대가 온다는 것이었다.

이어서 정공은 "계룡개국에 변씨, 재상에 배씨, 장수가 개국원훈이고 방씨와 우씨가 수족과 같으리라" 하여 개국까지의 상황을 내다보았다. 계룡산 신도안에는 그러한 정감록사상과 변혁사상

에 힘입어 수많은 종교사상가들이 들어와 자리를 잡았고 1970년
대의 정화작업이 있기 전까지 종교단체의 수가 1백여 개에 이르
렀다.

삼불고개부터는 내리막길이다. 고향집을 찾아가는 고갯길 같은
길을 400여m쯤 내려갔을까. 금잔디고개에 닿는다. 헬기장이 설치
되어 있는 이곳은 쉼터가 조성되어 있고 나무 숲 사이로 멀리 푸
르른 벌판이 나타난다. 배낭을 벗고 산행 중에 잠시 쉬면서 알맞게
먹고 나누는 몇 마디 말, 그것이 얼마나 아름다운 산행의 한 부분
인지…….

다시 길을 나서서 우거진 나무 숲길을 걸어서 신흥암에 닿았다.
신흥암은 중창불사가 한창이었으며 그 뒤에 천진보탑이 서 있다.
석가모니가 입적한 400년 만에 중인도의 아육왕이 구시나국에 있
는 사리모탑에서 부처의 사리를 발견하여 서방 세계에 분포할 때
비사문천왕을 보내어 계룡산에 있는 이 천연 석탑 속에 봉안하여
두었다고 한다. 이 석탑을 백제 구이신왕 때 발견하여 천진보탑이
라고 하였고 그 뒤편에 솟아 있는 수정같이 고운 수정봉은 갑사구
곡의 하나이다.

개울물 소리를 벗 삼아 미륵골을 20여 분 내려왔을까. 용문폭
포가 나타났다. 연천봉 북서쪽 골짜기의 물이 합하여 이곳으로 흘
러 폭포를 이루었는데 높이가 10여m쯤 되는 용문폭포는 한눈에
보아도 그 물줄기가 장대하다. 폭포 옆에 있는 큰 바위굴이 있고

그 속에서 떨어지는 감로수가 길손의 타는 듯한 갈증을 잠시 식혀
준다. 다시 15분쯤 걸어가자 목탁소리 들리고 갑사에 닿는다.

갑사甲寺는 공주시 계룡면 중장리에 위치한 절로써 화엄종의
10대 사찰 중 하나이다. 420년(구이신왕 1년) 고구려의 승려 아도
阿道화상이 창건하였고 그 뒤에 신라의 의상대사가 고쳐 지었다는
이 절은 조선 선조 때 정유재란으로 불타버렸고 같은 해에 인조가
다시 세웠다.

갑사에는 대웅전, 강단, 대적전, 천불전 같은 절 건물들과 암자
들이 열 채쯤 들어서 있는데 원래의 갑사는 지금의 대웅전이 서
있는 자리가 아니라 개울 건너 대적전 근처에 있었다고 한다. 또
한 이 절에는 칠장사와 청주 용두사지에만 있는 철 당간지주가 그
대로 남아 있다. 이에 더해 구리로 만든 종과《월인석보》의 판목이
있고 약사여래 돌 입상, 부도탑 등의 지방문화재들이 있다.

갑사에는 철 당간지주가 있다

어느새 구름 걷히고 햇살은 온 천지에 내려쪼이고 있다. 계단을 올라가 첫 번째 만나는 건물이 조선 후기에 지어진 갑사 강당이다. 충청남도 유형문화재 95호인 갑사 강당은 앞면 3칸에 옆면 3칸의 다포식 안판 2출목이며 지붕은 맞배지붕이다. 강당의 정면에 대웅전이 있다. 역시 유형문화재 105호로 지정된 이 건물은 1.8m의 화강암 기단을 쌓고 그 위에 덤벙주초를 놓았다. 앞면 5칸에 옆면 3칸의 규모로 맞배지붕의 다포집이다.

이 절에는 1584년 조선 선조 때 국왕의 성수를 축원하는 기복 도량인 갑사에 다른 목적으로 만든 동종이 있다. 높이 131cm에 입 지름이 91cm인 이 종은 보물 제178호로 지정되어 있는 동종으로 신라 종과 고려 종을 계승하고 있으며 조선 초기 동종의 양식을 볼 수 있는 대표적 작품이다.

동종을 보고 다리를 건너면 아름다운 갑사 대적전이 있고 그 앞에 보물 제257호인 갑사 부도를 만난다. 부도의 모습은 일반적인 팔각원당형으로 기단부는 특이한 수법을 보여주고 있다. 즉 8각의 높직한 지대석 위에 3층으로 구분되는 지대석이 놓였는데 기단의 사자조각은 매우 입체적으로 조각되어 있다. 그 위로는 꿈틀거리는 구름무늬 조각 위에 천인들이 악기를 타고 있다. 이 부도는 고려시대의 부도들 중에서도 우수작으로 손꼽을 만하며 조각 내용들이 다채롭기 이를 데 없다.

부도에서 대나무 숲 우거진 길을 내려오면 갑사 당간지주와 만

갑사 당간지주

난다. 석조 지주와 더불어 보물 제256호로 지정된 갑사 당간지
주는 원래 28개의 철통이 이어져 있었는데 조선조 말 고종 30년
(1893년) 벼락을 맞아 4개가 부러져 24개만 남아 있다. 이 철 당간
지주는 그 조각 수법으로 보아서 통일신라 중기였던 문무왕 20년
(680년)에 건립되었을 것이라고 하지만 기록은 없다.

　갑사는 봄 마곡 추 갑사로 불릴 만큼 가을 경치가 빼어나게 아
름답지만 굳이 가을이 아니어도 그윽하게 우거진 나무 숲들로 하
여 어느 때 가도 찾는 이들의 감탄사를 자아내는 절이다.

장쾌한 가을색을 뿜어내는 내변산의 절창
- 전북 변산 직소폭포

- **주소** 전북 부안군 진서면 중계리
- **소요시간** 3시간
- **길 난이도** 난이도가 있는 길
- **걷는 구간** 중계리 사자동−국립공원 관리사무소−실상사−봉래구곡−직소폭포

───

나라 안에 내외內外라는 이름이 붙은 곳이 여러 곳이 있다. 대개 명산에 그런 이름이 많다. 내외설악, 내외금강, 내외속리라고 부르는데 그 중의 한 곳이 바로 내외변산이다.

변산은 바깥에 산을 세우고 안을 비운 형국으로 그래서 해안선을 따라 98km에 이르는 지역을 바깥 변산이라고 하고 수많은 사찰과 암자가 있어 한때는 사찰과 암자만을 상대로 여는 중장이 섰다던 안쪽 중심지를 안 변산으로 부르곤 한다.

내변산으로 들어가는 길은 여러 갈래다. 변산에서 지서리를 지나 중계리 사자동에 이르는 길이 그 하나고, 구암리 고인돌이 있는 하서면 석상리에서 우술재를 지나 사자동에 이르는 길이 다른 하나다.

청림리에서 사자동으로 이르는 길은 부안호를 따라가는 길이고, 부안호를 끼고 4km쯤 가면 변산면 중계리 사자동이다. 이곳

직소폭포 가는 길

사자동에서 직소폭포를 지나 관음봉 아래로 해서 내소사로 가는 길이 산책을 하는 것처럼 넘을 수 있는 도보 답사 길의 최상 코스이다.

매표소를 지나면서 길은 평탄하고 조금 오르자 실상사實相寺 터에 닿는다.

실상사는 신문왕 9년(689) 초의선사가 창건한 사찰이다. 조선 제4대 임금인 세종의 둘째형인 효령대군孝寧大君의 원당願堂으로 궁궐의 재물로 중수한 절이지만 한국전쟁 때 화재로 모두 불타버리고 그 터에 주춧돌만 남아 있다가 다시 세웠다.

3기의 석조부도와 허튼 돌로 막 쌓 기단만 남아 있는 절터는 이름 모를 묏새들의 울음소리 속에 붉은 단풍잎들이 우수수 떨어지고 있었다. 늦가을 햇살에 온몸을 드러낸 저 금당 터에 내소사 대웅전이나 개암사 대웅전 같은 날아갈 듯한 절집이 세워져 있었을 것이다. 또한 내소사에 있는 연재루는 이 실상사에서 1924년에 옮겨갔다는데……

한편 이곳 실상사에서 월명암으로 가는 고개를 남옛등이라고 부른다. 조선 후기에 문신이며, 을사오적 중의 한 사람인 이완용李完用이 전라도 관찰사로 재직할 때 남여를 타고 월명암까지 가는데 고개가 가팔라서 힘들었으므로 남여등이라고 하였다고 한다.

문득 어디선가 독경소리 들리는 듯싶어 귀 기울이자 아무 소리도 들리지 않는다. 그런데 계단을 내려설 때 뒤에서 떨어지는 나뭇잎소리, 길을 재촉하자 호수에 이르고 그 물결이 찰랑거리는 바로 뒤쪽으로 길이 나 있다. 잔잔한 물결 너머의 산들은 붉게 타오르고 산행객들이 쉴 새 없이 오고 간다.

부안 실상사

한참을 올라가자 발 아래 보이는 곳이 봉래구곡이다. 옥녀담 남쪽에 있는 여울인 봉래구곡은 직소폭포에서 흘러온 맑은 물이 반석 위로 흘러 바윗돌에 소용돌이쳐 여러 굽이를 이룬 곳이다. 반석의 곳곳에 사람들이 새겨 놓은 글자가 있어 예로부터 이곳이 사람들이 풍류를 즐기던 곳임을 미루어 짐작할 수 있다.

한편 봉래구곡 옆 바위 위에는 돌탑이 있는데, 이곳에서 조선을 건국한 태조 이성계가 기도를 드렸다고 한다.

깎아지른 절벽에서 곧바로 떨어지는 장쾌한 직소폭포

가파른 산길을 조금 더 오르자 장쾌한 물줄기가 멀리서도 바로 옆인 듯 들려오는 직소폭포直沼瀑布가 보인다. 변산에서 가장 규모가 큰 이 폭포는 높이가 약 20m쯤 되는데, 깎아지른 절벽에서 물이 곧바로 떨어지는데 그 모양이 흰 비단을 똑바로 드리운 듯하다. 폭포 밑에 있는 소를 실상용추라고 부른다. 물이 맑고 깊어서 파란빛을 띠고 있는 이 소에 날이 가물면 부안 원님이 정성껏 기우제를 지냈다고 하는데, 그 방법이 특이하게도 산돼지를 그대로 잡아 물속에 넣었다고 한다.

이곳을 찾아서 〈유봉래산일기〉를 남긴 사람이 조선 후기의 학자인 소승규蘇昇奎였다.

직소폭포 아래에 용소가 있는데, 깊이를 헤아릴 수가 없었다. 물빛이 몹시 푸른데 돌에 부딪쳐 물살이 부서졌으며, 햇빛에 반사

직소폭포

되어 부딪쳤다. 푸르게도 보이고 붉게도 보여, 무지개가 다섯 가지 빛깔을 내는 것 같았다. 신룡이 그 아래 엎드려 있는 것 같다. 멀리서 바라볼 수는 없지만, 오래 머물지 못했다. 옛말에 이르길 "근원에서 살아 있는 물이 흘러나오기 때문이라네"라는 구절이 바로 용소가 아니고 무엇이겠는가.

직소폭포의 용소를 넘친 물줄기가 다시 바위 사이를 흘러 제 2, 제 3의 폭포를 이루어 옥녀담玉女潭이 된다. 멀리에서 떨어지는 한 줄기 폭포.

폭포 아래로 내려가 가만히 바위 위에 걸터앉는다. 떨어지는 폭포수소리는 가슴속으로 파고들고 나뭇잎이 한 잎, 두 잎 물 위에 떨어진다. 문득 바람이 우수수 불고 그 바람이 가슴을 친다. 빗자루로 쓸어대는 것처럼 물살들이 어딘가를 향해 우르르 밀려가고 밀려오는 그 풍경을 뒤로하고 다시 길에 나선다.

직소폭포 위에서 내변산은 찬연하다 못해 황홀하다. 멀리 의상봉을 비롯한 변산의 봉우리들이 나를 향해 달려오고, 다시 산길에 접어드는데, 흐르는 시냇물소리가 가슴속으로 촉촉이 스며든다.

직소폭포를 지나면서 길은 평탄하다. 마치 그 옛날 이곳쯤에도 사람들이 화전을 일구고 살았을 법하다.

형형색색 나뭇잎들이 붉게 물들어 있고, 길 아랫자락을 흐르는 물소리는 단아하다. 어쩌다 만나는 등산객들이 서로 만났다 헤어지고 부는 바람결에 우수수 나뭇잎들이 떨어진다.

가인봉에서 내소사로 이어지는 길은 오르막과 내리막의 연속이기도 하지만 제법 가파르고 길이 험하므로 조심해야만 한다.

가인봉과 능가산의 봉우리가 한눈에 보이는 곳에서 길은 아래로 이어지고 곧바로 전나무 숲이 울창한 내소사에 이르는 길이다.

가고 또 가는 세월의 흐름 속에서 아름다운 명승, 직소폭포를 보고 내소사에 이르는 길을 걷다가 보면 한 시름 두 시름 쌓였던 것들이 풀리지 않겠는가?

수천 년 역사의 신비를 자아내는 산
- 경북 청송 주왕산, 대전사

- **주소** 경북 청송군 주왕산면
- **소요시간** 3시간
- **길 난이도** 난이도가 있는 길
- **걷는 구간** 주왕산 대전사-주왕굴-나지막한 고개-아름다운 폭포, 골짜기

———

"당나귀가 여행을 다녀왔다고 해서 말로 변하지는 않는다"는 말이 있다. 그러나 단 한 번의 여행이 인생의 큰 전환점으로 작용하기도 하고 여행을 통해서 인생의 좋은 길동무 즉 도반을 만나기도 한다.

남들이 장에 가니까 따라는 왔는데, 왜 왔는가? 회의하면서 질질 끌려가는 사람들을 간혹 만나기도 하는데, 여행을 떠나는 순간, 만나는 모든 사물, 모든 사람, 그리고 내면의 나와 나누는 대화, 그것만으로도 여행은 일상에서 느끼는 그 어떤 것들과 비견할 수 없는 커다란 매력이라고 볼 수 있다.

경상북도 청송군에 있는 대전사 앞 주방천은 우레와 같은 소리를 내며 거침없이 흐르고 있다. 대전사 뒤편에 솟은 봉우리들이 반쯤은 구름에 가려 있고 그 구름이 걷히자 연꽃을 닮은 봉우리들이 가을 단풍에 곱게 물들어 있다.

가을이구나. 가을!

역사와 함께하는 호국불사

주왕산 자락의 대전사는 신라 문무왕 12년(672)에 의상대사가 창건했다고도 하고, 고려 태조 2년(919)에 보조국사가 주왕周王의 아들 대전도군大典道君의 명복을 빌기 위해 세운 절이라고도 한다. 그 뒤의 기록은 남아 있지 않다. 그나마 조선 중기에 절이 불타는 바람에 오래된 건물은 별로 없다. 그런 연유로 다른 절과 달리 경내가 넓지 않아 호젓하기 이를 데 없다. 대전사의 중심 전각은 보광전이고 명부전과 선령각 그리고 요사채 들로 이루어져 있으며, 주왕산 내의 부속 암자로는 백련암과 주왕암 등이 있다.

이양오가 지은 《유주왕산록》에 실린 기록으로 보아 주왕산은 한때 대둔산大遯山으로 불렸던 적이 있었던 모양이다.

보광전 앞에 두 개의 석탑이 서 있는데 모두 한 개의 석탑이 아니라 여러 곳에서 가져다 짜맞춘 석탑들이다. 석탑 속에 숨어 있는 사천왕상이 너무 재미있다. 석탑을 손에 들고 서 있는 사천왕상은 다른 데서는 찾아볼 수 없는 것이다. 이 절 보살의 말로는 탑의 부재들이 거의 다 있어서 다시 세울 것이라고 하지만 어느 세월에 잃어버린 그 형체들을 다 찾아내서 세울 수 있을까 기다려 볼 일이다.

이 석탑 상륜부에 모나리자의 미소를 닮은 절세미인형의 불상이 새겨져 있는데, 그것을 찾는 사람은 오로지 나밖에 없어서 내 사진 속에만 남아 있다.

경상북도 유형문화재 제202호로 지정된 보광전은 정면 3칸, 측면 1칸의 맞배지붕 집이다. 비로자나불을 모신 내부는 녹색과 보라색이 조화된 단청 빛깔이 차분한데 왼쪽 벽 위쪽에 코끼리를 탄 보살상 벽화가 유난히 눈에 띈다. 단독으로 그려진 보살상 벽화는 우리나라에서는 흔하게 볼 수 없는데 코끼리를 탄 보살상은 지혜를 상징하는 문수보살이다. 이 벽화는 나중에 색깔을 다시 입힌 듯하지만 원형은 처음부터 있었던 것 같으며 불전을 장식하는 벽화의 색다른 맛을 보여준다.

대전사에는 임진왜란 때 승병장 사명대사의 진영과 명나라 장수 이여송이 사명대사에게 보냈다는 친필 목판도 있다. 옛날에는 깊은 산골이며 한적한 곳이라서 수도하기가 알맞았던 듯, 신라 때부터 고운 최치원과 아도화상 그리고 나옹화상, 도선국사, 보조국사 지눌, 무학대사를 비롯한 당대의 빼어났던 스님들을 비롯해 조선시대의 문신이었던 김종직, 서거정 등이 와서 수행을 했다고 한다. 또한 임진왜란 때 사명당 유정스님이 이 절에 승군을 모아 훈련시켰다는 이야기도 있다.

주왕산 대전사

주산지

주왕산, 봉우리 하나하나와 계곡이 어울려
경이로운 절경을 자아내

주방천 따라 산길을 오른다. 주방천은 이곳 주왕산과 청송군 부
동면 상의리의 성재에서 발원하여 서쪽으로 흘러 하의리를 지나
며 마령천과 합하고 용점천으로 들어가 반변천에 합류하는 낙동
강의 한 지류다.

나라 안에서 국립공원 중 면적이 가장 좁은 주왕산이 1976년
에 국립공원으로 지정될 수 있었던 것은 기이한 풍광이 많아서였
다. 그렇게 높지도 않고 크지도 않은 이 산은 조물주가 정성껏 빚
은 솜씨인 듯 봉우리 하나하나와 계곡이 어울려 경이로운 절경을
연출하고 있다. 특히 대전사에서 제3폭포에 이르는 4km쯤의 계
곡은 주왕산의 아름다움을 그대로 보여주고 있다

주왕산은 720m로 그다지 높지 않지만, 그 주위로 태행산
(933m), 대둔산(875m), 명동재(875m), 왕거암(907m) 등 대개
600m가 넘는 봉우리들이 둘러쳐져 산들이 병풍을 친 듯한 모습
이 매우 인상적이다. 그래서 주왕산 일대는 예부터 석병산石屛山이
라는 이름으로 불렀다. 그 병풍 같은 봉우리들 사이로 남서쪽으로
흐르는 주방천 상류인 주방계곡의 이쪽저쪽으로 기암, 아들바위,
시루봉, 학소대, 향로봉 등 생김새를 따라 이름 붙인 봉우리도 한
둘이 아니다.

대전사 뒤편에 솟은 흰 바위봉우리는 마치 사이좋은 형제들처
럼 옹기종기 모여 있는데, 이 봉우리가 주왕산 산세의 특이함을 대

표하는 기암이다. 이 기암이 특별히 눈에 띄는 것은 우리나라에서 흔히 볼 수 있는 울퉁불퉁한 화강암 바위와는 달리 그 생김새가 매우 매끄러워 보이는데, 그것은 기암을 구성한 석질의 성분 때문이다. 기암은 화산재가 용암처럼 흘러 내려가다가 멈춰서 굳은 응회암 성분으로 되어 있는 봉우리다. 이 기암처럼 주왕산의 봉우리들은 화산이 격렬하게 폭발한 뒤에 흘러내리면서 굳은 회류응회암으로 이루어졌다고 한다.

주왕의 전설이 서린 주왕굴

옛 이름이 석병산인 주왕산이 《삼국유사三國遺事》 '진덕왕眞德王' 편에는 다음과 같이 실려 있다.

"신라에는 영험 있는 땅이 네 군데 있으니, 큰일을 의논할 때는 대신들이 여기 모여 의논을 하면 그 일이 꼭 성공하였다. 첫째로 동쪽에 있는 것을 청송산靑松山이라 하고 둘째로 남쪽에 있는 산을 우지산?知山이라 하며 셋째로 서쪽에 있는 곳을 피전皮田이라 하고, 넷째로 북쪽에는 금강산金岡山이다. 이 임금 시대에 처음으로 신년 축하 의식을 거행하고 또 처음으로 시랑侍郞이라는 칭호를 썼다."

여기서 그 첫째 산인 청송산이 이곳 주왕산을 칭한 것으로 보고 있다.

푸른 물살과 떨어져 내리는 폭포들과 주왕암을 지나 철 계단을

주왕굴

올라가자 수직으로 떨어지는 폭포 옆으로 음산하게 뚫린 주왕굴
이 보인다. 그 굴에는 촛불 두 개가 밝혀진 채 떨어지는 폭포가 내
는 바람결에 미세하게 흔들리고 있었다.

'저 주왕굴에서 떨어져 내리는 폭포물로 세수를 하던 주왕이 화살에 맞고 철퇴에 맞아 죽음을 맞았다지, 그래서 그때 주왕이 흘린 피가 산을 따라 흐르면서 이 산기슭에선 수진달래가 그토록 아름답게 피어났다지……'

반계潘溪 이양오李養吾가 지은 《유주왕산록遊周王山錄》에는 주왕암에 대해 다음과 같은 글을 남겼다.

"극히 조용한 곳에 들어앉아 선미禪味에 들기 알맞다. 서쪽으로 법당이 있어 나한 10여구가 안치되었고, 지세가 산을 업어 꽤나 높은데 누각 앞 기둥이 들어서 있는 자리가 궁궐터라고 한다. 동쪽 마루 앞 역시 산을 깎아 근 10보나 되는 마당을 만들었다. 산이 높고 가팔라서 마치 쇠 항아리 속에 들어앉은 것과 같고, 동쪽으로 큰 바위가 있는데, 그 빼어나기가 천 길이나 되어 보인다. 앞에 누각 현판에 가학루駕鶴樓라고 쓰였으나 몹시 누추하여 이름값을 하지 못한다."

이곳 주왕산은 주왕뿐만이 아니라 신라 때 사람 김주원도 숨어들었던 곳이다. 선덕여왕의 뒤를 이어 왕으로 추대되었던 김주원이 훗날에 원성왕이 된 김경신의 반란 때문에 왕위에 오르지 못한 채 쫓겨 와 이곳 석병산에서 한을 삭이며 숨어 지냈다고 한다.

주왕과 김주원의 한이 아직도 남아 있는지 주왕산의 골짜기들은 음습하기만 하고 이곳저곳에서 망설임도 없이 떨어져 내리는 폭포소리가 온 천지에 퍼져나갔다.

겨울,
산사에 내리는 첫눈 소식

남도의 고아한 풍경이 일품인 산사에서

- 전남 곡성 도림사, 청류동계곡

- **주소** 전남 곡성군 곡성읍 월봉리
- **소요시간** 2시간
- **길 난이도** 걷기 좋은 길
- **걷는 구간** 도림사 주차장-청류동계곡-도림사 승탑지-도림사

남도를 흐르는 섬진강을 따라가다가 남원을 지나 곡성 부근에 이르면 서편에 우뚝 솟은 산이 동악산이다.

삼남 제일의 암반 계류 청류동계곡

그 산자락에 숨어 있는 절 도림사 아랫자락의 청류동淸流洞계곡을 "삼남 제일의 암반 계류"라고 부르며 사람들이 몰려드는 이유를 계곡의 암반을 바라본 사람들은 느낄 것이다. 마치 두타산의 무릉반석을 보는 것처럼 폭이 20m에서 30m쯤 되고 길이만도 200여m에 이르는 반석에는 수많은 글씨들이 새겨져 있다. 맑은 물줄기가 천년 세월을 두고 쉴 새 없이 타고 흐르면서 그 바윗면을 반질반질하게 만들어 놓았으며, 그 물 위를 떨어진 나뭇잎들이 가는 세월처럼 지나가고 있었다. 암반 계류의 절경마다 일곡一曲, 이곡二

도림사 계곡

도림사

曲에서 구곡九曲까지 새겨 놓았고, 청류동, 단심대丹心臺, 낙락대樂樂
臺 등의 지명뿐만이 아니라 낙산완초 음풍농월樂山玩草 吟風弄月, 또
는 청류수석 동악풍경淸流水石 動樂風景 등 수많은 글씨들과 함께 사
람들의 이름들이 새겨져 있다.

　봄이면 벚꽃이 흐드러지게 피어나는 벚꽃 터널을 이루는 곳이
지만 지금은 나뭇잎마저 져버려서 쓸쓸하기 이를 데 없다. 떨어져
뒹구는 나뭇잎을 밟으며 한참을 오르자 길 위쪽에 도림사道林寺 부
도밭이 보인다. 화려함이 극치를 이루던 나말여초 때 만들어진 화
순 쌍봉사 철감선사 부도나 지리산 연곡사의 동부도, 북부도 그리
고 여주 고달사지의 부도들과는 거리가 먼 소박하기 짝이 없는 다
섯 기의 부도를 바라보며 사람들의 운명이나 종교의 운명 역시 시
대의 변천사에 따라 얼마든지 다를 수 있음을 깨닫는다.

요사채 툇마루에 앉아서

부도밭에서 200여m쯤 오르자 도림사에 이르고 고즈넉한 절 도림사 경내를 바라보며 도림사의 역사 속으로 빨려들어갔다.

전라남도 곡성군 곡성읍 동악산 남쪽 기슭에 자리 잡은 도림사는 대한불교조계종 제19교구인 화엄사의 말사로서 660년 태종무열왕 7년에 원효대사가 창건하였다고 한다.

또 다른 창건설화로 582년경 신덕왕후가 절을 창건하고 절 이름을 신덕사라고 지었는데, 660년경에 원효가 사불산 화엄사로부터 이곳으로 와 이 절을 개창하고 도림사로 고쳐 부르게 되었다고도 하며 일설에는 이 절에 도인과 고승들이 숲같이 모여들어 도림사라고 불렀다고도 한다.

도림사는 그 뒤 876년(헌강왕 2년)에 도선국사가 중건하고 지환 스님이 중창하였으며, 조선시대 말기에 중창하여 오늘에 이르고 있다. 남아 있는 절 건물은 중심 건물인 보광전을 비롯 나한전, 명부전, 약사전, 응진전, 무량수각, 칠성각, 요사채 등이 있다.

이 절의 보광전에는 1739년(영조 6년) 제작한 것으로 보이는 아미타극락회상도가 남아 있다. 삼베 바탕에 채색된 아미타극락회상도는 세로가 3m에 가로 27.8m이고 큰 화면 가운데의 아미타불 주위로 여덟 보살 및 두 사람의 비구승 제석천과 범천 사천왕 그리고 팔부신중 둘이 둘러싸고 있는 구도이다.

보광전에 들어가 참배를 드리려 했지만 문이 잠긴 보광전에서는 스님의 독경소리가 끊임없이 이어져 인적이 없는 응진전으로 들어선다. 응진전은 원효대사와 관련된 설화가 남아 있다.

원효대사는 성출봉聖出峰 아래에 길상암吉祥暗이라는 암자를 짓고서 원효골에서 도를 베풀고 있었다. 하루는 꿈에 성출봉에서 16 아라한이 그를 굽어보고 있었다. 깨어난 원효가 곧바로 성출봉에 올라가 보니 1척 남짓한 아라한 석상들이 솟아나 있었다고 한다. 원효는 열일곱 번에 걸쳐 성출봉을 오르내리며 아라한 석상들을 모셔다 길상암에 안치하였다. 그러자 육시(六時: 불교에서 하루를 여섯 번으로 나눈 염불독경의 시각, 신조, 일중, 일몰, 초야, 중야, 후야) 때만 되면 하늘에서 음악이 들려 온 산에 고루 퍼졌다고 한다. 그러한 연유로 도림사 응진전에 모셔진 아라한들이 그때의 것이라고 전해지지만 확실하지는 않다.

흐르는 청류동계곡의 물소리를 들으며 100여m 올랐을까. 암반에 2단 폭포가 형성된 청류 팔곡이 나오고 20여 분 오르면서 길은 갈라진다.

푸른 산죽이 드문드문 남아 푸르름을 드러내고 밤새 내린 첫눈이 그 위에 살포시 앉아 흰빛을 알려주는데 길 위에 떨어진 나뭇잎들을 밟고 가는 어느 길을 따라서 어디로 가고 있는가.

도道의 본뜻은 길이며 사람들이 이를 처리하는 방법을 길이라고 표시하였고 하늘을 처리하는 방법을 천도天道라고 하지 않았던가.

그곳에서 잠시 오르자 길은 능선 길에 접어들고 팻말 하나가 나타난다. 아래로 내려가면 월봉리에 이르고 위쪽으로는 동악산과 신선바위가 나타난다.

다시 150m쯤 올랐을까. 신선바위와 동악산으로 가던 갈림길이 나오고 신선바위 쪽으로 발길을 옮긴다. 등산로를 개설한 지 오래지 않은 듯 길섶에 나무들이 잘려져 있고 산자락을 휘잡아 돌아가자 신선바위에 이른다.

넓이가 30여 평쯤 되는 이 신선바위에 하늘에서 신선이 내려와 놀면서 바둑을 두었다고 하는데 이 바위에서 옛 시절에는 기우제를 지냈다고 한다.

신선바위에서 정상까지는 그리 멀지 않다. 정상이 보이는 아래 봉우리에 서면 남원 광한루 앞을 흐르는 요천과 섬진강이 몸을 섞는 풍경이 바로 눈 아래에 보인다.

동악산 정상에 서면 멀리 지리산의 전경이 한눈에 들어오고 옥

과의 설산, 광주의 무등산이 지척이다.

곡성의 진산 동악산

조계산, 백운산이 한눈에 들어오는 이 동악산은 곡성의 진산으로 배 넘어 재를 가운데 두고 북봉과 남봉(형제봉)으로 형성되어 있다.

도림사 창건 당시 풍악의 음률이 온 산을 진동하였다고 하여 동악산이라고도 하며 예로부터 많은 시인 묵객들이 모여들어 즐거이 노닐면서 풍악을 울리고 시를 지어 그 소리들이 산을 울린다고 하여 동악산이라고도 부른다. 또 다른 전설로는 곡성고을에서 장원급제자가 나오면 이 산에서 노래가 울려 동악산이라 했다고 한다. 한편 형제봉 아래에는 길상암이라는 암자가 있었으나 폐사가 된 채 작은 암자만 남아 있다.

겨울의 초입에 찾았던 도림사와 그 계곡의 너른 반석들이 지금도 눈앞에 서성거리는 것은 그 풍경이 내 마음을 사로잡았기 때문이리라.

첩첩산중 적멸보궁에서 적요의 소리를 듣다
- 강원 정선 정암사

- **주소** 강원도 정선군 고한읍 고한 15리
- **소요시간** 2시간
- **길 난이도** 걷기 좋은 길
- **걷는 구간** 정암사 적멸보궁–수마노탑

———

겨울의 초입에 제천을 지나 영월로 접어들어 동강을 건너 석항에 다다랐다. 정선군 신동읍에서부터 길은 구부러지고 또 구부러진다. 사북, 고한에 접어들며 빗줄기 속에 불빛들이 명멸하고 신새벽에 도착한 정암사는 빗소리에 잠겨 있다.

　새벽 두시 반, 보살님의 안내를 받아 요사채에 들어가 불을 켠다. 넓게 펼쳐진 방, 따뜻하다. 아직 겨울의 초입에 이 따뜻함이 마음에 드는 것은 비가 내리는 탓이리라.

　　　　　　　　나는 지금 멀고도 먼 강원도 땅 정선 고한의 정암사 요사채에 앉아 떨어져 내리는 낙숫물소리를 들으면서 새벽예불을 기다린다. 문득 도량석 치는 소리가 빗소리에 실려오고 문을 열고 나서자 한 스님이 도량석을 치며 적멸보궁

정암사 적멸보궁

을 돌고 있다. 나는 우산도 없이 비를 맞으며 정암사 적멸보궁 안
으로 들어간다. 부처님이 안 모셔져 있는데도 적멸보궁 안은 생각
보다 좁다. 비구니 스님 한 분이 새벽예불을 준비하고 나는 동쪽
구석에 앉아 내리는 빗소리를 듣는다. 자꾸만 높아지는 빗소리에
흐르는 시냇물소리가 더 크게 들린다. 어디에서부터 저 소리는 시
작된 것일까? 그침이 없이 들리는 저 시냇물소리, 내리는 빗소리
속에서도 또 뚜렷하게 들리는 저 목탁소리. 목탁소리를 들으며 정
암사의 적멸보궁에서 정암사의 설화 속으로 들어가 본다.

정암사에 수마노탑이 세워진 내력

신라의 큰 스님이었던 자장율사가 태백산 서쪽 기슭에 정암사를 창건했던 때가 선덕여왕 14년이었다. '숲과 골짜기는 해를 가리고 멀리 세속의 티끌이 끊어져 정결하기 짝이 없다'라는 의미에서 정암사라는 이름을 지었다는 이 절은 오대산의 상원사, 양산의 통도사, 영월 법흥사, 설악산 봉정암과 더불어 석가모니의 진신사리를 모시고 있는 5대 적멸보궁 중의 한 곳이다. 정암사의 창건설화와 자장율사에 얽힌 이야기는 다음과 같이 전해진다.

당나라에서 귀국하여 불교의 융성에 힘쓰던 자장율사는 28대 진덕왕 때 대국통의 자리에서 물러나 강릉에 수다사를 세우고 살았다. 어느 날 꿈에 한 스님이 나타나 자장율사에게 말했다. "내일 너를 대송정에서 보리라." 그 말을 듣고 놀라 깨어난 자장이 대송정에 이르자 문수보살이 나타나 "태백의 갈반지에서 만나자" 하고 말한 뒤 사라져 버렸다. 그 말을 따라 태백산에 들어가 갈반지를 찾아 헤매던 자장은 큰 구렁이들이 나무 아래 서로 얽혀 또아리를 틀고 있는 것을 보고, 그곳이 문수보살이 말한 갈반지라 여겨서 '석남원'(石南院, 곧 정암사)이라는 절을 지었다.

자장은 이승을 떠날 때에 이르자 자신의 몸을 남겨두고 떠나며 제자들에게 "석 달 뒤 다시 돌아오마. 몸뚱이를 태워버리지 말고 기다려라" 하고 당부하였다. 그러나 한 달이 채 지나지 않아 한 스님이 와서 오래도록 다비하지 않음을 크게 나무란 뒤 자장의 몸뚱이를 태워버렸다. 석 달 뒤 자장이 돌아왔으나 이미 몸은 없어진 뒤였다. 자장은 "의탁할 몸이 없으니 끝이로구나! 어찌하겠는가. 나의 유골을 석혈石穴에 안치하라"는 부탁을 하고 사라져 버렸다.

한편, 자장이 사북리의 산꼭대기에 불사리 탑을 세우려 하였으나 세울 때마다 계속 쓰러졌다. 간절히 기도하였더니 하룻밤 사이에 칡 세 줄기가 눈 위로 뻗어 지금의 수마노탑, 적멸보궁, 사찰터에 멈추었으므로 그 자리에 탑과 법당과 본당을 짓고서 절 이름을 갈래사葛來寺라고 지었다고 전해져 온다. 정암사는 숙종 39년(1713)에 중수되었으나 낙뢰로 부서져 6년 뒤 다시 중건되었고, 1771년과 1872년에, 그리고 지난 1972년에 다시 중건되어 오늘에 이르고 있다.

정암사가 적멸보궁이 된 내력

아침 공양을 마치고 수마노탑을 향한다. 며칠을 두고 내린 물이 큰 계곡물처럼 흐르는 다리를 지나 천천히 수마노탑이 있는 산길로 향한다. 정암사에서 가장 높은 곳에 자리 잡은 수마노탑은 자장율사가 당나라에서 돌아올 때 가지고 온 마노석으로 만든 탑이라 하여 마노탑이라고 한다. 마노 앞의 수水 자는 자장의 불심에 감화된 서해 용왕이 마노석을 동해 울진포를 지나 이곳까지 무사히 실어다 주었기에 '물길을 따라온 돌'이라 하여 덧붙여진 것이다. 이 탑은 전란이 없고 날씨가 고르며 나라와 백성이 복되게 살기를 기원하여 세워졌다고 한다.

수마노탑

　전체 높이가 9m에 이르는 칠층모전석탑인 이 탑의 1층은 마노
석을 15단으로 쌓아 높이 103cm, 한 변이 178cm 되게 만들었으
며, 층수가 한 단계 높아질수록 그 크기는 줄어들고 있다. 탑의 1
층 남쪽면 중앙에는 1매의 판석으로 짜인 문비가 있으며, 문비는
철제 문고리로 장식돼 있다.

수마노탑은 전체적으로 그렇게 큰 탑은 아니지만 그 수법이 정교하다. 한편 탑 앞에는 배례석이 놓여 있는데, 새겨진 연화무늬를 살펴보면 고려시대의 특징이 보인다. 이 탑은 정암사를 창건한 자장율사가 세웠다고 알려져 있지만 탑의 양식으로 볼 때 고려시대의 탑으로 추정된다.

이 절을 세운 자장율사가 당나라에서 가지고 온 석가의 신물(信物, 사리 · 치아 · 염주 · 불장주 · 패엽경 등)을 '세 줄기의 칡이 서린 곳'에 나누어 각각 금탑, 은탑, 수마노탑을 모셨다고 한다. 그러나 후세 중생들의 탐욕을 우려한 자장율사가 불심이 없는 중생들은 금탑과 은탑을 육안으로 볼 수 없게 숨겨버렸다고 하는데 가끔씩 못골마을의 못 위에만 나타난다고 한다. 정암사 북쪽으로 금대봉이 있고 남쪽으로 은대봉이 있으니 그 사이 어디쯤에 금탑과 은탑이 있을 것이라고도 전한다.

"인생의 마지막에 막장을 간다"는 말이 있을 만큼 이것저것 하다가 아무것도 안 될 때 마지막으로 가는 곳, 이곳을 찾아왔었던 수많은 젊은이들의 꿈과 사랑이 새카만 석탄물로 흐르던 이 사북, 고한이 광산경기의 쇠퇴로 스러져 가다가 폐광 산업 활성화의 일환으로 강원랜드라는 정선 카지노가 들어서면서 강원도의 꿈으로 힘으로 자리 잡게 되었다. 그러나 부작용 또한 만만치 않다. 로또복권처럼 인생 역전을 꿈꾸며 왔던 사람들이 자신의 자동차와 자신의 꿈을 저당 잡힌 채 헤어나지 못하는 이 사북, 고한에 물이 불어선지 물은 새카맣게 흐르지 않고 맑은 물로만 흐른다.

아스라이 사라져간 폐사지의 추억

- 강원 미천골 선림원지

- **주소** 강원 양양구 서면 황이리
- **소요시간** 3시간
- **길 난이도** 걷기 좋은 길
- **걷는 구간** 황이리 입구-미천골-선림원지-삼층석탑, 문화유산

응복산(1,360m)과 만월봉(1,281m) 아랫자락에 자리한 선림원지로 들어가는 미천골은 고적하기 이를 데 없다. 미천골은 설악산국립공원 남쪽 미천골 자연휴양림 안에 있는 계곡으로 사람의 발길이 적어 산천어 등 희귀어가 살고 원시림이 무성하다. 옛날 선림원에 스님들이 많이 거주하고 있을 때 절에서 밥을 짓기 위해 쌀 씻은 물이 계곡으로 하얗게 흘러내려 미천골이라 불리게 되었다고 한다.

신라 선종사찰의 번성했던 한때를 기억하는 선림원지

선림원지로 가는 길은 몇 년 전까지만 해도 비포장 길이었던 것이 포장도로가 되고 길 아래로는 사시사철 맑은 계곡물이 쉴 새 없이 흐른다. 56번 국도에서 후천을 건너면서 가을 단풍이 온통

산천을 노랗고 빨갛고 새푸르게 물들이고 미천골 자연휴양림 매표소에 이르러 바라본 앞산에 펼쳐진 푸른 빛의 자작나무 숲이 너무 눈이 부시다. 매표소에서 흐르는 시냇물소리를 동무 삼아 얼마쯤 걸어가자 산비탈에 축대가 쌓여있고 그 뒤에 사림사沙林寺 터라고도 부르는 선림원지禪林院址가 있다.

　응복산 아랫자락에 위치한 선림원지는 확실하지는 않지만 804년(애장왕 5년)에 순응법사가 세운 것으로 전해진다. 1948년에 이 마을 사람이 집을 지으려고 땅을 파다가 큰 종을 발견하였는데, 범종의 높이는 1.3m였고, 둘레는 3.5m였다. 이 범종에 "정원 2년 4월 조성貞元 二年 四月 造成"이라는 명문이 새겨져 있어서 신라 원성왕元聖王 2년인 786년에 순응법사가 만든 범종이라는 것을 알 수 있었다. 마을에서 종각을 짓고 보관하고 있는데, 문교부에서 억지로 월정사로 보냈다. 그러나 안타깝게도 한국전쟁 당시 월정사와 함께 불에 타 그 잔해만이 국립중앙박물관에 보관되어 있다. 조성 내력과 연대가 새겨져 있던 선림원지 동종은 오대산 상원사의 동종, 성덕대왕 신종과 더불어 통일신라시대의 가장 빼어난 유물 중의 하나였다.

그렇다면 선림원지를 창건한 순응법사는 누구인가. 순응順應법사는 어느 때 태어나고 어느 곳에서 입적했는지 기록이 남아 있지 않지만 802년 해인사를 창건한 사람이다. 일찍이 출가한 순응법사는 신림神琳의 지도를 받다가 766년에 당나라로 건너가 고승들로부터 불경을 배우고 선을 공부하였다. 그 뒤 보지공의 제자를 만나《답산기》라는 책을 얻었고 보지공의 묘소에서 7일 동안의 선정에 들어가 법을 구하였다. 그때 묘문이 열리면서 보지공이 나와 친히 설법하고 의복과 신발을 전해주며 우두산 서쪽 기슭에 대가람 해인사를 세우라고 지시하였다. 귀국한 순응법사는 가야산으로 들어가 사양문의 인도로 현재 해인사 자리에 초암을 짓고 선정에 들었다.

순응법사가 창건할 당시 이 절은 화엄종의 사찰이었다고 한다. 그러나 경문왕 때 고승 홍각선사洪覺禪師가 이 절에 옮겨왔고 헌강왕 때 홍각이 이 절을 크게 중창하면서 선종사찰로 전이해 간 것으로 보여진다. 홍각선사에 대해서 자세히 알려진 것은 없으나 비의 파편과 〈대동금석서〉에 의하면 경서와 사기에 해박하고 경전을 암송하였으며 영산을 두루 찾아 선을 단련하였고 수양이 깊어 따르는 이가 많았다고 한다.

　선림원지는 그 당시 화엄종의 승려들이 대거 선종으로 이적한 사실을 보여주는 최초의 사찰이었다. 1985년 동국대 발굴조사단에서 발표한 보고서에 따르면 금당 터의 주춧돌이나 여타의 다른 유물들이 매몰되어 있는 것으로 보아 9세기 후반에 대대적인 중창이 있었던 것으로 추정된다. 이 절은 그 뒤 10세기 전반기에 태풍과 대홍수로 산이 무너져 내리며 금당, 조사당 등 중요건물들이 사라져 버린 뒤 다시는 복원되지 않았던 것으로 여겨진다. 선림원지의 가람 배치는 3층 석탑 뒤에 정면 3칸 측면 4칸의 맞배지붕 금당 건물이 서 있었음을 알려주는 주춧돌이 남아 있다. 한편 금당

선림원지 석탑

선림원지 석등

선림원지 승탑

터의 서북편에 석등을 앞에 세운 조사당이 있었고, 조사당 터의 동편에는 홍각선사의 부도비가 있다. 조사당은 홍각선사의 영정을 봉안했던 것으로 여겨진다.

선림원에는 보물로 지정된 선림원지 3층석탑(보물 제444호), 선림원지 부도(보물 제447호), 선림원지 홍각선사 탑비(보물 제446호), 선림원지 석등(보물 제445호) 등이 남아 있다.

몇 개의 석물들만 남아 그 옛날의 역사를 증언해주고 있는 선림원지에 털썩 주저앉아서 하늘에 떠가는 구름을 한없이 쳐다보니 그 사이에도 변하고 사라져 가기도 하고 생성되기도 하는 구름이, 내게 침묵으로 말하는 것 같았다.

"이 봐, 너무 속상해하지 마. 찰라 속에 우주가 있거든."

월출산엔 고려 불교의 흔적만 남아
- 전남 강진 무위사

- **주소** 전남 강진군 성전면 월하리
- **소요시간** 4시간
- **길 난이도** 걷기 좋은 길
- **걷는 구간** 무위사-태평양 설록차 밭-백운동 원림-월남사지 탑

─────

영암을 지나 나주로 가다가 보면 영암의 서쪽에 금강산같이 우뚝 우뚝 서 있는 돌로 된 산이 있다. 그 산이 호남의 금강산이라고 일컬어지는 월출산이다.

조선 중기의 실학자인 이중환이 지은《택리지》에 쓰인 월출산月出山의 기록을 보자.

"영암의 월출산月出山은 돌 끝이 뾰족뾰족하여 날아 움직일 듯한 것이 마치 도봉산이나 삼각산과 같으나, 바다에 너무 가깝고 골짜기들이 적다."

월출산은 평지돌출의 산으로 기암괴석이 많아서 남도의 소금강산으로 불리고 있다. 산의 최고봉은 천황봉이며 구정봉(743m), 도갑산, 월각산, 장군봉, 국사봉 등이 연봉을 이룬다. 대체로 영암군 쪽에 속하는 산은 날카롭고 가파른 돌산이며 강진군 쪽에 속하

는 산은 육산이다. 《동국여지승람》에 기록된 바로는 월출산은 신라 때에는 월나산月奈山, 고려 때에는 월생산月生山으로 불렸다.

월출산은 그 아름다움으로 인하여 시인 묵객들의 칭송을 들었는데, 조선의 천재시인 김시습은 "남쪽 고을의 한 그림 가운데 산이 있으니 달은 청천에서 뜨지 않고, 이 산간에 오르더라"라는 시를 남겼다.

월출산 자락에 아름답고 유서 깊은 절 하나

월출산 자락에 있는 아름답고 유서 깊은 절이 무위사無爲寺이다. 이 절은 전라남도 강진군 성전면 월하리의 월출산(809m) 동남쪽에 있는 사찰로써 대흥사의 말사이다. 고적하면서도 그 아름다움이 빼어난 무위사는 《사기》에 의하면 신라 진평왕 39년(617)에 원효대사가 창건하여 관음사라고 했고 헌강왕 원년(875)에 도선국사道詵國師가 중창하면서 절 이름을 갈옥사로 바꾸면서 수많은 스님들이 머물렀던 곳이다. 그 뒤 고려 정종 원년(946)에 선각국사가

3창하면서 방옥사라고 개명했고 조선 명종 5년에 태감선사가 4창하면서 인위나 조작이 닿지 않은 맨 처음의 진리를 깨달으라는 뜻의 무위사라는 이름을 붙였다.

조선 초기 선종 사찰에서 태고종 절로 바뀐 무위사는 사찰통폐합의 와중에도 이름난 절에 들어 그 위세를 유지하게 되는데 그것은 죽어서 제 갈 길로 가지 못하고 떠도는 망령들을 불력으로 거두는 수륙재水陸齋를 지내는 수륙사로 지정되었기 때문이었다.

절의 건물로는 극락보전, 명부전과 벽화보존각, 천왕문, 응향각, 천불전, 미륵전, 산신각 등이 남아 있어 56동에 이르렀다는 옛 절의 모습을 그나마 보여주고 있다. 그러나 무위사의《사적기》는 여러 가지 모순점을 지니고 있다. 우선 원효만 해도 진평왕 39년에 출생했기 때문에 창건연대가 훨씬 뒤일 수밖에 없다. 정확하게 말한다면 도선국사가 창건했다고 볼 수 있는데 그 또한 의문점으로 지적되고 있다.

조선의 선비 같은 무위사의 극락보전

무위사에는 느티나무, 팽나무가 그늘을 드리우고 정면에 소박한 아름다움이 어떠한 것인지를 보여주는 극락보전이 단아하게 서 있다. 조선 초기의 맞배지붕 겹처마에 주심포집인 무위사의 극락보전은 보면 볼수록 단정하면서도 엄숙한 조선 선비의 전형을 보는 듯하다.

극락보전은 1934년 일제에 의해 국보 13호로 지정되었다가 1962년 우리 정부에 의해 다시 국보 13호로 지정되었다. 1983년 해체 · 복원공사 중 중앙 칸 복원공사에서 발견된 명문名文에

무위사 극락보전

의하면 정면 3칸에 측면 3칸인 이 건물은 조선 초기인 세종 12년 (1430)에 효령대군이 지었다고 기록되어 있다. 또한 1950년 극락 전 수리공사를 하던 중 본존불 뒤쪽의 벽화 아래 서쪽에 쓰여진 기문에 의하면 성종 7년(1476) 병신년에 후불벽화後佛壁畫가 그려 졌음을 알 수 있다. 조선 전기를 대표할 만큼 뛰어난 아미타삼존좌 상이 어느 때 조성되었는지 확인할 길이 없으나 극락보전 안벽에 그려져 있는 많은 벽화들을 1974년 해체·보수하다가 그 벽화들 을 통째로 드러내어 벽화 보존각을 지어 따로 보관하고 있다.

 고려 불화의 맥을 잇는 전통적인 후불벽화는 신필에 가깝다. 그 벽화에 얽힌 일화는 이렇다. 법당이 완성된 뒤 이 절을 찾아온 한 노 거사가 벽화를 그릴 것이니 49일 동안 법당을 들여다보지 말라고 했다. 49일 되던 날 무위사 주지가 문에 구멍을 뚫고 법당 안을 들여다보자 파랑새 한 마리가 입에 붓을 물고 마지막으로 후불탱화의 관음보살 눈동자를 그리고 있었다. 새는 인기척을 느끼고 어디론가 날아가 버려 지금도 후불탱화의 관음보살상에는 눈동자가 없다. 극락전 옆에는 선각先覺대사 형미逈微의 부도비와 삼층석탑이 서 있고 미륵전에는 마음씨 좋은 동네 아줌마 형상의 미륵불이 모셔져 있으며 그 옆에는 산신각이 있다.

백운동 원림, 월남사지로 이어진 아름다운 산행

월출산 아랫자락 길을 넘어가다 보면 사시사철 푸르게 펼쳐진 '태평양 설록차' 밭을 만날 수 있고 고개를 올려다보면 불꽃처럼 뾰족뾰족한 바위 능선이 한눈에 들어오는 그 아래에 백운동 원림

설록차 밭

이 있다.

백운동 원림은 전라남도 강진군 성전면 월하리에 있는 이담로가 조성한 별서 정원이다. 월출산 옥판봉 남쪽에 자리하며, 2019년 3월 11일 명승으로 지정되었다. 이곳은 원림의 뜰에 시냇물을 끌어 마당을 돌아나가는 '유상곡수'의 유구와 화계가 남아 있고, 다산 정약용 등 방문객들이 남긴 글과 그림들이 많이 있다.

강진 백운동 원림園林은 고려시대에 백운암이라는 사찰이 있었던 곳이며, 계곡 옆에 '백운동白雲洞' 글자가 새겨진 바위가 남아 있어 '백운동'이라 부르게 되었다고 한다.

백운동 원림을 지나 경포대를 바라보는 곳에 월남사지가 있다. 그리고 그 자리에는 또 하나의 걸작인 월남사지 삼층석탑이 있다. 월남사지 삼층석탑은 정읍 영원의 은선리 삼층석탑이나 부여 정림사지 오층석탑을 연상시키는데,《동국여지승람》에 의하면 이 절은 고려 중기 송광사에 주석하면서 수선결사운동修禪結社運動을 펴다가 입적한 보조국사의 대를 이어 수선결사를 이끌었던 진각국사 혜심이 창건했고, 이 비는 이규보가 썼다고 전해지지만 창건 이후 중창에 관한 기록은 없다. 다만《가람고》등에 이 절이 있었다고 기록된 것으로 보아 조선 후기에 폐사가 되었을 것이라고 추측할 뿐이다. 이 석탑을 대부분의 연구자들은 벽돌 모양으로 만든 모전석탑이라고 부르는데 실상은 그렇지 않고 백제탑을 모방한 고려탑이라고 볼 수 있다. 월남사지 삼층석탑에서 100m쯤 가면 동백나무 숲속에 보물 313호로 지정된 부도비가 있다. 진각국사 혜심의 비인데 비문에 그의 제자였던 최이, 최창 등 고려 무신정권의 핵심인물들이 기록되어 있지만, 역사는 무상한 것이라 깨진 비석을 등에 진 채 용머리 형상의 거북만 남아 그 옛날을 증언할 뿐이다.

겨울 햇살에 찬연히 빛나는 절 무위사와 백운동 원림, 그리고 월남사지를 산자락에 둔 월출산은 지금도 수많은 사람들이 오르내리며 그 아름다움을 찬탄하고 있으니 아마도 세월 속에 묻혀간 고려 불교의 찬란한 흔적을 안타까이 여기는 것인지도 모른다.

월남사지 3층석탑

태봉국의 옛도읍은 눈꽃되어 흩날리고
- 강원 철원 고석정

- **주소** 강원도 철원군 동송읍 태봉로 1825
- **소요시간** 3시간
- **길 난이도** 걷기 좋은 길
- **걷는 구간** 주차장-한탄강-고석정

———

강원도 내에서 가장 넓은 평야를 자랑하는 철원평야를 휘감아 도는 한탄강은 강원도 평강군과 함경도 안변군 사이에 있는 해발 590m의 추가령에서 발원하여 철원군 갈말면의 북쪽에서 남대천을 합친 뒤 갈말면과 어운면, 동송면의 경계를 이루면서 남쪽으로 흘러, 경기도 포천군 전곡읍을 지나 임진강으로 흘러가는 강이다.

이 강은 다른 강과 사뭇 다르다. 원산에서부터 전곡의 임진강까지 뻗어 내리며 긴 띠 모양의 깊은 골짜기인 추가령구조곡을 만들었다. 그래서 푹 꺼져버린 상태의 길고 깊은 골짜기 아래로 강이 흐르기 때문에 협곡 사이를 흐르는 강물이 마치 미국의 장대한 계곡인 그랜드캐년과 흡사하다.

《신증동국여지승람》에서는 한탄강을 석체천石切川이라 기록하였는데, "양쪽 언덕의 석벽이 모두 계석체와 같아 '체천'이라 했다"고 쓰여 있다. 또한 한탄강이라는 이름의 유래는 여러 가지가 있는

데, 철원이 태봉국의 도읍지였던 어느 날 남쪽으로 내려가 후백제와 전쟁을 치르고 온 궁예가 이곳에 와서 마치 좀먹은 것처럼 구멍이 숭숭 뚫려 있는 것을 보고는 "아하, 내 운명이 다했구나" 하고 한탄을 하여 그때부터 이 강을 한탄강이라 불렀다고 한다. 또 하나는 같은 민족끼리 총부리를 겨누며 싸웠던 한국전쟁 때 수많은 젊은 생명들이 스러져간 곳이라 해서 한탄강이라 불렀다는 슬픈 내력도 전해진다. 철원을 《택리지》의 저자 이중환은 다음과 같이 기록했다.

"철원 고을이 비록 강원도에 딸렸으나 들판에 이루어진 고을로서 서쪽은 경기도 장단과 경계가 맞닿았다. 땅은 메마르나 들이 크고 산이 낮아 평탄하고 명랑하며 두 강 안쪽에 위치하였으니 또한 두메 속에 하나의 도회지이다. 들 복판에 물이 깊고 벌레 먹은 듯한 검은 돌이 있는데 매우 이상스럽다."

겨울에 유독 아름다운 고석정의 매력

사시사철이 다 아름답지만 유독 겨울이 아름다운 한탄강변에서는 제주도에서만 볼 수 있는 현무암, 즉 곰보돌이 있다. 화산에서 흘러나온 용암이 굳어 이루어진 곰보돌은 가볍고 모양새가 좋아 맷돌이나 절구통을 만들거나 담을 쌓는 데 요긴하게 쓰였다.

한국의 〈콰이강의 다리〉로도 부르는 승일교는 두 개의 아치형 교각이 이색적인 모습이다. 승일교 아래에 한탄강의 명승 고석정

승일교

孤石亭이 있다. 《신증동국여지승람》에 실린 고석정의 내력을 보자.

"고석정은 부의 동남쪽으로 30리에 있다. 바윗돌들이 솟아서 동쪽으로 못물을 굽어본다. 고려의 중 무외無畏의 기에 '철원군의 남쪽 1만여 보에 고석정이 있는데, 큰 바위가 우뚝 솟았으니 거의 300척이나 되고 둘레가 10여 장이나 된다. 바위를 기어 올라가면 한 구멍이 있는데 기어들어가면 방과 같다. 층대에는 사람 여남은 명이 앉을 만하다. (중략) 바위 아래에 이르러서는 패여서 못이 되었으니, 내려다보면 다리가 떨어져서 두려울만 하여, 마치 그 속에 신물神物이 살고 있는 것 같다. 그 물이 서쪽으로 30리 남짓 가서 남쪽으로 흐른다. (중략)"

고석정

　고석정은 철원 팔경 중 하나이며 철원 제일의 명승지로 꼽힌다.
한탄강 한복판에 치솟은 10여m 높이의 거대한 기암이 우뚝하게
솟아 있고, 그 양쪽으로 옥같이 맑은 물이 휘돌아 흐른다.
　그 옛날 있었다던 정자는 사라지고 없지만 수수한 모양새의 정
자가 세워져 있다. 고석정은 조선시대에 홍길동, 장길산과 함께 3
대 도적이라고 명명되었던 임꺽정이 활동했던 곳으로 알려져 있
다. 고석정 중간쯤엔 임꺽정이 몸을 숨기기 위해 드나들었다는 뻥
뚫린 구멍이 있는데, 그 바위 속으로 들어가면 대여섯 명이 너끈히
앉아 있을 수 있는 공간이 있다고 한다. 또 전해오는 이야기로는
관군에게 쫓기던 임꺽정이 피할 재간이 없게 되면 재주를 부려서
'꺽지'라는 물고기로 변하여 한탄강 물속으로 몸을 숨겼다고 한다.

끊어진 다리

　고석정에서 다시 길 위로 올라 한탄강을 따라 걷는다. 강은 땅
아래에 있고, 먼 듯 가까운 듯 보이는 명성산도 금학산도 다 옛날
어느 시절에 궁예가 다스린 땅이었다. 그렇다. 이 땅은 미륵의 나
라를 세우려 했던 궁예가 왕건을 비롯한 토호들의 배신으로 한 많
은 세월을 마감했던 곳이기도 하다.

　궁예가 지금의 철원에 도읍을 정할 때 금학산(金鶴山, 947m)을
안산으로 정했더라면 300년을 갈 수 있었는데, 고암산高巖山을 안
산으로 하는 바람에 30년을 넘기지 못했다 한다. 그런 풍수설화가
전해져 오는 금학산을 바라보는 사이에 철원, 그 쇠 둘레의 땅에
어둠이 내리며 "함경도로 가는 길 수백 리, 안팎의 온 강산이 또렷
이 내 눈 안에 들어오네"라는 이이만의 시 한 수가 떠올랐다가 사
라졌다.

고요 속에 빛나는 깨달음의 길

- 강원 평창 상원사

- **주소** 강원도 평창군 진부면 동산리
- **소요시간** 4시간
- **길 난이도** 난이도가 있는 길
- **걷는 구간** 상원사-중대암-적멸보궁-월정사

오대산 상원사의 적멸보궁으로 오르는 길은 잘 닦인 산책로처럼 정갈하다. 푸르던 봄의 기억과 붉게 물든 가을의 흔적을 온몸에 담고 회색빛 적요만을 쓸쓸히 자아내는 겨울 숲의 고요 속을 다시 올 봄날을 그리워하며 한 발 한 발 내딛는다.

적멸보궁, 오대산 불교신앙의 구심처

다섯 암자 중에서 중대의 사자암은 오대산의 으뜸 봉우리인 비로봉의 산허리에 있는데 위치뿐 아니라 불교의 교리와 신앙 면에서도 중심이 되는 곳이다. 오대산이 문수보살의 산이라면 이곳은 문수보살이 타고 다닌다는 사자를 암자의 이름으로 삼을 만큼 큰 역할을 떠맡았던 곳이다. 그곳에서 한참을 더 오르면 나타나는 적멸보궁은 일찍이 자장율사가 당나라에서 가지고 온 석가모니의

정골사리, 곧 머리뼈 사리를 모신 곳으로 오대산 신앙을 한데 모으는 구심점이다.

적멸보궁은 석가모니 사리를 모신 법당을 말한다. 이곳을 찾는 참배객들은 먼저 그 아래의 오솔길 가장자리에서 솟아나는 용안수(이곳의 땅 생김새는 용을 닮았으며 적멸보궁은 용의 머리, 용안수는 용의 눈에 해당한다고 한다)에서 몸과 마음을 깨끗이 씻은 뒤에 발길을 위로 옮기게 된다.

하지만 정면 3칸, 측면 2칸 건물인 적멸보궁의 어디에 석가모니의 머리뼈 사리가 있는지는 알 길이 없고 적멸보궁인 만큼 불상도 물론 없다. 건물 뒤쪽의 석단을 쌓은 자리에는 50cm 크기의 작은 탑이 새겨진 비석이 서 있다. 이것은 진신사리가 있다는 세존진신탑묘다. 이렇게 온 산이 부처의 몸이라고 볼 수 있으니 신앙심 깊은 불교 신자들이 오대산이라면 월정사나 상원사보다 적멸보궁을 먼저 찾는 이유가 여기에 있다.

오대산 비로봉 아래 용머리에 해당하는 이 자리는 조선 영조 때 어사 박문수가 명당이라 감탄해 마지않았던 터다. 전국 각지를 돌아다니다가 오대산에 올라온 박문수는 이곳을 보고 "승도들이 좋은 기와집에서 일도 않고 남의 공양만 편히 받아먹고 사는 이유를 이제야 알겠다"라고 하였다. 세상에 둘도 없는 명당자리에 조상을 모셨으니 후손이 잘되지 않을 수 없다는 말이다.

세조에게 보은 베푼 상원사의 내력

적멸보궁에서 내려오면 상원사 청량선원에 이른다. 이곳 상원사에 '단종애사'의 악역 세조에 얽힌 일화가 있다. 조카인 단종을 몰아내고 임금의 자리에 오른 세조는 얼마 못 가 괴질에 걸리게 된다. 병을 고치기 위해 이곳을 찾은 세조가 월정사에 들러 참배하고 상원사로 올라가던 길이었다. 물이 맑은 계곡에 이른 세조는 몸에 난 종기를 다른 이들에게 보이지 않으려고 혼자 멀찌감치 떨어져 몸을 씻고 있었는데, 동자승 하나가 가까운 숲에서 놀고 있었다. 세조는 그 아이를 불러 등을 씻어달라고 부탁하며 "어디 가서 임금의 몸을 씻어주었다는 말은 하지 마라"고 말했다. 그러자 그 아이가 "임금께서도 어디 가서 문수보살을 직접 보았다는 말은 하지 마세요"라고 대답하고는 어디론가 사라져 버렸다.

상원사 관대걸이

깜짝 놀란 세조가 두리번거렸지만 아무것도 보이지 않았다. 그런데 이상한 것은 그토록 오랫동안 자신의 몸을 괴롭히던 종기가 씻은 듯이 나은 것이다. 감격에 겨운 세조는 화공을 불러 기억을 더듬어 동자로 나타난 문수보살의 모습을 그리게 하였고, 그 그림을 표본으로 하여 나무를 조각하였다. 이 목조문수동자좌상(국보 제221호)을 상원사의 법당인 청량선원에 모셨다.

다음 해에 상원사를 다시 찾은 세조는 또 한 번 이적을 경험했다. 상원사 불전으로 올라가 예불을 드리려는 세조의 옷소매를 고양이가 나타나 물고 못 들어가게 했다. 이상하게 여긴 세조가 밖으로 나와 법당 안을 샅샅이 뒤지게 하자, 탁자 밑에 그의 목숨을 노리는 자객이 숨어 있었다. 고양이 덕에 목숨을 건진 세조는 상원사에 '고양이의 밭'이라는 뜻의 묘전을 내렸다. 세조는 서울 가까이에도 여러 곳에 묘전을 마련하여 고양이를 키웠는데, 서울 강남구에 있는 봉은사에 묘전 50경을 내려 고양이를 키우는 비용에 쓰게 했다고 한다.

이런 일들을 겪은 세조는 그 뒤에 상원사를 다시 일으키고 소원을 비는 원찰로 삼았다. 오늘날 건물은 1947년에 금강산에 있는 마하연 건물을 본떠 지은 것이지만, 이름 높은 범종이나 석등은 이미 그때 마련된 것들이다.

상원사는 청량선원, 소림초당, 영산전, 범종을 매달아놓은 통정각 그리고 뒤채로 이루어졌다. 한국전쟁 당시 군사 작전으로 오대산의 모든 절을 불태웠을 때도 상원사는 문짝밖에 타지 않았다. 30년 동안이나 상원사 바깥으로는 한 발짝도 나가지 않고 참선한 것으로 이름 높은 방한암선사가 본당 안에 드러누워서 "절을 태우려면 나도 함께 불사르라"고 일갈하며 절과 운명을 같이하려는 각오로 버텼다. 그런 연유로 어쩔 수 없이 문짝만 불태웠다고 한다.

상원사에서 내려오는 길에는 단풍나무가 곱고도 찬연하게 우거져 있고 그 길의 끝자락에 펼쳐진 전나무 숲 우거진 곳에 월정사가 있다. 선덕여왕 12년(643)에 자장율사가 창건했다고 하지만 한국전쟁 때 깡그리 불타버리고 역사의 흔적으로 남은 것은 별로

없다. 화마로 손실된 월정사에는 옛날의 모습을 보여주는 문화유적이 흔하지 않다. 적광전 앞 중앙에 서 있는 팔각구층석탑과 그 탑 앞에 두 손을 모아쥐고 공양하는 자세로 무릎을 꿇고 있는 석조보살좌상뿐이다.

팔각구층석탑은 자장율사가 건립했다고 전해오지만 고려양식의 팔각구층석탑을 방형 중심의 3층 또는 5

상원사 동종

상원사 문수동자

층이 대부분이었던 신라시대의 석탑으로 보기에는 아무래도 좀 무리가 있고, 고려 말기에 세운 것으로 추정된다. 자장율사가 월정사를 세웠다는 《월정사중건사적비》(이휘진, 1752년)의 기록이 있는데도 고려시대의 탑으로 추정하는 이유는 고려시대에 와서야 다각다층석탑이 보편적으로 제작되었으며, 하층 기단에 안상眼象과 연화문이 조각되어 있고, 상층 기단과 괴임 돌이 세워져 있기 때문이다.

월정사 팔각구층석탑은 아래위로 알맞은 균형을 보이며, 각부에 확실하고 안정감 있는 조각 수법을 보이고 있어 고려시대 다각다층석탑의 대표가 될 만하다고 여겨져 국보 제48호로 지정되었다.

팔각구층석탑 앞에는 석조보살좌상이 놓여있다. 탑을 향해 정중하게 오른쪽 무릎을 꿇고 왼쪽 무릎을 세운 자세로 두 손을 가슴에 끌어모아 무엇인가를 들고 있는 모습인데, 연꽃등을 봉양하고 있었을 것으로 짐작된다. 왼쪽 팔꿈치는 왼쪽 무릎에, 오른쪽 팔꿈치는 동자상에 얹고 있는 보살좌상은 웃고 있는 듯 보이는데, 마멸이 심해 보살좌상인지 동자상인지조차 구별하기가 쉽지 않다. 전하는 이야기로는 자장율사가 팔각구층석탑을 조성할 때 함께 세웠다고 하나, 탑과 함께 고려 초기의 작품으로 추정된다.

고려 말의 문신인 정공권은 그의 시에서 "자장이 지은 옛 절에 문수보살이 있으니 탑 위에 천년 동안 새가 날지 못한다. 금전金殿은 문 닫았고 향연은 싸늘한데, 늙은 중은 동냥하러 어디로 갔나" 하고 노래하였다.

오대산 월정사의 탑은 보수공사라 보이지 않고, 탑을 향해 경배하던 보살상만 사진으로 남아 그 탑을 지키고 있었다.

상원사 관대걸이

문득 그리워서 찾아가는 겨울바다
- 제주 서귀포 성산봉

- **주소**　제주도 서귀포시 성산읍
- **소요시간**　3시간
- **길 난이도**　걷기 좋은 길
- **걷는 구간**　성산포–성산일출봉–성산포 일대 조망

사는 것이 문득 쓸쓸하다고 느낄 때 그리움이 넘실거려서 가고 싶은 곳이 있다. 가슴 깊숙이 들어앉은 고향처럼 불쑥 가고 싶은 곳, 제주도의 성산일출봉이다.

겨울바다가 감싸고 있는 성산일출봉은 일명 성산성 또는 구십구봉이라고 불린다. 높이는 182m로 제주 8경 중 한곳이다. 삼면을 바다로 깎아 세운 절벽이 병풍처럼 둘러 있고, 봉우리가 3km의 분지를 형성하고 있다. 원래 숲이 무성하고 울창하다고 하여 청산淸山이라 불렸는데, 바닷가에 세운 성채 같은 형세로 인하여 성산城山이 되었다.

성산 일출, 세상의 처음을 보는 경이의 순간

성산일출봉은 약 10만 년 전에 바닷속에서 수중 폭발한 화산체

다. 뜨거운 용암이 물과 섞일 때 일어나는 폭발로 용암은 고운 화산재로 부서졌고 분화구 둘레에 원뿔형을 만들어 놓았다. 본래는 바다 위에 떠 있는 섬이었는데, 1만 년 전에 땅과 섬 사이에 자갈과 모래가 쌓이면서 육지가 되었다.

성산 둘레에는 기이한 바위가 구십구봉을 이루고 있다. 이곳에 올라 아침 해가 솟아오르는 것을 보면 마치 세상의 처음을 보는 것 같은 느낌이 들기도 한다. 해가 떠오르는 장관이 세계의 제일이라고 하여 지방기념물로 지정되어 있다가 지금은 세계자연유산으로 지정되어 있다.

이곳 성산포를 배경으로 이생진 시인은 〈그리운 바다 성산포〉라는 시를 지었다.

저 섬에서 한 달만 살자.
저 섬에서 한 달만 뜬눈으로 살자.

저 섬에서 한 달만 그리움이 없어질 때까지

(……)

성산포에서는 사람은 슬픔을 만들고
바다는 슬픔을 삼킨다.
성산포에서는 사람이 슬픔을 노래하고
바다가 그 슬픔을 듣는다.

(……)

삼백육십오 일 두고두고 보아도
성산포 하나 다 보지 못하는 눈
육십 평생 두고두고 사랑해도
다 사랑하지 못하고 또 기다리는 사람

누구나 한 번은 가고 싶고, 가서 보면 누구나 한 번은 살아 보고
싶은 곳. 성산포는 일출이 아름다울 뿐만 아니라 그 정경을 본 사

람들은 두고두고 잊지 못한 채 그리워하는 곳이다.

　제주에 2년 반 정도 살면서 가장 자주 찾았던 곳이 있다면 아마도 성산포일 것이다. 어떤 때는 분화구에 내려가 꼬불꼬불 이어진 길을 걸어 그 끄트머리에서 망망하게 펼쳐진 바다를 보았고, 어떤 때는 성산포항에서 하염없이 우도를 바라보다가 돌아가기도 하였다.

　성산포 앞에 제주도에서 가장 큰 섬인 우도牛島가 있고, 소섬이라고도 부르는 우도에 본격적으로 사람이 살기 시작한 것은 조선 헌종 10년인 1844년에 진사 김석린이 정착하면서부터였다. 구좌면舊左面이 1980년에 읍으로 승격하면서 구좌읍 관할 연평출장소로 되었다가 1986년 4월 우도면으로 승격했다. 섬의 동남쪽에 우도봉(132m)이 솟아 있다. 우도봉 아래 완만한 경사를 이루고 있는 17km의 해안선을 중심으로 '우도팔경'이 펼쳐져 있다. 특산물은 껍질째 먹는 황금땅콩이다. 근래에 널리 알려진 제주 올레로 수많은 올레꾼들이 성산포에서 운행하는 배를 타고 우도를 찾아 우도의 해변을 천천히 걷는 것이 진풍경이다.

　우도에는 딸을 더 선호하는 전통이 있어서 "아들 나민 엉뎅이 때리곡 똘은 나민 도새기 잡으라"는 말이 전해져 오고 있는 이곳 우도가《여지도서》에는 다음과 같이 실려 있다.

　"우도牛島는 둘레가 50리다. 관아의 동쪽 정의현과 경계에 있다. 사람과 말이 떠들거나 시끄럽게 울면 문득 비바람이 몰아친다. 섬의 서남쪽에 굴이 있는데, 작은 배 하나가 들어갈 만하다. 조금씩

가까이 대면 대여섯 척은 들어갈 수 있다. 날씨가 매우 차고 서늘해지면 머리털이 주뼛 선다. 민간에서는 신비한 용이 사는 곳이라고 한다. 7~8월 사이에는 고기잡이배들이 들어갈 수 없다. 들어가면 천둥을 동반한 비바람이 크게 몰아쳐 나무들이 뽑히고 곡식이 떨어진다. 그 위에는 닥나무가 많다."

제주도를 빙 둘러가며 바닷가에 불쑥불쑥 뻗어 나온 곳들은 설문대할망이 이 섬을 육지와 이으려고 준비했던 흔적이며, 남제주군 대정읍 모슬포 해변에 불쑥 솟아오른 산방산은 할망이 빨래를 하다가 빨래 방망이를 잘못 눌러 한라산의 봉우리를 치는 바람에 그 봉우리가 잘려 떨어져 나왔다고 한다.

수마포에서 바다로 이어진 길을 따라 섭지코지로 가는 길, 그 길을 따라가다 보면 바다가 어찌 그리도 가슴을 설레게 하는지, 바다가 왜 그리도 마음 깊은 곳으로 파고들며 속삭이는지를 알게 될 것이다.

눈 내리는 정자에서 선비의 풍취에 젖어
- 경남 함양 화림동계곡

- **주소** 경남 함양군 서하면, 안의면 일대
- **소요시간** 3시간
- **길 난이도** 걷기 좋은 길
- **걷는 구간** 거연정-군자정-화림동계곡-동호정-농월정-화림동계곡

전라북도 장수군 장계면 명덕리와 경상남도 함양군 서상면 중남리 사이에 하나의 큰 고개가 있다. 해발 734m에 이르는 이 고개는 육십령으로, 백두산에서부터 발원한 백두대간이 금강산, 두타산, 소백산, 덕유산을 지나 지리산에 이르는 길목에 위치한 험한 고개이다. 옛날에는 화적떼가 밤낮으로 들끓어서 육십 명이 모여야 마음놓고 넘을 생각을 했다 하여 육십령이라는 이름을 지었다고도 하고 고갯길이 60 구비가 되어서 육십령이 되었다고도 한다.

불과 오래지 않았던 그 세월만 하더라도 개나리 봇짐에 무서움 가득 안고 이 고개를 넘었을 것이다.

백제와 신라의 중요한 접경지역의 하나였던 이 고개를 사이에 두고 얼마나 많은 사람들이 오고 갔을 것이며 그 문물을 서로 "뺏고 빼앗기는" 험난한 그 세월이 이어졌을까.

생각이 생각을 낳는 사이에도 길손을 실은 차는 한 구비 한 구

비 고개를 넘고 간간이 내리는 눈발보다 얼음판 길에 마음은 조마 조마하다.

눈발 날리는 화림동계곡을 지나며

가는 날이 장날이라더니 왜 하필 오늘 이렇듯 눈은 내리 퍼붓는 것일까. 눈발이야 퍼붓거나 말거나 길은 어김없이 이어져 있고 목적지는 아직도 불확실하다. 그러나 서상면 소재지를 지나니 길은 언제 그랬냐는 듯이 쭉 뻗은 포장도로다. 예서부터가 남덕유산에서 발원한 남강의 본류이며 아름답기로 소문난 화림동계곡이다. 여기서 첫 번째 만나게 되는 정자가 거연정居然亭이다. 정면 3칸에 측면 2칸으로 지어진 거연정은 1613년 당시 중추부사였던 전시 서가 이주하면서 건립하였으며 1885년에 후손들이 중건하였다. 화림교 앞에 세워진 비문에 "옛 안의安義현 서쪽 화림花林동에 새

거연정

들(신평: 新坪)마을이 있으니 임천이 그윽하고 깊으며 산수가 맑고 아름다운데 화림제 전공이 세상이 어지러워져 이곳에 은거하였다……."라고 쓰여 있다.

도로변에서 아치형으로 연결된 화림교를 지나면 만나게 되는 거연정은 커다란 바위 위에 8각 주초석을 세우고 네모서리에 활주를 세워 안정감을 배가시킨 조형미가 빼어난 아름다운 건물이다. "자연에 거주居住하고, 내가 자연에 거주하니"라는 글이 남아 있는 거연정은 시절이 겨울인지라 사람의 그림자도 찾을 수가 없다.

하얀 바위들이 올망졸망 서 있는 시냇가 부서지는 물살 너머 아랫자락에 군자정이 서 있다.

군자정

좌 안동, 우 함양의 기틀을 세운 성종 때의 대학자 정여창이 이 정자에 올라 시를 읊었다고 하여 이름조차 '군자정'인 이곳은 정면 3칸 측면 2칸의 누각으로 커다란 너럭바위 위에 올라앉아 있다.

군자정과 동호정을 지나 얼마쯤 내려가면 커다란 남반 위에 지어져 섬처럼 떠 있는 암반이 물에 휘돌아가는 풍경을 볼 수 있는 농월정이 나타나고 여정은

동호정

농월정弄月亭에서 잠시 머문다. 철시한 상가는 적막강산이고 겨울 바람 맞으며 외롭게 서 있는 농월정을 바라보는 사이에 문득 눈보라 몰아치며 눈이 내린다.

농월정에 올라서니 눈이 내리고

"눈 맞으며 겨울 강을 건너는 사람에게 복이 있나니"라고 누군가 말하지 않았던가. 꽝꽝 얼어붙은 얼음장 밑으로 어린아이의 잠지 같은 고드름들이 왕관의 수술처럼 달려있고 올라선 농월정에는 내리는 눈발에 바람소리만 드세다. 농월정의 처마 끝을 스치고 지나가는 바람소리. 그래 겨울은 이렇듯 깊고도 깊구나. 그 깊음 속을 흐르는 찬물소리가 들리고 내 젊은 날의 아우성처럼 바람결에 눈이 내린다.

겨울나무들의 합창소리가 들린다. 우 우 우.

옛 시절 이곳을 찾았던 선비들은 달바위라고 불린 너른 반석 위 패인 구멍에다 술을 따른 뒤 동그랗게 둘러앉아 술을 마셨다고 하는데 나그네도 가을쯤에 이곳에 와 단풍잎을 띄우고서 한잔 술에 가는 세월을 노래할 수 있을지……. 정자 난간에 몸을 기댄 채 주변 풍광을 바라다본다. 하지만 이 정자는 몇 년 전에 일어난 알 수 없는 화재로 불에 타고 말았고, 근간에 다시 지었다.

조선 선조 때 관찰사와 예조참판을 지냈다는 박명부가 정계에서 은퇴한 뒤 지었다는 이 정자는 정면 3칸에 측면 2칸으로 뒤쪽

농월정 부근

가운데에 한 칸짜리 바람막이 작은 방이 만들어져 있다. 농월정 뒤
편의 소나무 숲도 숲이지만 천여 평에 걸쳐 펼쳐져 있는 너른 반
석을 흐르는 물길 너머 줄지어 서 있는 소나무 숲은 바라보기만
해도 가슴이 확 트여오는 듯하다. "천하의 일은 뜻을 세우게 되는
것이 우선이다. 뜻이 지극해진 뒤에는 기氣가 따르게 마련이다"라
고 말했던 박명부의 기상을 볼 수 있을 것 같지만 그의 흔적은 찾
을 수 없으니.

　흐르는 세월 속에 사람은 가도 산천에 자취는 남아 찾는 사람들
의 마음을 설레게도 하고, 쓸쓸하게도 하니, 역사는 도대체 무엇이
란 말인가?

이토록 매혹적인 역사여행

지은이 신정일
사 진 박성기, 신정일
펴낸이 박현숙

기 획 피뢰침
책임편집 맹한승
디자인 투에스북디자인

펴낸곳 도서출판 깊은샘
출판등록 1980년 2월 6일(제2-69)
주 소 서울특별시 용산구 원효로80길 5-15 2층
전 화 02-764-3018~9 팩 스 02-764-3011
이메일 kpsm80@hanmail.net

초판 1쇄 인쇄 2025년 3월 20일
초판 1쇄 발행 2025년 3월 25일
ISBN | 978-89-7416-276-4 (03800)